长篇小说

北京到马边有多远

林雪儿 | 著
Lin Xueer

四川人民出版社

图书在版编目（CIP）数据

北京到马边有多远 / 林雪儿著. —— 成都：四川人民出版社，2025.1. —— ISBN 978-7-220-13971-0

Ⅰ. I247.5

中国国家版本馆 CIP 数据核字第 20247ML153 号

BEIJING DAO MABIAN YOUDUOYUAN

北京到马边有多远

林雪儿　著

责任编辑	唐　婧
责任校对	袁晓红
内文设计	张迪茗
封面设计	张　妮
责任印制	祝　健

出版发行	四川人民出版社（成都三色路 238 号）
网　　址	http://www.scpph.com
E-mail	scrmcbs@sina.com
新浪微博	@四川人民出版社
微信公众号	四川人民出版社
发行部业务电话	(028) 86361653　86361656
防盗版举报电话	(028) 86361653
照　　排	四川胜翔数码印务设计有限公司
印　　刷	成都东江印务有限公司
成品尺寸	140mm×203mm
印　　张	13.875
字　　数	260 千
版　　次	2025 年 1 月第 1 版
印　　次	2025 年 1 月第 1 次印刷
书　　号	ISBN 978-7-220-13971-0
定　　价	78.00 元

还是秋天，还是下着雨，山上还是雾岚来去，林修抹一把脸，手上有水，雨水或者是泪水，管他呢，回北京。

今天回北京。

永远地回了。

悄悄地走吧，早上五点，他就醒了，穿上渊歌亲手做的运动装，沿着山路小跑，看一眼山，看一眼树，甚至趴在水泥硬化的路上亲一下土地，眼光反复抚摸那些在晨光中静谧的房子。一阵风过，天下起小雨，他没动，把自己站成一棵树的样子，忽然觉得心里很疼，裂开地疼。慢慢走回村委会时，他看见了他们，罗春早、吉木日木、阿约、阿衣，他们站在雨里，等他。昨天说过的不许来送，他们食言了。他不说话，他们也不说话，他拍一下他们的肩膀，几个人的头就碰在一起。阿衣哭了，几个男人也哽咽着，说："要来哦。"林修说："我要回来。""回来"两个字说得很坚定，可是他和他们都知道，回来只是心里的。

接林修的车来了，他们抢着把打好包的东西往车上扛。林修说："阿约，你修了新房子，把这些东西放到黑松林去，我回来时有住的。"阿约努力在脸上挤出笑容来，说："林书记，我们等你。"林修看一眼那些捆好的包，每一件都承载了特殊的意义，关于这个村庄的。清理的时候觉得每一样都要带走的，现在说放下就放下了，原本这个世界是可以轻松来去的。他只是想起一本书，一定要带走。"她紧抓着大树，仿佛那是一匹马。她的脸贴着它那沉默无声、生机勃勃的侧腹。说：你和我离家很远，是不是?"昨晚读完时，他把自己放在黑暗中，鼻子发酸。真希望树能支撑阿尔玛更长的时间，让她更长地活着。

林修打开每一个包，他忘了把书放在哪一个包里，阿衣问："修哥，找什么呢? 我帮你。"林修说："阿尔玛。"阿衣没听懂，但她盲目地帮他翻看着。林修蹲下去时，发现书在自己随身挎的包里，《万物的签名》，万物在这个大地签名。两年，他用脚在雪鹤村的土地上签名，用心签名。

林修拥抱了在场的每一个人，上车关闭车窗，不要看到他们惜别的目光。车行不到百米，鬼针草把他的车拦下了，他看见王太因，看见李芒，还有阿果和曲别拉根，林修摇下车窗，向他们挥手，他笑着，眼里却含了泪。他想起昨天送金雨生和李克离开时，越聚越多的人群，拉得很长的话别，他让司机开车，司机知趣地鸣笛三声，算是作别。林修翻开《万物的签名》第一句："阿尔玛·惠特克，与世纪同生，在一八〇〇年一月五日滑入我们的世界。"两年前他刚来时读的这一句，也是在这样的秋天，下着雨，山上雾岚来去。

1

"你去哪儿?"

"马边。"

"马边在哪?"

"小凉山区一个边城。"

"出任封疆大吏。"马格的语气带着调侃。

"差不多吧,第一书记算不算?"林修说。

"第一书记! 哈!"

"一个村的。"

"村的? 你这官儿也太小了吧。再说农村那些事儿你懂吗?"

"去了,不就懂了!"

马格呵呵一笑,揶揄说:"林家靠你重整旗鼓。"

"有你,哪轮得到我。"

"No,no,我是马家浪子。"

"去待两年，大山深处，与青山为伴，想着都美。"林修对未来的时光充满向往。

"北京到马边有多远？"

"远到远方。"

"文艺青年一枚。"马格的话怎么听都有讽刺的味。

文艺青年怎么啦？我就文艺了。现在他坐在车里，兴奋地看着一道又一道山扑面而来，一座又一座山变成低处，群峰在太阳之下如莲盛开。秋天的阳光，给迎面而来的树叶涂了亮闪闪的光，林修睁着眼，看满眼的绿，闭着眼，梦里也是绿的。醒来，下雨了，但还是一道又一道的山，仿佛无路了，峰回路转，又有一座山在前面，山生长着山。这重重叠叠的山会把他送到怎样的远方呢？离开北京时表哥马格的话，在这个寂寞的午后，反反复复出现。司机好像很喜欢听一首叫《万物生》的歌，也一直重复着。

陪同林修去马边的市纪委宣传干事印梅看司机打了哈欠，叫大家停车休息一下，活动活动身体。峡谷里有风，印梅金黄的长裙吹成旗帜。林修抓拍了一张，发给马格，写了句：金黄旗子在山谷里飘呀飘呀。马格看了，坏笑一下，回复："又文艺了，提醒你啊，有人的地方就有江湖。你去是有身份的，你不是林修，你是中纪委下派干部。"

林修回说："你不搞政治可惜了。"

马格回说："我怕我腐败。我喜欢女人和钱。"

林修笑了一下，能够感受马格发这句话时的得意劲儿。马格有钱，自然有女人投怀。司机上车，发动车子。《万物生》又响起来。

　　山、悬崖及悬崖下奔腾的河流，林修闭着眼也能感受到万物生，万物长，万物生生不息。他想到放在后备厢里的一本书《万物的签名》，想到"缘"这个词，世间真有什么看不见的东西安排着这个缘吗？《万物生》与《万物的签名》，在去马边的路上共振。

　　那是一个怎么样的马边？

　　那是怎么样的一本书？

2

　　林修醉了，但他重复着一句话："要住到村子里去。"早上醒来头昏昏沉沉，他还是没忘那句话："要住到村子里去。"金雨生与李克劝他，说村里现在什么都没有。林修借着醉意说："以天为盖，以地为舆。"金雨生与李克都笑，觉得林修这时候特别可爱。印梅说："让他梦一回。"金雨生与李克带上林修的行李，印梅去商场买了一套床上用品，对李克说："相对来说，你是主人，要照顾一下林修书记，注意安全。"李克说："放心，等他酒醒了，就好了。"印梅是因为要写一篇第一书记到马边的新闻跟着林修来的，昨晚已经把文章写完了，看着林修他们的车开走，她就返回乐山了。

　　车子开出马边城，林修就睡着了。金雨生摇醒他时，他发现自己站在山坡一块平地上，平地的旁边有一间岩石砌的房子，是村委会的办公室。平地四周都是山，山坡上散落着一些陈旧的木屋，山顶云雾来来去去，天空下着微雨。林修恍惚，如果不是金雨生和李克在旁边，这情景倒真有"一箫一剑走江湖，千古情愁酒一壶"的江湖味道。他的头还疼，为什么要喝酒，为什么？他觉得很丢脸。金雨生和李克安慰他说，他们也这样醉过的，让他先在办公室休息一会儿，他们去找村主任沙马铁尔，看把他安排在哪儿住。林修想一起去，金雨生说："我们会说你感冒了。"

李克说得明白一点："村民们都在盼北京来的第一书记，你要隆重出场才是。"

金雨生和李克都是从部队转业的，林修听得懂他们的潜台词，他喝醉了，不宜出现。林修羞愧的同时，也感受到他们的温暖，他不再坚持。

金雨生和李克走后，林修站在雨里，丝丝细细的微雨打在脸上，倏忽来去的山风吹着身体，他清醒了许多。他听到了苞谷林送来的沙沙声，闻到成熟浆果的甜味，感受到山间万物的生长。

林修欢喜，是他想象的远方。"闭着眼，闭着眼，与万物一起呼吸，与万物一起舒展，房子很大，像一座山，时间很长，比一生更长。"这是太爷爷经常念的一句话。在一个空间狭小的老房子里，捧着一杯茶，手里玩着一块玉石的太爷爷已经很老了。从林修记事起，太爷爷就很老了，老得像他们家化石一样。太爷爷念这句话时，父亲林德总是一脸的不屑，林修却是佩服太爷爷的。太爷爷如果知道林修站在这样的天地间，会有什么词呢？可惜太爷爷耳朵背了，要不然真想给太爷爷打个电话，告诉他，他走到了远方，站在一个可以舒展的空间里。林修翻开《万物的签名》，看到第一句："阿尔玛·惠特克，与世纪同生，在一八〇〇年一月五日滑入我们的世界。"他的心颤了一下，阿尔玛会有怎么样的一生？林修在这个村庄会有怎么样的两年？一切都刚刚开始，书里书外都刚刚开始。天地间如此契合，隐藏什么，暗示什么。

雨走了，太阳出来，山峰也露出完整的面目来，真是葱茏。林修伸展了四肢，看见高处一棵大树。他忽然很想知道那是什么树，他向着那棵树走去。刚下过雨的小路，泥是软的，他的鞋带起的泥巴越来越多，到后来他的脚都快拖不动了。这时马格的电话来，问他为啥不回微信，他说没收到。马格问他怎么样，他说喝醉了。马格说姑妈知道一定会骂他。马格的声音断断续续，信号不好。林修想别说姑妈骂他，他自己也骂自己的，昨晚为什么要喝那么多呢。

昨天，昨天印梅在。下车后林修被动地与这个握手那个握手，他记不清他们的职务，也记不清他们的面孔，但他知道他到了马边。

他带着恍惚的表情坐在主席台上，有些局促不安。从来都坐台下的他，从台上看下面的人，他们的面孔都很年轻。他们看他的眼光，带着热情。领导在讲话："马边人民向中纪委长期给予马边扶贫事业的关心、支持和帮助表示感谢。'第一书记'作为上级机关选派到党组织软弱涣散村和贫困村的重要力量，对做好党员结对帮扶工作，打赢脱贫攻坚战提供有力组织保证。作为地方领导，要大力支持'第一书记'的工作，做好有力的生活保障。"

介绍马边的领导是个大嗓门："马边彝族自治县位于四川盆地西南边缘小凉山区，地处四川省乐山市、宜宾市、凉山彝族自治州接合部，面积2293平方公里，总人口21.5万人，其中彝族占47.51％，农业人口占77％。1984年成立彝族自治县，是国家扶贫开发工作重点县，大小凉山综合扶贫开发县，乌蒙山片区区域扶贫开发县，中央纪委和省纪委、省投资促进局、省电力公司定点帮扶县。"

贫。贫。贫。林修听到几个贫字，可他第一眼看到的马边城好像不贫。

"小林，你讲几句。"林修被点名，心里慌张。话筒递到他面前时，他的心突突地跳起来，脑袋快速闪过马格的话，忘记你是林修。他离开座位对着台上的人鞠躬，又对着台下的人鞠躬，以此调整心绪，"谢谢马边，给了我第一次在台上讲话的机会。北京到马边有多远，我没算过，就地理、地名、心理来说，我是到远方了。从今天开始，我将在远方和大家一起工作。背负'第一书记'的使命，是光荣，更多的是责任。我会忘记我是林修，记住角色身份——中纪委下派到马边的扶贫干部。希望得到各位领导、各位同人的帮助指点，成为一个可以为国家担责的人。"台下有人拍起手，一片热辣辣的目光让林修有些羞怯。突然啪的一声，谁的杯子碎了？大家的目光集中到那个人身上，是个短发女孩。女孩说："太激动了，杯子也跳舞表示欢迎。"女孩说普通话，字正腔圆。林修笑说："这仪式太隆重了。"在场的人都笑起来。林修想到一个词，严肃活泼。别人的笑容都收了，他还半张着嘴，喜剧感十足，下边的人又笑。这时旁边一个清瘦的领导拿过了话筒，说："忘记自己是谁，只记住代表谁，这话说得有水平。去吧，到老百姓中去。"

会后，碎了杯子的女孩跑到林修面前，很热情地伸出手说："我叫田甜，请多关照。我扶贫的村子，在你经过的路上，如果需要抬个车什么的，请呼我。"

林修没明白为什么要抬车，他说："我没农村工作经验，请你多关照。"

田甜说："教教领导认认庄稼，我是可以的。"

围在林修身边的人多起来，大多数去过北京。说到故宫、天安门、颐和园、清华、北大，林修在等待，他们其中有一个人能说到琉璃厂，没有。一个圆脸还有两颗虎牙的男生腼腆地说："我看过史铁生的《我与地坛》，如果我去北京，先去看地坛。"

"你是说你没去过北京？"

男生说："梦见过。"

"你是？"

"我上班两个月了，雪岗乡纪律检查员，我叫罗春早。"罗春早说话眼光低着。

"罗春早你去地坛，我给你带路。"林修在罗春早身上看到自己的影子。

田甜笑问："领导晚上有安排吗？请你到马边河边边上喝茶，听你给我们讲讲北京。"

林修说："我要去村里。"

田甜摇头，说："不用吧，马边的领导今晚肯定要给你接风。是吧，印梅？"

一直微笑着的印梅说："我不知道。等林修书记把行李下了，我还有事，今晚要赶回乐山。"

田甜拉着印梅的手，说："你们纪委的人就是神神秘秘的，每次打电话你都说在忙。这样吧，看在你我同学分上，我负责帮你接待林修书记，请他吃马边抄手，逛马边河，还可以去唱歌。你就早回吧，大忙人。"

印梅笑起来，说："咱们田甜还那样，热情似火。"

这时两个一脚是泥的青年从一辆车上下来，跨着正步，走到林修面前，说："对不起，车坏了，我们来迟了。"

林修有点蒙。

"我叫金雨生，是省纪委的。他叫李克，是市纪委下派的。从今天开始，我们是战友，一起在雪鹤村扶贫。"剑眉国字脸的金雨生说，扎在裤子里的白衬衫也是满是泥点。

"你们来得正好，我想今晚就去村里。"

"晚上加下雨，进不了村。"金雨生说。李克在旁边点头。

林修问为什么，金雨生故作神秘地说："明天进村你就知道了。"

林修没办法了，其实开会之前，马边纪委的吴群书记就对他说过，县里有关领导要在大风顶酒楼给他接风。林修不知道有哪些人参加，现在所有的人对他来说都是陌生人，这样那样的身份，他怕那样的场合，何况他有什么资格让他们给他接风！

在逃离北京之前，领导要给他饯行，他诚惶诚恐。在文化部门工作的姑妈林静，教他许多礼仪和怎么察言观色，他到饭桌上全都忘了。要么停着看别人吃，要么只顾埋头吃。领导到他面前敬酒，说："下去了，是代表中纪委的形象，不仅要精心维护这个形象，还要让这个形象成为地方学习的榜样。"他觉得他担不起这个重任，紧张地站起来，把领导杯子里的酒给碰洒了。他发怵，连脖子都红了。好在领导和蔼，拍着他的肩说："下去历练历练，期待两年后的林修。"

姑妈替他着急，说还不快谢谢领导。林修对领导行了一个礼，说努力。与领导分手后，姑妈对他很不满意，问他是怎么啦，为什么跟马格一起就灵醒，离了马格就笨嘴笨舌。"再怎么着，你也是出生在咱大北京的人，太爷爷的淡定，你爹的能侃会道，你学到一点儿也好。别一副无辜的样子，不知道你脑袋里想什么!"姑妈恨铁不成钢的样子，戳了一下他的脑门。林修委屈地说："我就说过嘛，我不适合在机关工作。"

"闭嘴。那你干什么? 和你太爷爷一样，守时光?"平时不怎么大声说话的姑妈是真急了。

林修低头说："领导都期待两年后的林修，姑妈也等我两年嘛。"

姑妈倒是哄过了，可是两年后的林修与现在的林修有什么不同呢? 在北京的林修想不出来，姑妈也想不出来。林修到马边的第一天，他能感觉到的是自己突然重要了，像舞台，原来一直在旁边拉拉幕布，现在聚光灯突然打在了他身上。大家都看着呢。代表北京，代表中纪委，那就做得像北京来的样子。

金雨生说去大风顶酒楼时，林修觉得他是披着北京的衣裳去的。

那些酒就那样递过来了。

一杯代表马边人民，一杯代表马边的领导。一杯是林修必须喝的，再 杯，是敬给中纪委的。中纪委能带给马边什么，马边充满期望；林修能让雪鹤村发生什么改变，他们也充满期望。林修必须回敬，他红着脸，说着一样的话，请多指导，请多指导。马边人真热情啊，有人唱起了彝族敬酒歌：彝家有传统/待客先用酒/彝乡多美酒/美酒敬宾朋/请喝一杯酒呀/请喝一杯酒。金雨生和李克先是敬了，后来帮他挡酒。他还是醉了，醉得头脑断了片儿，是怎么回的酒店，住在哪里，他都忘了。

昨晚肯定出丑了，说过不得体的话吧？林修越想越悔恨，刚刚来就醉，丢北京的脸，也丢中纪委的脸，他告诫自己从今天开始戒酒。

林修脱下已经糊满了泥巴的鞋子，光脚走到了树下。

好一棵漂亮神圣的树。林修第一眼就把黑塞的赞美诗给了树。

树身斑驳，凸出的结节好像凝聚了岁月风霜，高达二十米的树冠撑起一大片浓荫。低处的枝丫上有青色的圆形果子。什么树？什么树？林修急切地想知道树的名字。他拿出手机拍照求百度，但手机不能联网。林修退到远处看树，走到近处看山。站在大树下，视野开阔，远山近山尽收眼底。大树下有一张石桌，一把木椅。旁边的民居，收拾得整齐干净，只是大门锁住。

林修决定住在这一户人家。

3

　　林修回到村委会，李克回来了，金雨生还在沙马主任家看一些贫困户的资料。李克说："沙马主任说村里条件都很差，怕对你照顾不周，希望你还是回城里住，白天下来就行。"

　　林修说："我是来工作的，不是旅游。"

　　"他还说，如果你实在要住村里，就住他家去。"

　　"我已经选好了，那棵大树下面。"林修指着山上那棵树说。

　　李克有些为难。

　　"你放心。我想住在村里，于公好工作，于私想看这满山的青。"

　　短短的接触，李克知道林修就像他当初刚从国防大学毕业去部队一样，还怀着单纯的赤子之心。谁都有年轻的时候，印梅说让他梦一回，就梦吧。李克帮林修把行李搬到大树下。树下的房子仍然挂着锁。周围也没人。

"今天有点奇怪，不知道村民去哪了？"李克说。

"难道是空村？"林修问。

李克说不可能。

他们沿着泥泞山路往上走，看见一个背着一捆干柴下山的人，李克问："小朋友，村子里怎么没人？"

李芒抬起头来，她已经不是小朋友了，只是她个子实在是矮小。她没好气地说："我不是人哪！"

李克说："对不起，对不起！看你年轻嘛。村子里其他人去哪了？"

李芒双眉紧锁，一脸焦躁，并没有因李克的恭维给一个微笑。只是因为林修人高了，她多看了他两眼，然后指着山坡另一边，说："下地去了。"

"有棵大树的房子的主人去哪了？"李克用本地话问。

李芒指了指掩映在林间的木屋说："那家人正请他做毕。"

林修和李克沿着打滑的山路，走进林中木屋，发现十多个人坐在地上。旁边火塘烤着一块石头，一个头戴黑色神笠穿黑色裼子披着黑色披风眉眼凌厉的男人，身边放着几个草扎的小人，一个大碗中放有新鲜树叶和水。等石头烧红了，男人用手拿起石头放入碗中，石头在水中发出嘶嘶响声，一股青烟腾起。男人向天望了望，嘴里开始诵经，他反反复复念着一个名字——吉克乌乌。一个脸色蜡黄的妇人，大概叫吉克乌乌的，表情木木地把手放在草人上。男人手里摇着铃铛，一个壮汉抱起羊子在吉克乌乌头上转来转去，男人的铃铛越摇越快时，在场的人齐叫三声"呕哇"。林修觉得自己的心跳都加快了，他问李克："那个人的手不怕烫吗？"李克说："他是毕摩。"一个脸瘦得像刀片的男人用极不友好的目光打量他们。他问了一句什么，林修和李克没听懂，接着他扬起了拳头，毕摩说："阿哈，来者都是客。"

阿哈顺从地放下拳头。

吉克乌乌精神好像好了一点，眼里带着笑意，请林修和李克一起坐下。林修坐在他们中间，发现他们长着一样的面孔，黑的皮肤，轮廓很好的五官，说着他听不懂的像唱歌似的彝语，男人抽烟，女人也抽烟。几个小脸小手脏兮兮的小孩，跟前跟后，睁着一双晶亮的眼睛盯住他。阿哈把酒和土豆敬给毕摩，再分给乡邻，最后端到林修和李克面前，李克抿了一口，林修想到昨晚的狼狈，说不喝。阿哈沉下脸。李克说："我帮他喝，他酒精过敏。"男人们就笑，说汉人活得没劲儿，女人的眼光则带着怜悯。阿哈说了句什么话，人们看着林修和李克一起哄笑起来。李克说："要不要告诉他们，我们的身份？"

"暂时不要，你不觉得这样更能了解他们么？"林修悄悄说，凭直觉知道他们在笑自己，但是他依然兴味十足地看着人们就着土豆喝酒。林修想到毕摩拿石头的手，他端起水杯走过去，发现毕摩的手没有烫伤的痕迹。林修给马格发微信，发不出去，就改发了短信说："亲眼见证了神迹。"

阿哈只当他和李克是来舞乡猎奇的旅者。

吉克乌乌也喝了点酒，脸色不那么黄了，她到林修身边坐下，抱着双膝说："欢迎你们。"

林修没想到吉克乌乌会说汉语，虽然听起来怪怪的。

林修问："刚才是在为你做祈祷吗?"

"为我驱魔治病。"

"你相信这能治你病?"

"最初是相信的，最后也是相信的，不相信能相信什么呢?"吉克乌乌的话充满无奈。

"有病找医生啊。"林修说。

"能医病的医院太远了，再说没有钱。"吉克乌乌软软地说，好像中气不足。

"你得了什么病? 我会帮助你。"林修不想放弃。

吉克乌乌摇了摇头，眼光也黯淡了。

"我们是来扶贫的第一书记，我们会帮助你的。"林修急说。

吉克乌乌抬起头，问，"你是北京来的第一书记?"

"是，我叫林修。他叫李克。"

"林书记……李书记……"

吉克乌乌的眼光亮了一下，叫过来一个叫阿衣的少女，说："这是我女儿，这世间没什么值得我留下的，只有她。求林书记，李书记带她出去找个事儿做，离开家里，离开。"

阿衣高额深目，黑红的脸蛋非常漂亮。

林修和李克对望一眼。

吉克乌乌忽然抓住林修的手："救救孩子。"然后一头栽了下去，林修发现她坐过的地方留下了一大摊血。

林修和李克一时都蒙了，李克掐住她的人中。人们七嘴八舌，慌成一团。毕摩用草药兑了一碗水，让阿哈给吉克乌乌喂进去。阿哈拂掉药碗，打自己的脸，高叫："曲别拉根，你是治病，还是请丧？我说你那玩意儿骗人，你还装模作样。你要赔我钱。"

曲别拉根平静地说："天神会惩罚你的。"

"去你的天神！"两个人抓扯起来。

一个叫阿鲁的男子一拳打在阿哈肚子上，说："阿哈，你他妈的还是人不？"

林修拦住了，说救人要紧，让阿哈快送医院。

阿哈背上吉克乌乌和阿衣开一辆摩托车，林修和李克上阿鲁的摩托车，一起奔雪岗乡去。林修来的路上因为睡着了，不知道这路有多不平，路弯坡陡不说，窄窄的硬化路面已经坑坑洼洼，被汽车压出深深的车辙，摩托车行走其中，每每打滑，阿鲁的摩托车开得很慢，林修仍觉得骨头都抖松了。李克几次从后座上颠了下来。快出村时，山路塌方，路边一棵大树横亘在路中间，几个人下来，挪树挖泥，吉克乌乌苏醒过来，说她不去医院，要死也要死在家……大家好一阵劝，才重新上路。天色将晚，林修让李克留下等金雨生，自己跟着病人去了雪岗乡卫生院。雪岗乡卫生院建筑新，科室也挂得多，但只有一个值班的医生，他说他是个中医，看不了妇科病。他们只好去了马边县医院妇产科，医生检查了病人，说吉克乌乌子宫里长了大肌瘤，她们处理不了，最好转市级医院。林修想起那一道又一道的山，深深地替吉克乌乌担忧。林修给马边纪委的吴书记打电话，让他们再找一下医生。纪委吴书记一接到电话，也来到医院跟医生商量，但是最后他无奈地说，县上医疗条件有限，特别是医疗水平差，他们处理不了。阿衣跪在医生面前，说："救救我妈。"林修想起吉克乌乌说救救孩子的眼神，他一下深入她们的悲苦。北京，不说那些最好的大医院，就是一般的区医院也能处理这些病吧，他们有最好的设备，最好的医生。折腾了大半天，天已经黑下来，能救人的医生却在二百多公里之外。

吉克乌乌看着哭哭啼啼的阿衣，虚弱地对林修说："不去乐山了。求求你救救阿衣。"

林修不知道吉克乌乌和阿衣有着怎样的隐情，只知道生命不可以轻易放弃。他给印梅打了电话，让她帮忙联系乐山的医院，然后和阿鲁一起把吉克乌乌往乐山送。

山里的天黑得像真正的黑，如果在平时他可能会让司机关了车灯，感受一下黑，但现在他放下所有的属于他自己的浪漫，一心系在这个半天前还是陌生人，现在是他扶贫村村民吉克乌乌的身上，他希望她活下去。

近黎明时分才把吉克乌乌送到乐山市中医医院，印梅在医院等他们。印梅说她已经联系好医生了，直接去病房。妇科一个年轻医生脸上挂着疲惫，但是仍然小跑着给病人输液输氧，说必须手术，让家属办入院证。阿哈装作听不懂，不动。林修拿出1000元，让阿哈去办入院手续。手术签字时，阿哈说他不会写字，林修要签，医生问："你是她家属吗？"林修脱口说："她是我的村民。"这样的话，换在平时，林修会酸掉大牙，但是在这个时候，他竟然一点都不造作说了出来。

医生眉毛动了一下，让林修签了字，同时让阿哈按了手印，说："1000元肯定不够的，但救人要紧……"

林修说："放心，医生，我们会想办法的。"

吉克乌乌进了手术室，林修说饿了，出去吃早餐，才发现包里没有钱，印梅付了。林修说："可不可以借我一点钱？"印梅抽出包里仅有的1000元现金，林修从微信还给她。

印梅说："你一进村就遇见这个，我又有文章写了。我发现你很容易角色化。"

"是人的本性角色化，还是身份角色化？"林修故意问。

"你有多少钱可以继续扮演你的角色，扶贫领导？"

林修尴尬。但无论如何他不能在印梅面前认输了，他说："至少要让吉克乌乌健康回到雪鹤村。"

林修发微信给马格借钱。

马格取笑说:"用你自己的钱扶贫是下下策。"

林修说:"救急。反正我的工资这两年在乡下也用不了多少,存着还你。"

马格说:"留着找媳妇吧。我妈给了我任务,说你下乡两年回京,好媳妇都是别人的了。说实在的,我给你介绍一个。"

"去,留给你自己吧。"

"我用不完啊。"

林修低头与马格缠,印梅觉得无趣,也拿出手机进入朋友圈,昨晚等林修时,发了一条关于在医院等贫困村村民的信息,好多朋友点赞。有人问她是不是也到村里当第一书记了。她回说:我写第一书记。她看了一眼林修,发现林修望着她,"我在等你抬头。"林修调侃。两个人就自嘲说手机真是害人,现在不看了。他们一起到病房与吉克乌乌告别,安排阿哈和阿衣留下来照顾吉克乌乌。阿鲁和林修回村。吉克乌乌让林修带阿哈回村,说只留下阿衣就行。阿哈说:"不回,回去也没有人做饭。领导,我是贫困户,医院要管伙食吧?"

"会吗?"林修问印梅。

印梅笑说:"吃谁的呢?"

阿哈说:"那我们还是不住院了,在家煮个土豆可当饭。在这里我们天天饿肚皮。"

吉克乌乌没有表情。

林修又把从印梅那里换来的钱,抽了五百要给阿哈。

印梅挡了说:"阿哈,这不是国家给你的钱,是林书记自己的,你要还的。"

阿哈装听不懂了。

阿衣从林修手里接过钱,说:"谢谢林书记救我阿妈,等阿衣打工了,还。"

吉克乌乌却要阿衣跟着阿鲁回去。

阿衣不回。吉克乌乌就生气。

林修说:"阿衣留下陪你,应该啊。家里你放心,我会帮你照看着。"

"家里……家里是空的,救我有什么用呢?我拿什么还你啊?"吉克乌乌说。

"只要你活着,钱可以挣啊。会好起来的,相信我,会好起来的。"林修说。

会好起来的。林修说这话的时候,只是个愿望。离开吉克乌乌,他就在想,如果有一天,所有人饿了有饭吃,冷了有衣穿,病了有钱医,这个社会该是多么美好。他是奔着这个美好来的,国家也是奔着这美好派他来的。

"今天不急着回马边吧?我带你在乐山走走。"印梅记得林修说过之前没有来过乐山。

"他们肯定在盼我回去。"林修说。其实林修也想看一看乐山的，听说乐山有一座与山齐高的佛，佛前三江流过。但是他到乐山了，早一天看，晚一天看，佛与江都在，而现在他肩负责任，必须去村里。

"他们?"印梅问。

"金雨生和李克，还有村民。"话是这么说，村民们在盼他吗?林修不那么自信。

4

2015 年的 8 月，对于雪鹤村的历史来说，像千年重复的所有 8 月一样。刚刚入秋，一场大雨让进村的土路多处塌方，坡地尚未完全成熟的苞谷林因为山高坡陡也冲垮了许多。村民们等雨一过，想扶起倒伏的苞谷，可是土冲走了，只能摘下还嫩的苞谷，除了叹息一声，喊声天老爷，大家也默默地接受了这一切。谁能抗天呢？祖先选择了这一片土地生存，雨要来，风要来，雪要来，贫困与疾病要来，这不都是大自然应有的秩序么？雪鹤村五组已经八十多岁的王太因和她老伴杨德炳背着一背篼玉米回到家里，看见四十多岁的儿子杨豆豆坐在门槛上啃一块生玉米。旁边有一摊水，王太因闻了闻是尿，发起怒来，要杨豆豆把地弄干净。杨豆豆脱下自己的衣服去擦。王太因骂了一句："先人板板，你怎么活到现在！"

杨豆豆委屈，缩着双手，王太因抬了一个小板凳让杨豆豆坐着，说不准动。她开始收拾屋子，三下两下，屋子变得干净了，杨豆豆拍着双手说："好，好。"

杨德炳说："豆豆要像你妈学，你看这屋子是不是好多了？"

杨豆豆又说一句："好。"

"你妈能干不？"杨德炳问。

"干。"

杨德炳叹了口气，再怎么引导，杨豆豆也只能说一个字。

王太因打扫了屋子，杨豆豆给她端来一杯水，说："喝。"王太因喝了水，爱怜地对杨豆豆说："豆豆啊，人与畜生不一样，屎尿要去厕所。杨家破败，但不能脏。"

杨德炳说："老太婆你扯这些做啥？你看这房子都快垮了，还到处漏雨。"

"趁天晴，翻一翻瓦。"王太因说。

"那些檩子还乘得起人不？"杨德炳望着屋顶问。

"乘不起也要翻嘛，漏的地方太多了，房子要淋垮的。"王太因说。

"垮了，就当是我们的棺材。"杨德炳说得轻松，王太因听来却惊心，近来杨德炳总是在半夜憋醒，非要坐起来才能呼吸。他不能倒下的，在她的意识里，他是不能死的，至少在杨豆豆没死之前，他不能死。"豆豆咋办呢？"王太因问。

"未必然这一天不来？"杨德炳坐在板凳上抽烟，看着又在啃玉米的杨豆豆，他们两老走了，杨豆豆凭什么活下去？

"豆豆还小啊。"王太因不甘心。

"四十五了，老太婆，他已经四十五了。"杨德炳突然提高了声音。

杨豆豆停止了啃玉米的动作，盯着父亲。

"听人说，村里要来三个第一书记，也不知道会有什么改变。"王太因说。

"来与不来，跟我们有啥子关系？杨豆豆的病能好？"杨德炳说。

"你就别说豆豆了，你我活这么久，不就是老天安排的？"王太因说。

"上辈子不知道造了什么孽，老天这样挤对我们！"

"杨德炳，我对不起你。"每每说到杨豆豆的出路，王太因就只有拿这话去堵杨德炳。她为杨家生了三个儿子。老大五岁，放牛时被山上突发的洪水冲走。老二十六岁时生了怪病，死了。两个儿子相继过世。王太因四十五岁了，想为老杨家留个根，身为汉人却悄悄找彝族曲别老毕摩吃了些草药，如愿怀孕。孩子出生的时候脚先出来半天，头才出来，以为他没气了，扔到一堆带血的草纸里，孩子又活了过来。王太因视为珍宝，改了个大名杨天赐，细心呵护着。谁知道孩子两岁还不会说话、不会走路，到当地医院检查，看孩子乖乖的，什么都正常，医生说不出个所以然，说再看看。到了三岁，杨天赐好不容易喊出了爸爸妈妈，能自己行走了，还能帮是篾匠的杨德炳递个篾片什么的。杨德炳和王太因都很庆幸，老来得子，实属不易，他们得为杨天赐的将来做准备。篾匠杨德炳想，趁他还身强力壮，得多编些背篼箩筐卖，哪知道反击右倾翻案风，村里抓做生意的典型，抓到了杨德炳头上。干部们在路上拦截做买卖的人，有需要背篼箩筐的乡亲，就悄悄去杨德炳家里买。收割水稻的季节，一晚月色很好，杨天赐和父亲在院坝里编箩筐，突然闯进来一群人，烧了编到一半的箩筐，还将杨德炳绑了起来。杨天赐大叫。有人指着他说："再叫，连你一块儿绑了。"杨天赐吓傻了，从那以后他整整半年没说话。王太因带着杨天赐到处求医问药，也毫无结果。已经转入夜晚行毕的老毕摩给他指了条路，说杨天赐的名字太大了，镇不住。杨德炳就把他名字改为杨豆豆。杨豆豆在半年以后说出的第一个字是吃。杨德炳和王太因很高兴，杨豆豆开始说话了。只是他们怎么也没想到，杨豆豆一直只说一个字，同龄的孩子去读书了，杨豆豆只能待在家里，王太因走到哪里，他跟到哪里。离开王太因他就哭。

　　杨天赐也罢，杨豆豆也罢，时光催人老，杨德炳和王太因已经八十多岁了，杨豆豆的智商还是只能说一个字。王太因接受了这样的现实，照顾智障的杨豆豆饮食起居，成为她的生存方式。而杨德炳总是抱着侥幸的心理，幻想明天醒来，杨豆豆会说一句完整的话。

"豆豆，说我要吃玉米粑。"杨德炳说。

"粑。"杨豆豆说。

杨德炳摇了摇头，说他出去借梯子翻房。

"你我都老骨头了，怕是爬得上去爬不下来，找鬼针草帮忙翻一翻。"王太因对摇摇晃晃出门的杨德炳说。

"鬼针草会来翻吗？我看他家的房子都漏，也没见他翻瓦。"

"你去试试嘛，就说是我喊他的。"

"你先把我那瓶酒藏起来再说。"杨德炳不情愿地说。

杨豆豆一直在说粑，粑。王太因把玉米粑都做好了，杨德炳还没回来。她到屋外望，看见好些人聚在下面的路边说话。鬼针草的声音很大，"这次有大动作了，有乐山的，省府的，还有一个是从北京来的。"

"来做些啥子嘛？"

"扶贫攻坚。意思就是要让我们每一个人都有饭吃，有衣穿，有房住。"喜欢挂个收音机到处游走的鬼针草说。

"还给你找个老婆不？"有人开玩笑。

鬼针草嘿嘿一笑，"说不定哦。"

六组的村民李芒出村买鸡药回来，被一个村民叫住："李芒，知道北京来了人不？"

李芒敷衍了一句："北京又不是没来过人。"

"我说大侄女，这一次可不一样，北京来的人要在村里住两年。说不定你赶上了好时候。"

"什么市里的，省里的，北京的，还不就是一种款式！"

"不对！大侄女，你遇到什么事了吧？给我说说，我替你出头。"

"鸡瘟，鸡死了。死了，死了，你怎么出头？"李芒说。

"我帮你吃掉。"鬼针草说。

"你是姓许还是姓鬼？"李芒没心思和鬼针草打嘴皮仗。

人群也散了，杨德炳带着鬼针草回家，鬼针草在杨豆豆头上摸了一把，说："看他多满足。"

"婶儿，给你翻房吧，理应是侄儿该做的。只是你看哈，我也没什么要求，能像杨豆豆一样，有吃的就行。如果能和我叔喝两口烧酒，那就更巴适了。"

"你婶穷是穷，吃是不会少你的。"王太因边说，边端上刚蒸的玉米粑。

"婶，北京来人了，可能有大动作。"

杨德炳把王太因藏好的酒又提了出来，他不喜欢鬼针草好像天上的事都知道一样，但是一个能说话的人陪他喝喝酒，倒是不错的。

"在扶贫的路上，不能落下一个贫困家庭，丢下一个贫困群众。你知道是谁说的不？"鬼针草看酒上来，又开始卖关子。

"坐台上的人说的呗。"杨德炳还得配合着。

鬼针草一拍大腿，"你说对了，这是习近平总书记说的。北京来人就是遵照他的话，来办事的。"

话下酒也醉人，两人你一句我一句抢着说话。杨德炳说到鬼针草已故父母往事，鬼针草脸色不好。王太因给杨德炳使眼色，也不知道杨德炳是看见了还是装作没看见，继续喝。王太因懒得听，出门侍弄苞谷去了。鬼针草用浸了酒的玉米粑给杨豆豆吃。杨豆豆吃得挤眉弄眼，逗得鬼针草哈哈大笑。他又浸了一块给他。杨豆豆吃了说："还要。"

杨德炳很惊诧，杨豆豆已经很多年没有说过两个字了。看鬼针草直接灌杨豆豆酒，他本来要阻止的，也就睁只眼闭只眼，甚至异想天开，一杯酒下去，杨豆豆会不会蹦出一句完整的话来？

杨豆豆醉得趴下了。鬼针草把收音机声音开到最大，摇摇晃晃地回去了。杨德炳推推杨豆豆，杨豆豆没反应。杨德炳笑自己都快到坟墓边缘的人，还那么天真，还在相信有奇迹出现。王太因回来看见这种情况，怨杨德炳办事糊涂，酒喝完了，事没办，还把杨豆豆给灌醉了。老两口挪不动杨豆豆，就在他身上搭了一块毯子，各自安睡了。第二天杨豆豆还没醒，王太因急了，杨德炳叫来鬼针草，鬼针草泼了一瓢冷水在杨豆豆头上，杨豆豆还是没醒。鬼针草试了试鼻息还在，就开玩笑说："难道我鬼针草还有度人脱离苦海的本事？"

王太因却急了，抓住鬼针草说要他赔儿子。

鬼针草嘴贱，加了一句："你这个儿子又不值钱。"

王太因不依了，一阵铺天盖地的骂。鬼针草头上冒火，说不是看在王太因年龄大，他要打人。王太因凑到鬼针草面前，让他打。围观的村民怕出事，有人去找村支书常宽林。常宽林长得一点都不宽，长手长脚，瘦削的脸上长着一双细眼，村民们背地里叫他电杆儿，当面却不敢。只有两个人例外，就是王太因和鬼针草。他一听他们俩吵架，觉得奇怪，心里有些发怵。常宽林到王太因家，听了原委，说："没多大的事吧，乡里乡亲的，都这么大年纪了，闹成这样，让年轻人跟你们学？"

"我们家没年轻人。"王太因和鬼针草同时说。

常宽林想了想也是，说"同病相怜嘛，该互相帮衬着才是"，看了看杨豆豆，说不就是睡了吗？

王太因拉着常宽林说："电杆儿，如果杨豆豆醒不来，鬼针草要赔我儿子。"

常宽林说："王奶奶，如果杨豆豆不醒来，就让鬼针草做你儿子。"

鬼针草说："婶，你赚了。我当你儿子，电杆儿就当你孙子。"

常宽林说鬼针草不该欺负老人。鬼针草说："电杆儿，我们老百姓话可以乱说，你是书记，可不能信口开河。我也不知道是谁在欺负老人，你看他们的房子到处都在漏雨，你是书记是不是应该做做好事，把他们的瓦翻了？"

常宽林说："按你的话说，书记就得为全村的每一家人翻瓦。"

鬼针草说："好事可不止这些，你是明白人。"

生闷气的杨德炳说："房子不劳你们费心了，我自己能翻。"

王太因拉他，他说王太因讨没趣。王太因说："我们现在没说房子，说的是杨豆豆。"

常宽林和鬼针草一齐说："杨豆豆没事。"

王太因哭起来："杨豆豆就不是命吗？傻子就没有活的权利吗？他再傻也是我儿子，我养了四十多年的儿子，你们一个一个竟然当他是只蚂蚁。他如果醒不来，我也不活了。"

"王奶奶，你不急，他会醒的。"常宽林说。

"婶，你孙子电杆儿在，你还怕啥子？"

常宽林发现这两个人话题转来转去，倒是一致对他了，说了句难缠。借口说北京来的第一书记明天要召开村委会，他得回家写情况汇报。鬼针草也跟着走。王太因一下停了哭，说："常书记，你不管，我去找北京来管你的人，看他给不给我们做主。"

5

　　林修在回村的路上被金雨生和李克截下，说村委会来了一个老奶奶，一定要找北京来的人。金雨生说："她要你为她做主。"

　　"为什么？"林修问。

　　"她要告村支书。"

　　林修看一眼金雨生，希望他能多说点什么。金雨生摊了一下双手。林修还没见过村支书，准确地说他刚刚进村就出村，现在才头脑明白地回到村子。一路与阿鲁同行，路上他总想找话说，想了解村子里的情况。阿鲁却很警惕的样子，林修问两句，阿鲁只答一句。零零星星的，林修总算知道雪鹤村彝族多一些。林修问他对村干部的看法，阿鲁说了句村支书是真正的汉人。这个真正的汉人村支书，就这样被一位老奶奶推到了林修面前。

　　"金书记，李书记，你们要帮我。"林修真诚地说。比起已经工作了几年的金雨生和李克，林修似乎经验不足。

王太因坐在村委会门前的土坎上等林修。李克告诉她林修送吉克乌乌去乐山看病的事，让王太因相信这个北京来的书记是可以依靠的。等林修到了她面前，除了个子高，她真的有些失望，这孩子也太年轻了，他能为她做主？而林修看到王太因，也有点不相信眼前这老人有八十五岁，她除了背有点驼，还耳聪目明，说话也快。林修听了王太因的倾诉，心里松了口气，只要不是告村支书贪污腐化欺凌就行。他不愿意刚进村，就与村支书为敌。他握着王太因的手说："老奶奶放心，倡导文明的环境是村支书的职责，他应该耐心解决你们的争执。不过他要管理全村，事是多了点，请你原谅。你现在回去，说不定你儿子杨豆豆已经醒了。我们明天来看你，帮你翻房子。"

王太因问："他会醒吗？"

林修想到自己醉酒的情景，说会。金雨生想得多一些，万一没醒呢？金雨生打电话找常宽林，让他去看看杨豆豆的情况。常宽林在电话里笑："那老太婆真找你们了，什么事嘛，哎呀时间久了，你们就知道农村这些鸡毛蒜皮的事太多了，管得了这个，管不了那个。你们别理她。"

"常书记，老人家找来了，我们也不好不管，林书记刚回来，他很关心老人家说的事。你就去看看，现在是什么情况，我们好劝老人家回去。"金雨生说。

十分钟后，常宽林打电话来，说："杨豆豆出事了。"

"怎么啦？"

"杨豆豆可以说完整的话了。"

"常书记，拜托，你把话清楚。"

"一句两句说不清楚，你们就告诉王奶奶，说他儿子可以说句整话了。"

金雨生把原话说给王太因听，王太因没有给他们道别，就往家走了，走几步还小跑起来。

林修说："这山上还出产长寿。"金雨生、李克都笑了。林修让金雨生和李克回城里去，怕天黑了不好走。金雨生说："我们先送你去曲别拉根家。"

"就是那棵大树下。"李克补充说。

"主人同意了？"林修想起那棵大树，就有些激动。

"那是毕摩曲别拉根的家，村主任沙马铁尔给他做了工作，他没说不同意，但也不热情。"李克说。

"曲别拉根是个毕摩，住他家妥不妥？"金雨生提出疑问。

"毕摩是彝族文化的维护者和传播者，我正好请教。"林修说，虽然他心里想的是那棵树。

"走吧，看看去。"

三个年轻人向那棵大树走去。近黄昏时分，天上浓厚的云彩如鱼鳞般铺展，斜阳正好照着大树，树金光灿灿。

美好。林修拍了照，想发给马格，可微信发不出去。

人们站在阴凉的地方，看三个年轻人走过，议论的声音很大："那个高的，是北京来的。""对，就是那个高个子送阿哈老婆去的医院。"

"听沙马铁尔说，他住在曲别拉根家。"

"稀奇，第一书记住毕摩家里。"

"有啥奇怪的，这叫统一战线。"

"这回，沙马主任会说得上话了吧。"

"他们来两年能做什么！等他们走了，还不是电杆儿的地盘！"

"嘘，小声点儿。"他们说是说，其实就是想让三个人听到。只不过他们不标准的汉语夹杂彝语，三个年轻人并没听懂。小孩子的发音标准些，个个都是小猫一样的花脸，跟着三个年轻人走，他们的眼光充满好奇与胆怯，有大胆的喊一声："北京。"

其他小孩子一起喊："北京。北京。"

林修转身想对他们说话，孩子们尖叫着跑远了。

林修对金雨生和李克说："北京离马边太远了。"

金雨生郑重地说："是的。远香近臭。他们就不喊成都。"

"你可说是我最臭了。"李克笑说。

林修凑到李克身边闻了闻，说："嗯，荷尔蒙太浓。"

李克推了林修一把，三个年轻人哈哈而笑。相约说以后就叫彼此名字。

林修暗想，这不是马格的风格吗？自己什么时候学得这么顺？

曲别拉根站在大树下，他看到他们向他走来，年轻的气息与秋天的暮色相遇，碰出一些活力来。从明天开始，日子会不一样吧？曲别拉根想。

曲别拉根的家是个三间两头转的院落，院墙是山上采的石块，房子是柏香木修的，上了清漆，古老中显出清朗。院门口的大树与院落相映，让林修心生喜欢。曲别拉根让林修住靠近院门的一间屋，说是他儿子的房间。林修特别高兴，说："曲别大叔，给你添麻烦了。我会付你房租费和伙食费。"

曲别拉根说："你为你的行为负责，我为你的影子负责。"

林修问金雨生和李克："懂吗？"

金雨生说不懂。

李克说："幸好我不住这里，他说一句话，我可能要琢磨一天。"

林修在客厅的墙上看到十六个人的全家福，对金雨生和李克说彝族人五官生得好。林修问他们在哪里工作，曲别拉根说："山外。"

"曲别大叔，你这样说话累不累啊？"金雨生忍不住了。

"我认识他，是个诗人，我听他在电视里读过诗。"李克指着照片里一个鬈发的男人说。

曲别拉根说那是他兄弟，"他把家里人都带到山外。"他的表情看不出来是自豪还是不幸。

林修想，也许曲别拉根对他们不怎么信任，他也不想为难他，三个人就各自抬了小凳到大树下议议明天开会的事。

曲别拉根看他们在大树下坐着，太阳漏下些光落在他们身上，他们真年轻啦。他很想坐在他们身边，什么都不说，但他必须保持着毕摩的身份。他泡了一壶老鹰茶给他们，说："我做四个人的饭。"这话没有征求意见的意思。

金雨生说："林书记，看来你的第一个统战对象，就是这个毕摩。"

曲别拉根听见了，他没有停下来，而且关了院门，好像他并不想知道他们说什么。昨天从阿哈家回来，感到特别无力，做毕摩这么多年，他越来越疑惑，相信什么不相信什么，他看得明白。很多时候，他只是在扮演角色，只不过有时候入戏很深，相信在万物之上真有那么一个主宰，他投入了全身心，一场法事下来，他站在天地间，相信自己真就是那个可以与神灵交流的人。有时候却没法入戏，特别是给病人作法，他觉得请来的祖先庇护不了他的儿孙。祖先们在世时是人世间卑微的生命，难道归天了会法力无边？他问过父亲这个问题。远近闻名的老毕摩赶紧捂住他的嘴，眼神惊恐，骂他孽子。父亲有意让老二曲别拉迪承继衣钵。曲别拉迪的理想是唱歌，要到山下去唱歌。曲别拉迪考上师范，离开了大山。曲别拉根自己的儿女也像曲别拉迪一样，以离开大山作为自己的生活目标，从小就去曲别拉迪身边读书，现在他们都在城里有个体面的工作，有体面的房子。曲别拉根的妻子也说看不惯亲戚们的脏，在成都女儿家里带孩子不想回来。偌大一座房子，曲别拉根一个人住，难免寂寞。有时候他会产生幻觉，失踪的老父亲在某间屋里。敬天敬地敬祖先的父亲，去大风顶下做法事回来，在一个下雪天失踪了，生不见人，死不见尸。曲别拉根不离开乡村，有一半是因为他想等着父亲回来，有一半是他必须要完成父亲的心愿，继续做毕摩。因为他是毕摩，在乡邻们面前，他是神灵在世间的代表，他远着乡亲们。乡亲们也远着他，只剩下尊敬与威望。他的孤独只有他自己知道。昨天在吉克乌乌家，叫林修的年轻人，在吉克乌乌昏倒的时候，紧急把她送去医院，挽救了一条人命。他背负的内疚少了，也被林修的举动感动，他相信他是一个善良的人。回家发现树下有行李，沙马铁尔告诉他北京来的第一书记，想住在他家里。他问沙马主任为什么选择他家，在沙马铁尔旁边的李克说林修喜欢这棵大树。曲别拉根一下就同意了。因为他不仅喜欢这棵大树，而且视大树为神圣。他们的心灵在树这里达成了默契。可是后来他发现一个难题，要在林修面前持续扮演一个只与神灵说话的人，他做不到。他在院门里悄悄地看着树下的三个人，他们很认真，边说边在本本上写着。

金雨生突然起身，快速去拉开了院门，曲别拉根差点跌倒，尴尬地说："饭快好了。"

金雨生说："对不起，我要上个卫生间。"

金雨生出来，李克笑说："不愧为侦察兵出生。"

金雨生说："我觉得住这里不好，曲别拉根会影响我们工作。"

林修望着李克，李克也说是。林修说："你们的警惕性也太高了。也许我……不知道，要是你们觉得不合适，就回城里去住。我留下，如果犯了错，我就说是住乡村图空气新鲜。"

金雨生说："那你就先住一段时间再看吧。"

林修说："雨哥，克哥，我参加工作时间短，有些事可能看得不明白，以后你们多提点。"

金雨生说："你是中纪委的，我们都听你的。"

林修说："雨哥，话不能这么说，我才工作一年多，本来就是来锻炼的。"

"我看你的政策水平，对彝族文化的了解都比我们强啊。"

"那是来之前做的功课而已，除了读书在行点，在实际工作面前，我是只菜鸟。请两位哥哥多帮助，拜托了。"

李克说："那我说一句哈，我觉得你昨天亲自送吉克乌乌去医院这个行动，不妥。"

"我也说一句，你今天给那个老奶奶许诺，说我们明天去帮她翻房也不妥。明天我们要开村委扩大会，县里的领导都要来，讨论怎么助村脱贫。就算会完得早，我们去看老奶奶，可是我们会翻房吗？我们找谁去翻房？"金雨生说。

"送吉克乌乌去医院，出于本能。给老奶奶许诺也出于本能，我们进村不就是为老百姓服务吗?"

"如果我们每天的工作就是为这一家翻个房,那个家摘个苞谷,意义大吗?这是打短工。"金雨生有点激动了。

"我再读一遍第一书记的工作职责?"李克说。

"不用,我都会背了。服从脱贫攻坚工作队领导。着力做好'七个一'重点工作。培养村后备干部。协调指导村'两委'。开展贫困户识别和建档立卡工作。带领村级组织开展为民服务。推动村级组织规范化建设。"林修刚开始还有点赌气的样子,可是背着背着,他发现自己也许真的错了,说:"我没有处理好宏观与微观的关系。"

"对不起,林书记,我是个当兵的,直,话不经过脑子,你别介意。"金雨生说。

"金书记,谢谢你提醒。你是对的。"林修听金雨生叫他林书记,心里有些别扭。

"林书记,金书记,我闻到香味了,走,看看曲别大叔给我们吃什么。"李克转移话题。

"克哥,我们说过叫彼此名字的。"林修说。

"你俩是钦差,我向你们学。"李克说。

"雨哥,克哥,谢谢你们,今后的工作中免不了争论。我首先表态,我会重视和反省你们提的任何一条意见。"

金雨生把手放在林修手上,李克也把手放上去,三个人的手叠在一起，他们互相笑了。

曲别拉根喊吃饭，他们才把手松开。

大块的腊肉、花生米、南瓜汤、煎青椒、白水煮土豆，都是自产的，林修说看着就食欲大增。曲别拉根倒出自己泡的药酒，林修说他不喝，金雨生和李克也说不喝。曲别拉根自己喝。喝的时候望着屋顶，眼看着他们把菜一扫而光，他不动声色，内心却很开心，想这才是人应该过的日子吧。

吃完饭，林修催金雨生和李克上路，说晚了路上不安全。金雨生说要不是明天陪领导进村，他也不想走。

林修说："等你们以后不想走，我们就挤一张床，这事读大学的时候又不是没干过。"

林修送金雨生和李克走上小路，他返回到树下，站着看树。曲别拉根也来树下坐着。林修问曲别拉根树的名字，曲别拉根说是核桃树。

"核桃树这么大，真了不起。"林修睁大了眼睛。

曲别拉根说："树是祖先魂灵的住所。"

"曲别大叔，我觉得你也像诗人。"

"树在自己的年轮里活成树精。这是曲别拉迪说的。"

曲别拉根讲树的故事，说他小时候这树就很大，一年雷劈了他家房子，烧了，旁边的树却没受到伤害。他和父亲挨斗的那些年，有村干部看起这棵树，想把这棵树挖走，挖的时候下起大雨，从来没见过那么大的雨，那些人怕了，就没动。那个村干部在回去的路上摔到崖下，骨头断了。

"也许是巧合吧。"林修说。

曲别拉根说："人世间总有些巧合，让人心生欢喜，也让人心生敬畏。"

曲别拉根的话让林修想起太爷爷，人生在世，悟透一些道理，那是要岁月来堆的。曲别拉根又说："这雪鹤村有三棵大树，它们各有各的故事。除了核桃树，还有一棵柏树，一棵栎子树。你以后会遇见它们。"林修想老树比人生更长，老树吸山川日月精华，更是这天地间的智者。夜色降临山野，林修往四周看了看，越来越沉的黑把万物都罩着了，万物也更灵醒了。林修绕树三圈，摸树身上的节疤。他回到房间，翻开了《万物的签名》，阿尔玛滑入这个世间，她还没有故事，故事是阿尔玛父亲——一个喜欢树木的冒险家亨利的，正如林修来到雪鹤村，他也没有故事，故事是曲别拉根和王太因老奶奶的。

6

第二天，三个第一书记与村干部们的见面会，没想到县里来了人，乡里也来了人。他们与林修一一握手，问他感觉怎么样，生活习惯不，能听懂本地话不。林修不知道先回答谁。他看到罗春早站在人群里，他主动走过去问好。罗春早说："黄乡长专门为你腾了间办公室，很大。我帮你布置的。"

林修说："替我谢谢乡长，可我是雪鹤村第一书记，怎么可能去乡里？"

金雨生对李克说："北京这个光环太夺目了。"

李克笑说："北京离马边太远了嘛。"

"平台决定你站多高。等我儿子长大了，让他去北京。"

"你也可能去的，谁知道呢？北京的市委书记还在乐山当过书记呢。"

"哈哈，开玩笑呢。当兵的时候，我的老首长就对我说过，人在很多时候要甘当配角。"

"雨生，在这大山里习惯不？"县里的柳卫副书记，问金雨生。

"柳书记，你放心，西藏高原都待过的，这山不算山。"金雨生握住柳卫的手。柳卫也来自省纪委，金雨生自然觉得亲一些。

雪岗乡黄乡长问村主任沙马铁尔村干部到齐没，沙马铁尔说："村支书常宽林还没有到。"

黄乡长说："给他打电话。"

沙马主任有点急，给常宽林打电话，常宽林说快了。等他到时，发现他从摩托车上下来，裤子和鞋子都是湿的，一只脚还瘸了。常宽林说他为了让一辆农用车，自己掉水沟里，还崴了脚。"迟到了，我请求处罚。"

黄乡长说："就你龟儿事多。"忽然又打了一下嘴，说自己说话不文明。尽管三个第一书记一大早就把村委会办公室腾空，打扫了卫生，发现要坐下这么多的人开会，根本不可能。大家就围坐在院坝里，村支书常宽林简单介绍了雪鹤村的情况："雪鹤村面积20平方公里，海拔近千米，其中彝族占三分之二。2014年全村建档立卡贫困户133户467人。多数为茅草房、木板房、土墙房。贫困面宽、量大、程度深，住房难、饮水难、上学难、就医难、增收难。"

林修听得沉甸甸的，这满山翠色掩盖的是贫困，而自己终是浅薄，只看到了山的风景。他问："贫困的原因是什么呢？"

沙马铁尔说："多数人还在自耕自足，从土里要吃的，抵抗自然灾害的能力弱。加上路窄，烂，养的猪和鸡运输难，发展受限。还有就是娃儿些读书没动力，甚至不读书。看病又要跑多远，这点林书记已经体会了，我们的命不值钱。村干部们补贴很少，村民们又不信任，干与不干差不多。"

金雨生问："村里有多少党员？"

常宽林说："不到百人。"

金雨生又问："平均年龄多少？"

常宽林说："没算过，不过都比较老。"

金雨生说："看来，任重道远。"

学计算机数据分析的李克说："村里贫困户建卡是 2014 年，两年过去了，有没有什么变化，这个统计过没有？"

沙马铁尔说："没有。"

黄乡长对雪鹤村的情况做了一些补充，说从 2014 年，中纪委就对马边启动了扶贫模式。就是这条窄路也是上级领导关心，通过自筹加国家补助的方式才修成的。黑松林最远，山高，林密，现在也没有硬化路。

县纪委副书记阿铁自然是站在纪委的角度，强调扶贫资金的管理，告诫村干部在执行过程中必须透明。

柳卫说："这个会开得很务实。已经十二点了，我就说一句，雪鹤村是中央纪委、省纪委、市纪委定点扶贫村，只有做好的理由。希望三个第一书记和村干部们记着古人说的话'乐民之乐者，民亦乐其乐，忧民之忧者，民亦忧其忧'，精诚团结，励精图治。在两年之后，向党和人民交一份漂亮的答卷。我的手机24小时为你们开着，有什么事尽管找我。"

柳卫点燃的激情，在炽热的阳光中化为林修内心的澎湃，那个想躲进深山逍遥自在的林修退到幕后。

做点什么，一定要做点什么。古人说，穷则修身养性，达则兼济天下，在北京他是一个穷人，在单位是一个不起眼的小角色，而到马边他变得重要了，或者说是被重要了，他要为这个被重要的角色负责。

柳卫走后，林修与金雨生、李克商量，又留下村干部继续开会。常宽林和沙马铁尔参与度高些，而其他的村干部却不怎么发言。

林修理了一下思路，布置任务：第一，重新走访贫困户建档，同时了解非贫困户的思想状态和要求；第二，争取修路资金，改善目前交通；第三，让失学孩子重回学校读书；第四，建立健全基层党组织。全村12个小组，请常宽林书记分一下工。

常宽林说他负责2、3、5、7、8、11组，沙马铁尔负责剩下的6个小组。村副主任吉木日木黑沉着脸说："这才扯拐呢，沙马主任自家门前的3组，偏偏让你来分管。远的难走的就留给沙马主任。"

大家埋头不语，虽然吉木日木经常和常宽林拧着来，但当着三个第一书记的面，觉得有些过了。

常宽林说："还想不想干下去？"

吉木日木说："不想跟着你干。"

常宽林说："你现在就走。"

吉木日木站起来要走，被金雨生拦下了。金雨生说："我知道村干部待遇低，自家有自家的事，忙。村干部是为大家服务的，但同时也是自愿的，这一点，我想在你们参与竞选的时候，就已经想好了付出两个字。如果确实不愿意做，可以走正常程序提出辞职。"

吉木日木说："我是自愿参选的。我也愿意为村民做事，但这必须在公平公正的基础上。"

沙马铁尔按着吉木日木的肩说："坐下。我已经老了，家里的事也用不着我，出去走走，就当是锻炼身体，你急什么？"

吉木日木说："林书记，金书记，李书记，我不是给你们出难题，村里有些事儿，久了你们就知道了。"

李克看一眼林修，林修又把目光递给了金雨生。

金雨生说："那我们就当是开民主生活会，大家说说到底什么问题需要我们协助解决。"

村干部们看着吉木日木，吉木日木正要说话，手机响了，他接了电话，说句马上就到，也不和谁打招呼，抬脚就走。

常宽林说："林书记，你看看，吉木日木从来就是这样，说他吧，影响民族团结。"

林修谨慎选择着话语，他无从判断这其中的是非，更不能因为他言语的偏差，让村干部们觉得他倾向哪一边。

金雨生又替他解围说："我们刚刚进村，对村两委会领导班子处于一种什么状态，尚需了解。不过，在今后的工作中，我们能够辨别出来，谁在做事谁在混事。我们期待你们都是做事的。现在我们还要去看王太因老奶奶，散会吧。"

村干部们好像早就等不及了，急匆匆地就散了。常宽林拖着肿胀的脚，说不能陪他们一起走，他把去王太因家的路画给林修，说他先走一步。

林修对金雨生竖起大拇指说："向你学习，雨哥。"

金雨生说："蠢长几年而已。"

李克说："雨哥在部队就是做政治思想工作的。"

林修向金雨生和李克鞠躬说："请两位兄长，以后多指导。"

金雨生赶紧拉住林修，说："哪里话哪里话，我们共同进步，要向你学的地方多呢。"

李克说："别客气了，二位都是我学习的榜样。我在部队是做技术的，请你们以后多指点。"

"没完没了啰，是不?"金雨生说。三个人笑起来，向王太因老奶奶家走去。

太阳炽烈，一路上没见到村民，只有此起彼伏的蝉鸣，好像在传递消息，说外乡人外乡人。

到达王太因家时，常宽林拄着枴杖，已经指挥三个人在帮王太因老奶奶翻瓦了。

王太因炒了一大盘南瓜子放在常宽林面前，看见三个第一书记，王太因老奶奶抓了瓜子就往三个第一书记的手里塞，说："电杆儿今天就像我儿子，我就奇怪太阳怎么从西边出来了，原来是管他的人来了。"

常宽林说："婶儿，你就埋汰我吧，乡里乡亲的，帮帮你还不是很正常吗?"

王太因拉过杨豆豆说："记住了，豆豆，乡邻乡亲的，有事儿去找电杆儿，不，找常书记。"

杨豆豆去摸常宽林的耳朵，常宽林打他的手。

林修看杨豆豆长得蛮正常的，握住他的手说："杨豆豆，有事也可以找我们。"

杨豆豆却吓着了，躲到王太因背后。

林修拍了一张照片。

王太因说："专照我的核桃脸，拿回北京说，看，这就是山里的农民。"

林修有些尴尬。常宽林说："婶儿，你的嘴怎么不积德!"

王太因说："我的嘴如果积德，早就被生活整死了。"

林修说："王奶奶，我发现你说话有水平。"

王太因拍了拍嘴，说："还没有人表扬过我的嘴。"

大家都笑了。林修发现男主人杨德炳好像不那么乐观，沉默地编一个背篓，他走到他身边，赞赏他的手艺。

杨德炳说："老了。"

林修说："你看王奶奶活得多精神。"

杨德炳说："她是硬撑住呢。如果不是杨豆豆，我们都可以放心去那边的了。"

林修安慰说："看你们身体，活百岁没问题。"

杨德炳说："还是要走的啊。杨豆豆怎么办呢？"

林修说："国家会替你们照顾的。"

"国家是谁？常宽林？还是你们？"

林修想了一下，说："我们只是代表之一，我们在，就会做好这个工作。我们不在，还有其他人会接着做这个工作。"

金雨生拿出一个本子，问王太因老奶奶家庭靠什么收入。王太因说："靠山吃山。有吃就不心慌。杨德炳还能编个箩筐筐卖，买个盐洗衣粉啥的也过得去。"

林修觉得他还是喜欢王奶奶的明朗，说她活得明白。

王太因却说："命贱而已。"

常宽林说："婶儿，你命好，你家是三个第一书记第一个走访的人家呢。你还有什么要求提出来。"

"感谢三个书记的关心,房子不漏,只要我活着就没什么要求了。如果我死了,就请三个书记让电杆儿帮我照看杨豆豆。"

"电杆儿?"林修不解。

"就常宽林书记嘛,你看他长得就像一根电杆儿。累的,修村里这条水泥路,他不知费了多少神呢。"

王太因中气足,思维清楚,一双眼睛在说话的时候转来转去,真看不出是八十多岁的人。

林修说:"王奶奶,你看你身体这么好,肯定会活上百岁的。"

王太因说:"要照顾杨豆豆,我必须活着呀。"

大家又笑。林修对金雨生和李克说:"没想到山村还有这等人物。"

三个书记离开时,王太因拉着林修,要看看相机里的照片。林修给他看,王太因说:"哎呀,不行,得重照,你看我头发乱的。"

王太因重新换了一件衣裳,对着墙上挂的镜子,把散乱的白发理顺,又给杨豆豆收拾了一下,拉杨豆豆站在她身边,让林修重新拍照。

林修拍后又给她看,王太因满意了。

林修对王太因竖起大拇指。

金雨生说:"王奶奶,等我们老了,也要像你一样活着。"

王太因笑得很响。

常宽林说："我很小的时候，大人们都说婶是村里的妖精，现在老了，成了老妖精。"

王太因要打常宽林，大家都笑了。

王太因说："老树还想开花呢，活着就得对得起日子。"

林修想北京有北京的文化，村庄也有村庄的人物。毕摩曲别拉根、王太因老奶奶和太爷爷一样，活出了他们的精彩，他对他们都充满了敬意。

7

　　吉克乌乌出院回家已经是半个月之后的事了，她带着阿衣专程来谢林修。说她能活下来是遇到了贵人，要把阿衣过继给林修当干女儿。林修红着脸推了，说自己大不了阿衣几岁。吉克乌乌跪下："你就是我救命恩人……"

　　林修吓着了，赶紧扶起她，说："你这不是打我脸么？我，我是中央纪委下派来扶贫的。遇到你有生命危险，救你是必须的呀。"

　　"阿衣，你记着，我这条命是林书记捡回来的。"

　　在一边抽旱烟的曲别拉根说："是天神觉得你还有事没做完。"阿衣说："曲别大叔，你的天神看不见。"吉克乌乌打一下阿衣的头，请求曲别拉根原谅阿衣年少不懂事。曲别拉根摆了摆手。

　　林修问她有什么打算，吉克乌乌说："不知道。不过，你的钱我会还的，我还不了，还有阿衣。"

林修说:"那点钱,别放在心上。目前最重要的就是把身体调养好。"

吉克乌乌说:"林书记,你给阿衣找个事做吧,让她离开家。"

林修问阿衣识字不,阿衣点了点头。林修想到印梅,也许可以让她帮阿衣找个事做。林修说尽力时,吉克乌乌的眼里燃起希望之光。

曲别拉根叹息一声:"苦命的吉克乌乌,如果你父亲活着,阿哈他敢吗?"吉克乌乌眼里的光又暗了。

看着吉克乌乌和阿衣走下泥泞的山坡,林修恍惚。许多年前,吉克乌乌的母亲也许这样走着。许多年后阿衣还会和她的女儿一样沉重吗?日子会在这样的边城这样的山村停止不前,一直重复下去?

不。林修暗下决心。林修光着膀子在树下写一个材料,申请修路资金和安装移动基站。曲别拉根在他旁边点燃一把野草。

林修不解,曲别拉根说防蚊。林修说谢谢。曲别拉根说:"帮帮吉克乌乌。"

"曲别大叔,你放心,我们不仅要帮吉克乌乌,还要帮所有需要帮助的人。"

"让吉克乌乌不贫,也许你可以做到,所有的苦难人都不贫,能做到吗?"

"不落下一个兄弟姐妹。"

"天知道，我也经常这样祈求。"曲别拉根说。

林修笑了一下，说："你不相信？"

曲别拉根说："你相信？"

林修说："我相信。请你也相信。"

"我宁愿相信这棵树每一年都结果。"曲别拉根指着大树说。

林修只是笑，问曲别拉根，吉克乌乌为什么要让阿衣离开家。

曲别拉根点燃一支烟，待烟雾腾起时，他向天念了一句什么，缓缓说："吉克乌乌是带着阿衣嫁给阿哈的。阿哈人懒还好赌好色，看阿衣出落得整齐，他想打阿衣主意。吉克乌乌看得紧，他就把阿衣当成赌资，输给了鬼针草。阿鲁知道了，帮阿哈偿还了赌债，阿衣才保全了名声。"

"鬼针草是谁？"林修问。

"一个装了一麻袋麻烦等你的人。"曲别拉根说。林修等着他说下去，曲别拉根却不说了，又向着天念了句林修听不懂的话。

"曲别大叔，你这是什么意思？"

曲别拉根说："不是我在说话，是天在告诉你。"

林修摇了摇头，曲别拉根大概是事事都要与别人不一样吧，愿意神秘就让他神秘好了。只是鬼针草是谁？曲别拉根为什么说到他时，口气这么不屑？林修满是疑惑，他也知道如果曲别拉根不愿意说，他再怎么问也是白问。

他是第一书记，阿哈家的事他没有证据，也不能给阿哈定个什么罪。想到阿衣他还是怜惜。他给印梅打电话，问她方便说话不。印梅说她还在办公室呢，没什么不方便。林修问："还记得吉克乌乌不？"

印梅说："当然，你的第一个村民嘛。"

"她那个女儿阿衣，记得吧？"

"一个很漂亮的小姑娘。"

"对，你看一看，乐山有没有合适的工作给她做。"

"她会什么呢？"

"什么也不会吧。"

"有你这样帮介绍工作的吗？"

"你不是印梅吗？"

"什么逻辑？"

"都是纪检人嘛。"

"我下来问一下。"

林修心里高兴，在树下伸胳膊打腿比画几下。曲别拉根已经睡了吧，这么好的星光，他舍不得睡。他惦记着《万物的签名》的亨利，他的植物冒险家的梦会经历什么，可是星光拖住了他。他就在树下望着满天的星光，想起马格、姑妈、父亲、母亲还有太爷爷，这一刻他的心有些柔软。离开他们不到二十天，倒像是很久远了，隔着时空看亲人更亲了。今晚北京有星光吗？他们哪一个在这个时候也望着星空，哪一个又在这个时候想起深山里的他呢？马格不会的，他这个时候应该和一群涂着深色唇膏的女人在一起，他不爱她们中任何一个，但他会表现出他对每一个女人的喜欢。姑妈也许和姑父在闹别扭，姑父总是学不会变通，姑父的军衔已经停留在大校位置很多年了。父亲林德又在找谁吹牛呢？会不会有人上当，把他手里的一块石头当成宝贝给买了？母亲那云曲也许反复在擦已经很干净的地，只有太爷爷心里有星空的，就在那间狭小的屋子里闭着眼想象星空。只是太爷爷耳不好，他想打电话，太爷爷没法听。林修好想有个能打电话的人，能告诉她，说他在看星空，这个人在哪呢？林修此刻想念爱情。

"早睡，明天我去惹革儿家。"曲别拉根不知什么时候站在林修身后。林修乖乖地跟他进了屋，看了会儿书睡了。

"天生异象。"天刚放亮，曲别拉根就站在院子里说。

曲别拉根指了指对面陡峭的山，白云层层叠叠堆在山头上，太阳还没见面，云却渐染了色，金碧辉煌像宏大的宫殿。林修几乎目瞪口呆，他恍惚，这还是世间景致么？

曲别拉根递给他一根竹竿，说走吧。

"给我？"林修的声音像从遥远的地方回到现实。

"惹革儿儿子结婚。"

"你确信，我要去吗？"

"你不是来工作的吗？我劝说了几十年，没法改变惹革儿，也许你能。"

"惹革儿是什么情况?"

"路上说。"

林修把竹竿放下,说走吧。曲别拉根把鹰爪、虎牙、手铃放进包里,穿上披风,戴上头笠,又拿上竹竿,准备上路。林修看他装束,说威风。曲别拉根越发挺直了背,林修跑到前面,给曲别拉根拍了一张照片,盛装的曲别拉根背后是一棵盛大的树,林修很满意这张照片。山、朝霞、树与人,这是一个美好的早晨。他跑回去把《万物的签名》放在包里,也许有机会翻一翻呢。

曲别拉根看他跑进跑出,说:"节约点力气,路远呢。"

"总没有北京到马边远吧。"林修跳了一下,生机勃勃的样子。

曲别拉根对他伸出拇指,然后指了指云霞堆积的山峰说:"那山峰下。"

林修又跳了一下,说:"我可以摸到山峰呢。"

曲别拉根笑而不语。看起来不远的山,走了很久,山还是在前面,还没有登山,林修就腿软了。进山的路陡而险,走的人少,被夏天疯长的植被覆盖了,完全靠他们重新蹚出一条路来。曲别拉根在前,走在齐腰深的蕨类植物中,不停用竹竿拍打草丛。林修解个小便,就发现曲别拉根没了人影。草丛中一阵乱动,一条花蛇倏忽而过,林修惊叫,曲别拉根嘴里念念有词。林修说:"曲别大叔,如果你能让蛇不再出现,我就认为你念咒有用。"

"谁说是念咒,我不过是通知它们,说我们只是过个路而已。"

林修跟紧曲别拉根，好不容易爬上山头，却发现所谓的山头只是另一座山的山脚。只是那些蕨类的草丛变成竹子，阳光只筛下来一些光点，落在厚厚的竹叶上。路好走了许多，只是坡更陡了。爬上一段陡坡，却有块平地，几间垮塌的土屋依稀还能分辨出一个四合小院的样子，院子中间有一棵两个人才能合围的大柏树。曲别拉根庄严地行礼，还做了祷告。林修问他念的是什么，曲别拉根说："山有山神，树有树灵，我们惊扰了它们，总要告诉一声。要不回不去。不过，你们汉人不相信的。"

林修说："我宁愿相信山有神，树有灵。"

"这树就是三棵树中的柏树，有灵的，几年前有人寻了这棵树，想卖到城里去。要挖树的前一晚瘫了。"

林修不相信，问："这里曾经有人住?"

"吉克毕摩家的房子，他死的时候，这棵柏树上站满从外地飞来的雪鹤，像给树戴了白花。"

"雪鹤村的名是这么来的吗?"

"从前的雪鹤村，到处都是大柏树，雪鹤就在这个季节飞来。"

"我也走了很多家了，没见过雪鹤。"

"因为柏树只剩下几棵了。"

"传说吧。我查过雪鹤喜水，这么高的山，这种鸟儿是不来的。"

"你不是雪鹤，你怎知道它不来?"

"哈哈，大叔，你知不知道你这个话是我们的老祖宗庄子说过的?"

"那我收回。我小时候见过，和惹革儿一起。"

林修说好吧，你见过。他看了看残存的墙基，其实这个院子规模挺大的。他问吉克家的后人呢?

"就剩惹革儿了。"

"惹革儿? 他为什么不住这里?"

"他就是个惹革儿。"

林修做了一个不懂的表情。

"惹革儿，就是你们汉人说的牛板筋。"

"我还以为是名字呢。不过牛板筋也不能说完全是贬义哈。"

"惹革儿的外公是个很出名的毕摩，我的父亲最先跟他走场子，听父亲说他有移人移物的能耐，能让人在无知觉状态下，在悬崖上下行走。他治病救人驱百魔，他认为他就是神呢，在行毕的最后，从不向神祈祷护佑自己。神让他没有传继的人，他有几个女儿。只有一个残疾的女儿长大成人，还怀孕了，也不知是谁的种子。好在毕摩认为是上天给他的，他给女儿好吃好喝养着。谁知长胖的小子倒着来世，他要了他妈的命。他喝羊奶长大了，或者说他就是根草，丢在土里疯长。他从小就与一般人不一样，他不睡床，最喜欢的是贴在地上睡。他外公怎么骂他打他，甚至行毕都不行，他就叫他惹革儿，他真的名字没有人记得了。惹革儿也不喜欢人群，常常一个人跑到密林里，把耳朵贴在土地上，说他能听懂土地说话。他能在山里找到大家都找不到的野生松茸菌。因为是毕摩的儿子，我也没有什么朋友。有一天和他在天池边看见了雪鹤，他虽然大我七岁，但我们俩都趴在地上向雪鹤靠近。那只雪鹤没动，我们爬到它身边，才发现雪鹤翅膀受伤了。惹革儿鼻子贴近伤口闻了闻，说是蛇咬的。他扯了一把鬼针草捣烂，敷在雪鹤伤口上。那一天，我们成了朋友。现在他也是我唯一的朋友。你知道我家都是读书的，他们都离开山村了，可惹革儿家的孩子们，他不让他们读书。我现在这种状态叫不叫好，一个人孤零零的? 惹革儿认为不好。但不能耽误孩子们啊，毕竟时代不同了。你看你带着尚方宝剑都从北京跑到这里来了，大变的格局嘛。以前谁能想呢? 一些传统的东西正在融合，融合必定有失去，也有新生。"

林修激动地抱着曲别拉根，说："大叔，听人说毕摩是彝人中的知识分子，今天我算是开眼界了。"

曲别拉根从林修的拥抱中挣脱出来，正了正衣冠，说："孩子，你倒像我弟弟曲别拉迪，是个诗人性情。记着，保持你的心。"

"我开始想见惹革儿了。"林修说。

"今天他儿子结婚，不要惹他不高兴。"

他们继续往上走，走进一大片黑黑的松林里，松针铺在地上，厚厚的，掩盖了脚下不平的山路，稍有不慎就踏空。山体也露出刚硬的质地来，岩石陡而光滑。眼看无路了，转到旁边，发现山体被劈了一样，挨得很近的山中间谁砍松树绑了梯子，可踩着树梯往上爬。曲别大叔走在前面，常常回头拉一把林修。林修手脚并用，喘气说："这惹革儿住的地方，怎么像苦行僧修行之地?"

曲别拉根说："出了黑松林你就知道，这是一个多么好的地方。"

林修设想过好地方，但没想到是这样的好地方，上天真会作弄人，把这么一个仙境藏在看起来不可能的高处。

松林没有了，眼前是带着斜坡的开阔地，水草茂盛，有羊和牛在吃草，草地中间有一池水，微波荡漾。再远处是另一片树林，树林之上才是山峰。白云已经散开了，山峰在灿烂的阳光下闪着蓝幽幽的光。惹革儿的家背靠黑松林，面向草地，林修听到了孩子的笑声，十几个年纪相差不大穿着新衣服的孩子在屋前屋后跑来跑去。林修招呼他们，他们聚拢来，说着林修听不懂的语言，其中一个大一点的女孩牵着一个小女孩，用汉语问："你是谁?"

林修扮了一个怪脸，孩子们都笑了，一瞬间就接纳了他。他们跟在林修身后走进院子里。院子南边用松树枝搭起一座青棚，树枝挂了红色黄色和黑色的彩带，正中摆放着彝家喜神牌位。旁边有彝人歌手在唱歌，还有人在吹唢呐。

另一边临时垒了锅灶，帮厨的乡亲忙着择菜，洗菜，一个长长的案板上放了煮好的鸡、羊、牛肉。一种林修没闻过的略刺鼻又有芳香的味飘在院子里。他使劲儿去吸时，好像又没了。

叫惹革儿的老人看见曲别拉根，用拳头捶了他一把，以示他们的亲热，然后用疑惑的眼光望着林修。

"北京来的扶贫书记，给你儿子送福来了。"

"耶，北京来的！"跟在林修身后的女孩向伙伴们重复了一句，孩子们跟林修贴得更近了。

惹革儿笑着作了一揖，脸上深褐色的皱纹里嵌着汗珠，他说："听说了。"

"没见你下山，哪里听说？"曲别拉根问。

"风说的。"惹革儿说。

"哼，还风呢，看你脸上汗的。"曲别拉根说。

"唉，骨头老了，身子虚了。"

"这些孩子都是你家的？"林修问。

"都是沾亲的。"惹革儿说。

"他们上学，路很远啊。"

"他们不需要上学，土地会教他们。"

"他们到过山下吗？"

"山下有山上这么好吗？"惹革儿抽烟。

"这儿风景很美，但是住在这么高的山上，不方便啊。"林修说。

"家在哪儿，哪儿就方便。你随便走，走不掉的。"惹革儿显然不想和林修多说话。他把曲别拉根拉到一边，说接亲的快回来了。

林修的确听到另一拨吹唢呐的声音，曲别拉根说他要做准备了，把林修介绍给乡亲们。林修坐在他们中间，原来聊得很开心的乡亲们反而不说话了。林修问了他们一些情况，他问三句，乡亲们答一句，汉语说得很拧巴。其间有个人汉语说得顺一点的问："扶贫，管不管修路？"

林修还没说话，乡亲们开始嘲讽那个汉语说得顺的。

林修说："正在争取。"

那个人冷笑："哄龟儿子，争取，争取，把钱争取到自家包包里去了。他妈的老沙马铁尔，骗我们很多年了。"

"别说大的，让我们能打通电话也行哦。"有人插嘴说。

一直在忙乎的惹革儿走过来说几句话，大家沉默了一阵，就只说彝语了。林修觉得他们的语言像在唱歌，只是不知道表达的是乐还是苦。林修再问什么，他们都不用汉语回答了。林修无趣，加上天气热，人群里汗味儿浓重，他走到门外。接亲的队伍近了，孩子们一溜小跑，嘴里叫着新娘子新娘子，兴奋地前去迎接。林修看惹革儿房子四周墙下都堆满了干柴，还有一墙的松毛子，松毛子旁边是累累的苞谷地，豇豆、四季豆、黄豆，还有茄子、辣椒长势喜人，坡地上还有许多黄了的南瓜卧在地上，松树搭的瓜棚上，细细的藤吊满冬瓜，林修掂了一下，真沉，担心那些藤会断了。林修想惹革儿倒是个勤劳的人。

娶亲队伍到达新郎家门口，有人燃放大火炮和鞭炮。曲别拉根站在院门口念经。新娘在手持两支火把的两名少女陪同下，进了大门，也不看谁，一直走进新房床上坐下。一个穿着整齐的年长女人，给新郎新娘倒上酒。新郎和新娘喝完交杯酒，才走出洞房。新娘的姐妹们陪着新娘留在房中。

新郎这里聊聊，那里站站，脸上赔着笑。林修无事，看吃饭还有时间，就一个人向草地中间的水池走去。水边清凉了些，没有河流，不知道这水从哪里来，水边长满了油草，中间看起来挺深的，山峰倒映在水里，像仙境。林修趴在地上拍照，不知什么时候，那一群孩子又围在他身后，他给他们摆好位置，拍了照给他们看，孩子们的脸上笑盈盈的。牵小女孩的女孩子问林修能不能给她照一张，她要寄给妈妈。

"你妈妈在哪呢？"

"她妈妈跟野男人跑了。"有个男孩子说。

少女的脸拉下来，盯死男孩子，偏着头问："阿尔布，信不信，我揍你？"

叫阿尔布的男孩子也偏着头，要打架的样子。林修扑哧一声笑了，想起小时候跟着马格混时，小伙伴间也经常这样。但是他是第一书记总不能看着孩子们打架，他把他们拉开了。曲别拉根说惹革儿不让他们读书，他想最好的办法就是让孩子们自己提出来要读书。

　　林修问少女叫什么名字，少女说："我叫阿朵，妹妹叫阿母。"

　　"阿朵，你读过书吗？"

　　"读过三年，妈妈走了，我读不成了，我要照顾阿母。"

　　"你妹妹几岁了，"

　　"7岁。"

　　"也该读书了。"

　　"没钱。"

　　"我家有钱。"那个想打架的阿尔布说。

　　"但你不读书。"阿朵说。

　　阿尔布说："我爷爷说不读书，照样会放羊。"

　　"你爷爷就是个惹革儿。"阿朵像是在骂。

　　"惹革儿就惹革儿，有钱。"阿尔布偏着头，挺自豪的样子。

　　"你不知道北京。"阿朵不示弱。

　　"你也没看过。"阿尔布说。

　　"我在书上看过。安叔叔说过如果读了书，就可以离开这里去看北京。"阿朵说。

　　"可惜你妈把安叔叔给你的钱都拿给野男人去了。"

　　阿朵要打阿尔布，阿尔布藏在林修身后。

　　"安叔叔是谁？"

阿朵流泪，不说话。

林修拉着阿朵说："阿朵，哥哥一定让你继续读书。"

阿朵好像不那么信任，林修拿出《万物的签名》。阿朵摸了一下书，说："这么厚啊。要装好多课文。"

林修说我给你们读一段。林修用标准的普通话读了一节：

亨利很聪明，而且喜欢树木。倘若说他像父亲那样敬仰树木可能言过其实，不过他喜欢树木，因为在他贫困的世界中，树木是让他能轻易学习到的少数东西之一，而经验让亨利懂得学习使一个人比其他人具有优势。如果想继续生存，如果想大展宏图，那么任何学得到的东西都应该去学……一个人应该每天都杀一只羊，可是去哪儿找羊？

亨利很快看到了机会，他等在邱园外面，问那些被邱园主人轰走的客人，想要什么样的植物样本，然后彻夜行窃稀有植物……还把尊贵绅士们画给他的植物素描全部保存下来，予以研究，直到他对世人渴望的每一株植物的雄蕊、雌蕊都了如指掌……可是最后，在三年的不法冒险之后，亨利被逮个正着……

别把我绞死，阁下，这么做你会后悔。

那你建议我怎么处置你？

用我。

我为什么要这么做？

因为我比谁都干得好。

不知不觉，林修读了很长，一是他自己喜欢，二是孩子们认真地听着，更增添了他的兴致。等他停下来，他发现了新郎也在孩子们中间坐着。

"亨利被绞死了吗？"新郎问。

"是啊，北京哥哥，你告诉我们亨利被绞死了吗？"阿朵很急切地问。

林修说："我也不知道啊，因为我还没看后面。不过这么厚的书，他肯定没死。想听的话，就到学校读书，我继续给你们讲。"

阿尔布好像一直在思考一个问题，他拉着林修问："这个亨利是真的吗？"

林修笑说："阿尔布，这世上有许多假的书里的人，比真的人更真实。你和阿朵差不多大吧？你看阿朵都喜欢读书，你一个男子汉如果不识字，就走不出黑松林。"

"没出息。"阿朵说。

"可我爷爷说，黑松林是最好的家。只是，他不喜欢。"阿尔布指着新郎说。

新郎对孩子们说吃饭了，快回去。孩子们跑了。新郎和林修也往回走，新郎说："我叫阿约，曲别大叔说你可以信赖。"

林修心里感激曲别拉根，说："祝贺阿约大婚！"

"没什么意思。"阿约懒懒的。

林修停下来，看着阿约。

"你帮我离开黑松林。"

"黑松林很美啊。"

"日子都过老了。你看我哥我姐，他们的样子就是我的明天，我不想。那个书里的亨利，我喜欢。"

"你喜欢新娘吗？"

"无所谓喜欢不喜欢，反正愿意嫁到高山上来的都没几个。"

"你想做什么呢？"

"流浪都行，只要离开黑松林。"

"你爸不要你离开。"

"小时候我喜欢跑到山下去耍，那些小伙伴读书，我羡慕他们。但我爸不让我读书。你看我哥我姐家的孩子，他们都不读书。阿尔布是我哥的儿子，很聪明，但是再过几年他也会像我一样结婚生子。如果我不离开，我以后的孩子也会像阿尔布，这活什么劲儿啊！"

"阿约，像你一样的年轻人在村里没读书的多吗？"

"多。"

"阿约，如果现在让你读书，你愿意吗？"

"和流鼻涕的娃娃在一起不好意思。"

"和你一样年纪的人一起读书，学本事，然后出去打工。"林修说的时候，头脑里才开始规划，这个行得通吗？

"可能吗？那你要记得给我打电话哦。完了，完了，这黑松林只有一个地方才能接到电话，你站在山头喊阿约，我会出来找你。"阿约兴奋了。

"站哪一个山头，喊阿约你能听见啊？"林修笑说。

"就曲别大叔后面的那座山，以前他找我爸，就是站在山上喊的，一座山一座山传过来，我就知道了。"

"你在讲传说？"

"我说的是真的，你知道召唤者吗？有人志愿当传话人。"

林修将信将疑，拨打阿约的电话，的确打不通。林修说他会争取让黑松林到处都能听到电话。

阿约和林修回到家里，客人已经入座，阿约拉林修一块坐下。一个妇人走到阿约身边，说他应该进洞房陪新娘吃从娘家带来的饭菜，阿约不去。惹革儿站在他面前，问他是不是脑壳被门夹了。

阿约蹭地站起来，从洞房里拉出新娘，让她坐在他身边，说："该变了。"

新娘看看众人，眼泪没包着。新娘家的人站在新娘背后，开始撸袖子，眼看就要生事。

惹革儿咳嗽一声，那些人才停下。

林修用手臂拐了拐阿约。阿约递给新娘一张纸巾，对她说：

"这么热的天，你家里带来的东西都馊了，就在这吃。"

新娘把眼泪眨回去，拿起筷子。娘家的人才各自坐下。

惹革儿端坐在上位，他的旁边坐着曲别拉根。桌上的人先敬了曲别拉根才敬惹革儿，倒像没有新郎新娘似的。林修不喝酒，他埋头吃饭，他又闻到那种强烈的芳香，肉里面有特殊的味道。他的舌头对这个味道有点抗拒，但是鼻子又亲近这种味道。他问曲别拉根菜里加了什么。惹革儿听见了，淡淡地说没加毒药。林修听出了他的不高兴，他弄不明白为什么惹革儿不高兴。阿约给林修夹了一大坨肉，很热情地说："林书记，这加了木姜子，好吃吧？"

"木姜子？"

"你们山外人都不用的。林书记，晚上烤羊肉加木姜子，特别好吃，你留下来和我们一起跳舞。你看柴堆都准备好了。"惹革儿和曲别拉根都诧异，阿约为什么对林修这般热情？林修说还有两个第一书记，下午得开碰头会，要早点回去。

告别时，阿约拉着林修的手说："别忘了你的承诺。"

林修说："我一定会给你带来好消息。"

林修与惹革儿握手道别，惹革儿却说："年轻人，我不是贫困户，你不需要再来看我。"

好在曲别拉根早就对他说过惹革儿的情况，林修笑说："大叔，讨口水喝可以吧？"

惹革儿说："水有，草鞋也有。"

曲别拉根说："忘了告诉你，惹革儿的草鞋打得最好。山里下雨路不好走，穿上惹革儿的草鞋走路轻松。"

林修记忆里是红军穿草鞋过草地，现在穿草鞋，还真没听过。他下意识地看了看脚上的李宁牌运动鞋，草鞋会有这种鞋舒服吗？他没有说出来。

回程的路上，曲别拉根对林修说："惹革儿那老家伙，头脑还是精明得很。你知道他为什么那么硬气地说他不是贫困户吗？他闲不着，地头做不完的活路，林子里猎野味，晚上还打草鞋卖，吃穿还是不愁的。就有点不好，他这人守旧，不想改变。他知道我是故意带你去的。你知道他为什么不喜欢你？"

"我很敬佩他的，你看他屋前屋后地里长出好多好东西。"

"你在动摇他的权威。"

"我没做什么呀。"

"一个听话的孩子，忽然开始反了，还振振有词说该变了，不是因为你吗？"

"阿约呀，他心里早就有变的种子了。"

"彝族婚礼习俗，新娘嫁到新郎家，第一天只能在新房里吃从娘家带来的食物，新郎要陪着吃。你别看只是阿约把新娘从新房里牵出来，这一步可大呢。"

"这个习俗到处都坚持了吗？汉族也有很多习俗，但是坚持下来的并不多。"

"彝族坚持的也不是太多，但惹革儿家坚持着。"

"我接下来的任务倒是要改变惹革儿了。"

"会很难的。不过，只要不让惹革儿离开黑松林，还是可以谈的。"

"没说离开黑松林呀。"

"等着看吧。"

"哎呀曲别大叔，这次和你一起出来，我才觉得你可以像正常人一样交谈，现在你又要拉距离感了，是不?"

曲别拉根说:"过去的和要来的，山神都写着呢。"

"我倒想知道，有些什么要来，我可以走捷径。"

"山神说不可泄漏。"

林修哈哈地笑，下山比上山轻松多了。只是天气闷得像氧气都少了点，走那片蕨草地带，林修想到那条蛇，有些后怕，跟紧了曲别拉根。曲别拉根走在前面，越来越认真地看着地下的路，林修以为他在看是不是有蛇。曲别拉根把毕摩那一套行装脱了收进包里，说:"要变天了。"林修看着亮晃晃的太阳，不相信，故意问:"山神告诉你的?"曲别拉根不理他，在前面加快了脚步。也奇啊，林修突然听到遥远的沉闷的雷声，一会儿南边的天空就黑了。

林修说:"曲别大叔，你神啦。"

曲别拉根暗笑，其实是地上那些小生灵告诉他的，他不想告诉林修，就让这小子崇拜吧。他说："雷追来了。"雷声的确是越来越响，乌云好像追赶着他们跑，等他们跑到较宽的山路时，黑云罩在头顶，树在风里摇晃着弄出更大的动静。雨来啦，暴雨唤醒村庄的慵懒，到处是奔跑的村民。曲别拉根试图用他带的黑伞为两个人遮雨，风却把举着伞的他吹得打转转。林修说反正都打湿了，不如好好地淋淋雨。林修冲进暴雨中伸开双臂，喊："暴风雨来得更猛烈些吧。"风雨的抽打，其实有一种痛快的感觉，世界除了下雨好像没有其他的了。

　　曲别拉根把伞低低地压了下来，像戴了一顶帽子，只是伞很快被风吹翻了，雨实在是太大了，天上好像有水库决堤了一般。有一阵曲别拉根和林修都只能站着，眼睛无法睁开。曲别拉根大声说："要出事。"

　　林修听到一种低沉却巨大的声音，如野兽的哀鸣，山在动。

　　"快跑，快跑。"林修大声喊。惊得曲别拉根丢了伞，回过头看，山体滑坡，泥石流就在曲别拉根脚后面。曲别拉根还有心向山念经，林修着急地拉他一把。曲别拉根指着山下的房子，说："泥石流会冲垮下面的房子。"林修抹了一把雨水，像回过神似的，往山下冲，"阿鲁……阿鲁……"林修边冲边喊，大雨把他的声音淹没了。道路是一条旋转的盘山道，林修记得阿鲁的家就在泥石流的下方，如果发生大面积泥石流，阿鲁的家必遭危险。林修脱离了道路，冲向林地，跑到阿鲁家。阿鲁还戴着耳机在听歌，看到林修的样子，还笑说："没见过雨啊？"

林修说房子后面的山发生了泥石流，"快，带上你爷爷奶奶转移到安全的地带。"阿鲁才着了急，要搬东西，被林修劝住了，说人要紧。刚刚把人转移出来，泥石流就到了屋后，幸运的是泥石流没有继续向前，只冲垮了一间堆柴火的棚子。房子暂时安全，林修让阿鲁暂时不回家，然后给金雨生和李克打电话，电话打不通，林修万分着急。曲别拉根安慰他说吉人自有天相，不会有事的。

阿鲁推出摩托车，说他去找。林修要和他一起去。曲别拉根说："雪鹤村这么大，你去哪找？再说这段时间雨多，山体都架不住想活动，还骑车，走路都难呢。"

"那我就走，顺便了解村里灾害情况。"

"我陪你。"阿鲁说。

曲别拉根为他们念了经，说他会照看阿鲁爷爷奶奶。

8

本来不宽的山路，被频发的泥石流阻断了，路上到处是垮塌的灌木和树。林修和阿鲁边走边把能抬动的树挪开。雨小了许多，远处的山上能看到太阳了。阿鲁要把斗笠给林修，林修问是遮太阳还是遮雨。阿鲁笑说："山里的天气变得快。"林修说反正湿透了，当是沐浴。他拍拍挎包，好在防水效果不错，书没湿。他们踩着泥浆前行，路上很滑，鞋子上的泥越踩越多，抬脚都困难。阿鲁找了根木棍，把自己和林修鞋上的泥刮下，林修一下觉得脚下轻松了许多。这样的路惹革儿的草鞋也不起作用吧？

"谢谢阿鲁！"林修说。

"谢什么呀！你对我们这么好，还专门陪阿衣她妈妈去看病。"

"对了，阿鲁，你告诉阿衣，让她做好准备，我去乐山的时候带她出去，在乐山给她找了事做。"

"真的？那太感谢你了。阿衣可以离开阿哈了。"

这时的阿鲁与从乐山同车回来的阿鲁是两个人，他话多嘴快，说："这路才修二年，就烂成这样，修得太水了。政府给的修路钱进他们包包了。"

　　"这话不能随便说的，要有证据。"

　　"大家都这么说，我们每户还出了钱，想来都是一肚皮气。"

　　"这路是哪一年修的？"

　　"2014年年底，村主任沙马铁尔说是他去要的钱，村支书电杆儿却说是他要的钱，差不多就要大家在神位上把他们供着了。其实他们凭什么能去要钱？是政府给他们的身份。村民们盼路，我们离山下的马边城并不远，可我奶奶就没进过城。路刚修好的时候，让她去，她说路在那儿，等等。这一等等，路烂了，她身体也坏了，更去不成了。在她心里，世界只有雪鹤村这么大。"

　　"阿鲁，你挺会说，你读过书吧？"

　　"我读过初中呢，要不是照顾我爷爷奶奶，我早出去打工了。林书记，我去过北京的，在一个叫昌平的地方修过房子。"

　　"阿鲁算是有见识的了。"

　　"曲别拉根才有见识。"

　　"阿鲁也有，请你相信留在乡村也会有作为的。"

　　因为下雨，山上积水哗哗往下流，他们几乎是扯着嗓子在喊。走到两山交接的山沟前，水变大了，冲毁了原本就七翘八拱的公路。阿鲁说过了这条河，就快到电杆儿的家了，他家有座机电话。

阿鲁让林修站在河边，找了根木棍，过河的时候，先用棍子往前探探，没有深坑，才回来牵了林修一起过河。离开河道，山野稍稍安静了些，听到山坡上有人大声说话："电杆儿，我今晚就睡你家去了。"

"鬼针草，你别闹，我家还漏呢。"常宽林的声音。

"电杆儿，我说你真会做面子活，你带人帮王太因翻房子，那是做给上面来的钦差看的吧？我也找北京来的人，我不信他管憨子，就不管五保户。"

"你别起哄好不好？北京来的林书记，事多得很，你也是老人了，别让人家北京来的觉得我们村子里的人觉悟低。"常宽林的声音带着怒气。

"你是书记，觉悟肯定高也必须高。人民群众有难，你肯定帮必须帮。走吧，去你家。"鬼针草披着一件雨衣就往外走。

常宽林拄着拐杖跟在后面下山，边走边喊："鬼针草……鬼针草。"

看到林修和阿鲁站在路上，常宽林责备阿鲁怎么让林书记光着头在雨中走。阿鲁只是摊了摊手。常宽林要把他身上的雨衣给林修，林修说都已经湿了。常宽林说："这雨下得有些邪，我怕会出事。去了王太因家，他们家房子才翻过没事。去鬼针草家，他那房子漏雨。"

"辛苦了，常书记。"林修说。

"都是乡里乡亲的，不是书记也要互相看看的嘛。"常宽林说。

"说的比唱的好听啊。"鬼针草的声音阴阳怪气。他围着林修转了一圈，问："你就是北京来的钦差？"

林修说："我是中纪委下派的第一书记。"

"大雨中见到第一书记真面目，倒是新鲜。看你这一身的泥，是可以说书的哈。"听不出鬼针草想表达什么。

阿鲁说："鬼针草，你别在这儿风凉话了。看见金书记和李书记吗？"

"你个青沟子娃儿，他们又不在我这儿报到。"鬼针草说，听得出他和阿鲁早认识。

林修又问常宽林知不知道金雨生和李克在哪。常宽林说不知道，雨下大之后，他给村干部都打了电话，让他们注意村民安全，随时汇报，可后来电话打不通了。

"雷劈了，我看见闪电把那间电房子接通了。"鬼针草指着山上的一个小屋说。

"没文化了吧，电房子，那叫移动基站。"阿鲁对鬼针草伸了下舌头。

林修更担心金雨生和李克，说去常宽林家打座机试试。

鬼针草拉着林修，问："在扶贫的路上不能落下一个贫困家庭，谁说的？"

林修说："总书记啊！"

"我是不是贫困家庭？"

"哎呀，鬼针草，蛮缠也要选个时间嘛。"常宽林的脸沉下来。

"你不管，还不兴北京来的管？"鬼针草不放过林修。

林修不知道鬼针草什么情况，只是几句交锋，觉得鬼针草非善茬。想着曲别拉根说过，鬼针草是准备了一麻袋麻烦等他的人，他按下对金雨生和李克的担心，说去鬼针草家看看。和大多数房屋一样，鬼针草的家也是木板夹泥的房子，两间瓦房，一间草房，草房的草被风掀掉一半，雨水积在房子门前。阿鲁说他少喝一口酒就可以挑个泥巴把门前填平。鬼针草说阿鲁不懂，门前填平了，水就往屋子里灌。林修走进去，屋子里黑黑的，电也断了。等眼睛适应了，才发现地上是湿的，还有雨水滴在林修头上。厨房里没有菜，只有一张低矮的吃饭的小桌子，放着一盘煮好的土豆。睡房里没有家具，一张老床上堆着没有颜色的被子。林修想到惹革儿家满墙的干柴和满地的蔬菜，问鬼针草："你平时做些什么？"

"关心国家大事，听党的声音。"鬼针草指着他胸前挂着的收音机说。

"加喝酒。"阿鲁指着他裤包里揣着的小酒瓶。

常宽林说："鬼针草享受保吃保穿保医保住保葬，是五保户。"

林修很认真地看着鬼针草，"身体看起来不错。声音洪亮，中气十足。"

鬼针草摆一下手："别研究我，我符合五保户条件的第一条，无法定扶养义务人。"

林修说："我是说，你原本可以把生活过得比现在更好。"

"是啊，你不就是为实现我们对美好生活的愿望下来的吗？"鬼针草说。

林修一下笑起来，这个鬼针草有意思，问："你心目中的美好生活是什么样子呢？"

"有个老婆，有一群儿子。"鬼针草大声笑。

林修却笑不出来。常宽林拉林修走，鬼针草跟着，说他要去常宽林家睡。阿鲁笑说："你就想混碗饭吧。"

他们从鬼针草家里出来，林修抬眼看到不远的路边坡地有一棵大树，树冠伸出去一大片，即使在风雨中，也无法忽略树的存在。要是在平时，林修必定前去摸摸树，现在他只能多看几眼。常宽林问他看什么，鬼针草抢着说："他看树。"常宽林说鬼话。林修不由得暗自称奇。常宽林让他快去家里躲雨。他们一起往前走，雨又大起来，鬼针草抱怨天被谁戳漏了，说他要去看看他放的蜂。

"那地方高，现在去危险。"常宽林说。

"那些蜂可能吓着了，我要去看看。你以为我真想去你家睡啊？你家就是皇帝老儿的宫殿也没我茅草房自在。"鬼针草说。

林修心情好了一点，说常宽林腿不方便，回家电话联系金雨生和李克，他和阿鲁陪鬼针草去蜂房。

沿着大树后面一条小路往上爬，雨水顺着小路流成一条小河，一路跌跌绊绊，林修几次滑倒，鬼针草说："你一个城市娃，哪走过这种路，遭过这种罪！还是回去吧。"

林修心里温暖，说谢谢。鬼针草加了一句："我是怕你给我添累。"

阿鲁说："林书记，别听他混说。"

林修也不在意，他全力注意脚下的路。他们爬上一个小坪，靠边有一座坟，坟前开满了白色的野木棉。几个用圆木掏空做的蜂箱摆在坟地的两边，还好，蜂箱背靠山崖，没有受损。鬼针草揭开活动木板看了看，脸色就不好了。林修小心地问："蜂也淋雨了吗?"

阿鲁说："多半雨把翅膀打湿了，飞回来的少。"

鬼针草没有说话。林修劝他回家，鬼针草说："我要陪陪它们。"

雨停了，有蜂飞回来，鬼针草脸色还是阴沉着。林修不放心，陪他说话，鬼针草说："难不成，你能每天陪着我?"

阿鲁拉林修走了，留鬼针草和他的蜂在坪上。林修问阿鲁，"大爷叫什么名字?"

"都叫他鬼针草。"

林修想到曲别大叔说惹革儿扯鬼针草救受伤的雪鹤，问鬼针草是什么样的草。阿鲁在林修的裤子上扯下带针的粘粘草，说这个就是。林修手一摸，裤子上粘了好多，一路雨水都没冲掉。林修想这名倒也贴切，"他身体健康，脑子又好，为什么就没结婚呢？"

阿鲁说不知道。

"那坟是他家的吗？"

阿鲁歉意地说他还是不知道。

下山的路很难走，他们几乎是连滚带爬下山的，林修摔倒几次，他都忘了。到了山下，看见曲别拉根和金雨生、李克站在一起。

金雨生和李克各打了他一拳，说："我们急死了。"

林修叫了声痛，眼睛却湿湿的。阿鲁说："林书记也一直担心你们。"

金雨生说："以后去哪里，一定要告诉我们。"

林修想起昨天他们碰头时，说过他今天去走访养鸡专业户李芒，因为曲别拉根让他去黑松林，他没给金雨生、李克说。他没想到他担心他们，他们却更担心他。

"我们一起去看看李芒。"林修说。

"现在？"金雨生看他一身的泥和湿透的衣服。

"你看太阳出来了，边走就晒干了。"林修说。

"可是？"

"别可是了，明天我要去城里，联系电和通信恢复，时间紧啊。"

阿鲁说他带路。曲别拉根问阿鲁知道路不，阿鲁说知道，沿着公路走就是了。曲别拉根说那你走到都天黑了。他让阿鲁回去，说他带路。

阿鲁惦记爷爷奶奶，与大家告别。临行时，拉着林修的手说："林书记，可以告诉我你的电话吗？我有摩托车，天晴的时候，我载你到处走。"林修说当然。

李芒的家在对面山上，沿着公路走，要顺着山沟往前，再折返，路远费时。曲别拉根带着他们走小路，穿过一片苞谷地，直接下到谷底，没想到谷底的小河涨了水。林修要下水，金雨生拉住了他，说他先试试。李克拉着金雨生，他探下去，水不深，但水流湍急，中间还不知什么情况。金雨生说安全重要。李克犹豫地说："早上给李芒打过电话，让她在家等着，说林书记要去。后来电话打不通，没及时通知她。"

"她会等吧？"林修说。

"听说她不怎么相信我们，认为我们下来扶贫就是一种'款式'。"李克说。

"她是喜欢折腾的人。想着变，可遇到的难事儿多得很。这段时间养的鸡害鸡瘟。"曲别拉根说。

"那更要去了。"林修说。

"鸡瘟有可能让人染病。"

"那李芒和她家人不是危险吗？我们就走老路吧。去看看，晚一点没关系，不失信为好。"林修说。

曲别拉根说："把手给我，脚跟着脚。"

曲别拉根拉着林修过河，也许是曲别大叔的手很有力，他的心特别安定，刚才金雨生下河，明明看见河水淹没了他的膝盖骨，可林修觉得水很浅。曲别拉根用同样的方法牵金雨生和李克过了河。回头再看河水，依然湍急，可过河的时候好像脚下踩着石头。他们每个人心里都有些狐疑，但又怕自己是不是被曲别拉根施了迷法，不好意思说出来。曲别拉根也不告诉他们这河里本来就有过河的石墩子。

曲别拉根指着一条向上的小路，说上去遇到的第一户人家就是李芒。

"你不去吗?"林修说。

"我，我不去。你们要小心别被那东西传染了。"

"什么东西?"金雨生问林修，林修说不知道。李克说："是不是说鸡瘟?"

"只要她家人没事，我们就没事。如果她家人有事，我们能不管吗?"林修说。

"也有人说，鸡屎臭气熏天，魑魅魍魉都往她家去，那地方不洁。"曲别拉根说。

"曲别大叔，你认为呢?"金雨生说。

曲别拉根闭了嘴，又对着天念了两句，与他们挥手道别，他一个人沿河上行。

9

路很陡，两边还是苞谷林。这么陡的山坡，土薄，苞谷长得也不好。滑坡和泥石流冲毁了许多。他们看着都心疼，何况那些播种人。金雨生说："我和李克这几天都在琢磨这事，能不能请省市农田水利局，给予援助，改造这些梯田？"

李克说："我已经把这个情况报给市纪委了，领导正在出面协调。"

林修说："我只是觉得生活在这儿的人挺不容易，山高坡陡，还没想到这个问题呢。有你们真好。"

金雨生和李克相视一笑，这种互相肯定互相促进的感觉真好。金雨生说："我们跑吧，看看谁先到李芒家。"

"好啊，你们当过兵，我也参加过马拉松。"林修说，可他跑的时候，左手手臂甩起来，觉得胸痛，他用右手托着左手含胸而跑，为了不影响大家的情绪，他忍着没声张。金雨生第一个跑到李芒家门口，李克第二，回头看林修的跑路姿势，哈哈笑起来。金雨生说："修哥，你这个动作像个娘炮。"

林修笑说："为了降低海拔。"

三个人笑得更开心。

等他们笑完，听见有个女声哈哈在笑。李芒背着一个空背篓站在他们身后，上宽下窄的背篓，差不多和女人一般高了。李克想起和林修看见过的那个背柴的小个子女人，惊讶地说："你就是李芒啊。"

李芒收了笑，大方地说："我这款式的，还有人冒充吗?"

大家笑，林修发现笑也牵得胸痛，他的眉毛拧起来。李芒指着林修说："他这款式的，别人也冒充不了。"

林修暗想李芒遇那么多的事，该是愁容满面的，没想到笑得这样没心没肺。

"你这款式的很喜欢款式这词啊。"林修说。

"人与人不同，不就是像衣服，只是款式不同吗?"李芒说。

"对不起啊，让你等了很久。"林修说。

"我又没等你们。再说看与不看，能改变什么?"李芒说。

"我们就是想了解了解你家的情况，看能不能帮你。"金雨生说。

"帮我? 走啊，帮我掰苞谷去。"李芒不管他们同不同意，自个儿就往前走。

三个人互相看看，在后面跟着。到了地里，三个人开始掰苞谷。李芒看金雨生动作熟练，开玩笑说："你帮人掰过苞谷了?"

　　金雨生说："我农村出身的，掰这苞谷，就想起小时候了。我们老家也是山区，家家户户都种苞谷。"

　　"有我们这儿山高吗?"李芒说。

　　"那倒没有。"

　　"有我们这儿穷吗?"

　　"穷啊，但没听他们抱怨过，过得还满足。"金雨生想起老家的土墙青瓦，想起父亲母亲也经常背着一个背篓在门前的小路出入。他当兵转业后想接他们进城，但他们说他还还着银行贷款，不想给他增加负担。金雨生心里有些潮湿。

　　"既然穷得满足，那国家为啥说要脱贫呢?"李芒问。

　　金雨生说："李芒，你思考得很深啊。那你想不想脱贫呢?"

　　"我只读过小学，说不来有文化的话。我也没想脱贫，只想活着的时候把债还清。"

　　"你借了多少钱?"李克问。

　　李芒一声长叹："人家说屋漏偏逢连夜雨，船迟又遇打头风。我李芒上辈子肯定做了缺德事，这辈子要用一生来还。"

　　金雨生说："告诉我们，你遇到什么打头风?"

　　"不想说。"李芒真就闭了嘴，她一手扶秆，一手掰苞谷，好像与这东西有仇一样，掰得咬牙切齿的。

金雨生笑说："李芒，看你这气势，什么风遇见你都会转弯吧?"

李芒还是沉默。

李克说："李芒，相信我们，会帮你的。"

林修没有说话，李芒看一眼他，他认真地对付苞谷，掰一个皱一下眉，他用一只手掰，怎么看都别扭。

李芒说："北京来的，你别弄了。"

林修不好意思笑了一下，抬左手擦汗时，眉毛又皱起来，索性坐在地边。

李芒叹息一声，不知是对林修的不满还是对自己不满。

一时间没人说话，只听到蝉的叫声和苞谷的断裂声。

李克给金雨生递眼色，苞谷地大着呢，总不能一直这样掰下去吧。他们还要回马边城。金雨生却没看李克，他像一个娴熟的农人，有一种收获时的满足感。

林修休息了一阵，疼痛感不那么明显了，他又去掰苞谷。

李芒说："别，别，别。你们还是走吧。你们大老远来，只是帮我们做活路，那是宝剑用来砍柴了。"

金雨生说："李芒，我要仰望你了。我看你头脑灵活，手脚麻利，看问题有真知灼见。"

李芒说："帽子比我人还高。"

大家笑，李芒的脸也舒展开来。

金雨生说："李芒说得好，我们大老远地来，只是帮助一户一户的村民翻翻瓦掰掰苞谷，肯定起不到作用，所以我们要在翻瓦掰苞谷的时候了解大家的情况，才能找出贫穷的症结，知道大家的愿望，才有努力的方向。"

李克说："是啊是啊，李芒你就说说你的情况嘛。"

"小时候，我妈找人算命，说我命好。我妈每天拜菩萨，想保着我命好。我命好，长到十二岁就不长了。考上高中，却没钱读了。嫁了人，变得越来越糟了。"

"菩萨不负责任。"金雨生说。

"对，我把我妈的菩萨变成了灰。"

金雨生伸了下舌头。

"可我妈又请回一尊菩萨，告诉我说小时候算的好命是我弟弟的。我受多少苦，我弟弟就会得到多少福泽。我弟弟说我妈迷信。我也说我妈迷信，但是我就奇怪，老天也许真的开着一只眼，看得清我们的前世今生，我上辈子或许就是只野兽，这世为人，就是来受惩罚的。"

"你这也是迷信。"金雨生说。

李芒对林修说："北京来的，你也认为是迷信吗？"

金雨生和李克的眼光也落在林修身上，发现他脸色不对，才想起林修好一阵没说话了。金雨生问林修是不是感冒了。林修摇头。

李芒砍了几根玉米秆给林修坐下，说："刚下过雨，坐地上会打湿裤子。"林修看看裤子，原本全是湿了的，什么时候干的倒是忘了。林修让李芒继续说。

"读过一点书，心里有个小梦想，想出去见见山外的世界。可我这款式走哪儿都不受待见。结婚嫁个山里人，接着生孩子，梦想就丢了，想是哪里的黄土都埋人，出生在这山里，死也在这山里了。女儿长到两岁，心又不安分起来，种苞谷、土豆，放两只羊，喂几只鸡，倒也自给自足，我婆婆的婆婆的婆婆就这样过的，我为什么还要这样过？不安逸。我就鼓动老公一起出去打工。有个亲戚在甘肃包工程，我们去了他工地做杂活。老公头脑也灵光，慢慢学会了泥工，眼看着包里的钱多起来，可两年前的秋天就开始下雪，天冷风大，他从脚手架上摔下来小腿骨折。小包工头是亲戚，说没钱。命要紧嘛，我们只能回家医治，多的钱都栽进去了。公公一急，脑出血瘫床上了。婆婆照顾他，可她又得了风湿病，早晨起来手脚发僵，端碗都没法。认命。认命。谁知老公那个倒霉蛋撞到鬼了，刚刚好一点又骑摩托车撞了人，要赔偿别人十万。十万！我哪里拿去！我给那人说，要房子吗？拆了去，要人吗？我去。可人家嫌我房子烂朽朽的，人丑兮兮的，咋办？你们说咋办？"

三个年轻人先是惊异于李芒超强的表达能力，后来也像走进苦难的林中，一时间不知道走哪边才能快速地找到出口。

"至少你身体好，你老公身体好，女儿身体也好。"李克说。

"对对，留得青山在，不怕没柴烧。"金雨生说。

"北京来的，你怎么安慰我？"李芒可能听这种安慰已经太多，不甘心也带着一种挑衅问。

"我没想好。"林修老实回答。

李芒反倒笑了，说："你想好了告诉我。"

"对了，因为你还能笑，所以我想一切会好起来。"林修说。

"我也这样想，一切会好起来。所以去年政府帮助建了鸡场，邻里不要，我要了两个。出栏一批，看着还有点赚头，本钱加借钱投了两千只小鸡。眼看要出栏了，我和老公就比画着还点账，给女儿买身新衣服，送她读幼儿园。再请人弹三床新棉花被，过一个暖暖和和泡酥酥的冬天。等你们到了冬天，就知道这山里的冬天有多冷了。谁知又遇鬼了！鸡一天一天死，什么药都不管用。这借的钱利息高，一天滚一天，苦难看不到头了。"

"可你见到我们的时候笑得那么响。"林修说。

"死猪不怕开水烫吧。想过自杀，可我女儿的苦难不是比我更多吗？不行。日子就这么过下来了。遇多少事，人都像弹簧，经整得很。"李芒说。

矮小的李芒，蕴藏的韧劲儿，让三个年轻人佩服。林修忍了痛，不知怎么想起马格为博红颜掷千金，他的字典里苦难离得很远，只是为赋新词强说愁。而苦难却在人间相生相伴，如果苦难在人间有度，那么有人替我们受苦，我们才安好。"我们应该对苦难的人表达感激与援助。"林修给马格发了一条短信，无法送出。其实他知道无法送出才发，不过是记录自己的想法罢了。他想起白居易的诗：

> 丈夫贵兼济，岂独善一身。
>
> 安得万里裘，盖裹周四垠。
>
> 稳暖皆如我，天下无寒人。

他望望四周暗下来的山野，只说了一句："我们来，就是为了天下无寒人。"

金雨生看一眼林修，发现他眼里有光，是可以照亮的那种。林修提出去看看李芒的鸡场。李克想起曲别拉根的话，鸡瘟可能传染给人，就让林修待在苞谷地，他们去看。林修说："克哥，谢谢你，但请你记着，我和你一样，是来扶贫的。"

李芒却不要他们去看，因为今天雨停以后，她都没去过，不知道又死了多少，那气味实在让人受不了。

林修坚持要去。

所谓鸡场不过就是两间塑钢加玻璃纤瓦的棚子，大雨过后，仍能闻到空气中的鸡屎味，和死鸡的腐臭味。林修从不同角度拍了几张照片。李芒说又脏又臭的，有什么好拍的。林修说有用。

李芒留他们吃饭，说逮一只没病的鸡回去杀。

金雨生说："怎么忍心吃你的鸡！"

李芒说："不吃，等着它死了，更没意思。"

李克说："我们要赶回城里去。"

他们帮助李芒把苞谷背回屋里。屋子像大多数雪鹤村的房子，木板夹泥，青瓦泥地，家里也是湿湿的。临走时李克给李芒女儿二百元钱。李芒把女儿藏身后说不要。李克说："我们都姓李，几百年前同一个祖宗，给女儿买件新衣服。"

李芒还是不要，说："我本来就矮，如果要了你的钱，下次见你，岂不让我更矮？我想提要求都不好说。"

李克收回钱，面子上有点过不去。金雨生笑说先存着。

林修走出地坝了，对送别的李芒说："你的名字好。"

李芒又笑："这不农村人吗？我就是芒种那天生的。"

李芒笑着送他们，他们笑着离开。

离开李芒家，奇怪的是李芒的苦难虽然深重，但是他们心里的包袱却不重，他们在心里都坚信，李芒一定有能力让那个家庭重新活泛过来。甚至李芒乐观的笑声，给他们心里也注入生机，他们一定要做点什么，让雪鹤村的所有村民过上一种生活，像北京像成都像乐山的亲人朋友过的那种生活。

"美好"这个词，在这个雨后的黄昏，像天边的云霞显得如此的阔大，令人神往。

10

　　他们刚拐入曲别拉根家的小路，就看到树下有一个人在看书。他们走近了，那个人才发觉，他用响亮的声音说了一句彝语，"勒子佳勒子佳。"

　　他们听不懂，但看他满脸的笑意，知道一定是句好话。

　　李克先喊了一声："拉迪老师。"林修也认出了他就是曲别大叔墙上全家福里的曲别拉迪，说："住在你家，给你们添麻烦了。"

　　曲别拉迪呵呵大笑，说："有朋自远方来，我们彝人从来都是倾其所有，献诸贵客。"曲别拉迪的普通话说得满标准，声音响亮向上，热情从语言里溢了出来。

　　"今天雨很大哈。你是北京来的？哪个是成都的，剩下的当然是乐山的了，你们考察得怎么样？"曲别拉迪问了许多问题，林修他们不知道应该回答他哪个。

　　"我们不是考察，我们是走访。"林修说。

"考察、走访，都差不多，由上往下。至少你没想过是拜访。拜访，抱着向另一个民族学习、把自己放低的态度，有吧？没有。"曲别拉迪说的话，带着火药味，让三个年轻人不敢接话。

"拉迪，各走各的路，各敬各的神。"曲别大叔一边端菜一边责备他。

曲别拉迪却先笑起来，说："我都不知道你们怎么受得了毕摩同志的说话方式。"

"毕摩同志，这称呼有点意思啊。"金雨生说。

"对啊，这同志两字来之不易，至少表明共产党尊重彝族历史。"

"拉迪老师，你说得对，我们错了。应该是拜访，也值得我们拜访。这土地上的人，睿智通达的曲别大叔、勤劳骄傲的惹革儿、求变的阿约、能说会道的鬼针草、坚忍乐观的李芒都值得让我们学习。何况这高山，这河谷，包括这雨的气势，都该是我们仰望的。"林修说。

曲别拉迪伸开双臂，抱了一下林修，热情地在他背上拍了两下，说："孺子可教。"

"久了，你们就知道，拉迪表面上是飞出山的鹰，回到这山里就是只麻雀。"曲别大叔难得展了笑容。

"至少是只雪鹤才配我哦，毕摩同志。"拉迪撒娇。

林修他们笑了。

一盘卤鸭脖子，一盘卤鸡脚，一盘卤兔头，加上曲别大叔煮的热气腾腾的老腊肉，一碗土豆外加一碟辣椒面，真有大碗喝酒大块吃肉的豪放。

曲别拉迪说："本来带了一箱啤酒的，但是下雨，好多地方都塌了，车放在马边城里，我是坐摩托车回来的。"

林修怕辣，拿了一块土豆吃。金雨生和李克面生喜悦，金雨生拿起一块卤兔头，惊喜地叫一声："青鸟卤兔头。"

曲别拉迪问："青鸟?"

"青鸟的卤兔头很特别，他会把兔头剖开，再把辣椒面及调料灌进去再卤，味道麻辣鲜香，过瘾得很。你在哪里买的，拉迪老师?"金雨生一瞬间变成个美食家。

"琴台路后面。"

"黄二嬢卤味！青鸟是我给她改的名字。"金雨生的声音也带了欢喜。

金雨生问曲别拉迪住哪里。

"琴间阁。"曲别拉迪说。

"这么巧，我租的房子也在琴间阁。"

"哟喂，有缘有缘，来喝酒喝酒。"曲别拉迪很开心，也不管他们是否同意，给每个人都倒了酒。

三个人相互看看，食物诱人，酒也诱人，但是林修说他不能喝。金雨生也说要回城写报告，明天开会用。

曲别拉迪一杯酒一口就见了底，把酒杯朝下，说："你们看着办。"

金雨生说："拉迪老师，我们住一个小区，无论如何，这杯酒我喝了。"

李克说："我也陪。"

林修端起杯子又放下了，想自己发过誓的，不再喝酒。何况他左手一动，胸部就作痛，他说淋了雨感冒了，不敢喝。

曲别拉迪看林修额头冒汗，眉头锁紧，他探了一下林修的前额，说："兄弟，你可能真病了。"林修摸一下自己额头，又摸一下金雨生额头，好像没什么差别。曲别拉根这时候恍然说，"我忘了还有一样菜，林修喜欢吃。"他进厨房端出一碗冰糖蒸南瓜，林修一下想起母亲。母亲总给他做冰糖南瓜，母亲会把南瓜一块一块排得整整齐齐，上面放上红枣和几粒枸杞。林修眼里一热，说谢谢的声音有些异样。

金雨生和曲别拉迪聊得热乎，说晚饭后最爱去的就是百花潭公园。曲别拉迪说他喜欢里面的银杏树。金雨生说他喜欢里面的松树，像是拉萨的。

"还有一个叫燕露春的茶业店。"

"对，那个丰腴的女店主是风景。"拉迪大笑。

多年了，也许有多次擦肩而过，都没想过有一天会交集。"拉迪老师，如果早知道今天要见你，我会几年前就走到你身边，说老师，我们今后会遇见。"

"哎呀，兄弟，你这是诗啊。"

金雨生又敬了拉迪一杯酒："如果早认识你，我可能就是诗人了。"

"那倒是真的，拉迪老师，金雨生在部队的时候写过散文和诗歌，发在《战旗报》呢。"李克说。

曲别拉迪说："最无用处是诗人。"

金雨生说："我就佩服诗人，拉迪老师，你能不能把你写的诗，朗诵一首给我们听，让我们学习学习？"

李克和林修也跟着起哄。曲别拉迪清了清嗓子，先哼了几声低缓的调子，四周一下安静下来，四双眼睛都盯住他：

有人说这树是神树，

那么告诉我

村庄的左边

风中赶羊的姐姐凑够了嫁妆？

雨中背水的妹妹有了读书的学费？

村庄的右边

一头牛在四处寻找自己的主人

云雾吞没了

牛有些慌张

一只鸟从远处飞落在电线上

过冬的食粮还在

是老样子啊，

老得比树更长久的样子

山还是这些山，水还是这些水

可孩子们为什么都走了呢？

不是说汗水能喂养村庄吗？

不是说只要不停地挖

总会挖出大地之心吗？

秋风渐起

有人听见树在说话

村庄也有一个声音一直说

离开

宁可饿死在城里的某条街上

也要离开

那么，亲爱的乡亲

是否可以都不放牧了？

是否可以都不种地了？

那么，过了今夜

我们村庄的人能否一同出发？

曲别拉迪朗诵完了，四双眼睛还盯住他。曲别拉迪摊开双手问："我们村庄的人能否一同出发？"

金雨生使劲儿鼓掌，林修也拍手，又扯得胸痛。林修瞬间想北京野兽派女诗人写的艳诗，真是玷污了诗的名，忽然觉得说一句好诗都是轻飘飘的。他想到马格，他要把诗发给马格，让他看一看，这边陲诗人的思考。"可以发给我学习不？"林修问。

"一进村就没信号了。我的村庄能去哪里？"拉迪还沉在诗里。

林修说："奔美好去。"

"历史从来没有忘记过马边，很多人来过了，足音还在，但村庄仍然是几百年前的样子。城市的高楼像笋子呼啦啦地冒起来，城市的道路宽得像我们的广场，我们的村庄还是几百年前的样子。"拉迪对于扶贫，好像也不抱多大的希望，村庄能有多大的改变呢？

一句话说得林修、金雨生和李克心里沉沉的，能有什么改变，有多大改变，他们心里其实也没底。

曲别大叔却说："好了。老了。空了。"

拉迪说，"毕摩同志又装神。"大家笑了一阵，话别。林修也说明天有事，要一起进城。

告别时，金雨生握住拉迪的手，说："百花潭见。"拉迪给了他一个拥抱，说："我会在村子里住一阵子，用彝语写部马边的历史。你们的努力也会成为马边的一部分。"

林修趁金雨生和拉迪说话，看了一眼摞在桌上的书：《雷马峨屏调查记》《川边考察纪行》《凉山夷家》《江应樑传》《大凉山夷区考察记》等，林修觉得惭愧，这些书在他的知识之外，曲别拉迪热情而孩子气，可他写的诗他看的书，让林修仰望。

　　他来这片土地扶贫，这片土地扶他知识与修养的贫。他又想到马格，他来走走，还会有一个北京人俯瞰于边城的骄傲吗？

　　曲别拉迪也用拥抱与林修作别，林修回应他，可胸部的疼痛让他叫出了声。

11

　　"锁骨骨折"，林修看着报告单，有点沮丧。昨天晚上他们三个人告别曲别拉迪，回城的路上多处塌方，市纪委的小车根本无法开进来，他们只有走路下山，到了与雪鹤村相邻的村子才乘车回城。回到城里已经两点了，躺在床上，胸痛睡不着，脑子里全是白天的影子。从早晨瑰丽的朝霞、耸入云天的山路、废弃的老屋、黑松林的婚礼、猝不及防的雷雨、泥石流、鬼针草的蜂箱，到李芒苞谷地里的笑声与苦难，还有曲别拉迪的热情与诗歌，这一天好像长得没边似的。他也想起了北京，从居住的小区出来，走十分钟到地铁，中途还要转乘一次，每天与那么多人擦肩而过，光鲜的外衣，各种各样的香水，各种各样的耳麦，飞扬或是低沉的心都掩藏着，脸上是冷漠与疲惫。到了工作的地方，打开电脑面对的就是一些愤怒，对违纪人员的愤怒，更多的是与利益相纠葛的愤怒，他要从中发现真正的有价值的举报，提炼之后再交另外的部门。他常常想举报的那个人和被举报的那个人，他们的样子，他们生活在怎样一种状态中。说实话，他并不喜欢这个工作，他看见有些人性的恶穿着正义的外衣。从工作状态中出来，走在熙熙攘攘的人群中，总觉得人会伸出第三只手袭击别人，原有的那种单纯正在失去。他渴望一种人性之间的温润，试着向陌生人微笑，可陌生人看怪物一样的眼神，让他关闭了自己。

隔，人与人之间的隔。他深深地体悟了这个字。

他对马格说，再这样下去，他会得抑郁症。马格却说他缺少爱情。他也觉得自己的内心像一个荒原，渴望有棵树、有朵花成为风景。到雪鹤村的这些日子，与大山为伴，与树为伴，还有人，他们鲜明的个性，本真的样子，让他觉得活着有趣，活着有责任。那个隔字，好像渐渐化了，越想越觉得应该起床记下点什么，但疼痛和疲倦又让他不想动。后来是怎么睡着了的，他不知道。他是被痛醒的，他一摸发现胸部肿痛，镜子一照，皮下都青瘀了。金雨声去开会，李克陪他去马边县医院，医生给他拍片，说软组织损伤，但不排除锁骨骨折，让他有机会去乐山看看，给他开了云南白药喷雾剂和消炎止痛胶囊。疼痛好像减轻了些，他们去县移动公司，说雪鹤村基站被雷劈了，要求尽快修复，并问能不能多安一个基站，黑松林信号很差，打电话时断时续。工作人员看他一眼，说："这事要找乐山市移动公司网络部。"

李克说："等批下来，不知哪年哪月了。"

林修说:"知道要找那里就好。"

"你要去乐山?"

"没想好。"

"明天周六了,我儿子要去成都读初中,我想今天回乐山,送送他。"

"去成都读书? 不会太远吗?"

"大城市拥有好的教育资源嘛。就像北京拥有最好的大学,都想去。我们乐山有个冷笑话,说孩子读小学的时候,理想是考清华北大,读初中了,理想降了格,考个四川大学不错了。等到读高中,理想没了,读乐山师院吧。我父母都是老师,所以想让儿子去成都读书,如果能考个四川大学也牛啊。"

"马边的孩子呢?"

"马边城里工作的人,多数在乐山有房子,为什么? 为了把孩子送到乐山读书。乐山的送成都,成都的送北京,北京的,你更清楚了。教育不公平呀。"

林修清楚也不清楚。他读书的时候,姑妈把他的户口迁到她家,他和马格一起读星火小学,顺利升到师大附中,一样的教育环境,他考上北京大学,马格却只进了一个二流大学,但他们学的专业却一样,马格会写诗,脑袋一歪,也许就想出个天马行空的玄幻故事,他没耐心写,就让林修写,林修写了,他却不满意,说他太实。太爷爷说是块料在哪都成龙成凤。他却认为这龙凤的标准有些模糊，在他心中太爷爷和马格是人中之龙，曲别拉迪也是。

"克哥，你在哪读高中?"

"乐山一中。"

"要是马边有更多孩子能读乐山一中就好了。"

"去乐山看看吧。你来了一个多月还没出去过。反正又是周末了。"

林修包里有一篇根据这段时间了解的情况写的调查报告和一些想法，他想找柳卫副书记看看。柳卫说过，他的手机为他们24小时开着，他打了电话，柳卫没接，回短信说："在乐山开会。副市长雨沥想和你谈谈。"

林修知道雨沥是中纪委下派到乐山的干部，但他不认识她。他答应和李克一起去乐山。李克很开心。林修说还要带上阿衣，托人帮她在乐山找了事做。

"电话断了，怎么通知她呢?"李克担心。

"常宽林和曲别拉根家都有座机，让他们去通知。对了再加上阿鲁，让他送阿衣出来。"

下午一点，阿鲁就带阿衣出来了。他们四个人正好拼一个车到乐山。阿鲁的眼睛一直看着坐在前排的阿衣，阿衣穿着民族服装，戴着吉克乌乌亲手绣的头饰，银子做的长耳环随车轻轻晃着，怕是晃到阿鲁心里去了。司机说一口地道的乐山话，林修觉得像彝语一样难懂。

这时马格发来微信:"我妈昨天参加一个服装节活动回来,问我其中一个女孩如何,我就知道妈又打人家主意了。"

林修看一眼阿鲁和阿衣,心里想有爱情也是好的,让马格把女孩子照片发过来看看。马格说当真?林修暗笑:这是故意逗你。

现在拿着这张锁骨骨折的报告单,他本想告诉马格的,又怕马格告诉姑妈,林修只得忍了。

他边走边上百度搜索锁骨骨折的处理,与一个戴着口罩的女医生撞了个满怀,他下意识地说声对不起。女医生摘下口罩,两个人的手指都指着对方。原来这女医生就是给吉克乌乌做手术的首诊医生。女医生笑说:"今天又是你的哪个村民病了?"

林修说:"让你见笑了,这次是我。你不是妇科医生吗?"

女医生说:"我来做个造影,病人也是你们马边的。你怎么了?"

林修把单子递给女医生,女医生看了看说:"走,我带你看医生。"

林修看了一眼妇科医生胸前的牌子——李想,说:"你的名字好记。"

李想爽朗一笑,很快带他穿过迷宫似的走廊,到了骨科诊室,把报告单递给一个年轻医生。林修说在马边的时候,医生没说骨折。医生看了看片子,说林修的骨折靠近胸骨,容易忽略,问林修有没有外伤经历，林修想了想说可能有。李想发急说什么叫可能有。林修想到和阿鲁搬开横倒在路上的树子，和鬼针草一起在大雨滂沱的山路上连滚带爬，的确不知道是哪个时候受的伤。但无论如何，都是件丢人的事，不好意思说的。

医生让林修坐下，摸了摸他的锁骨，林修说痛。医生说："锁骨骨折了，要住院。"

林修赶紧说："不住，不住。有点丢人，事还没开始做，就住院，我们领导知道了，还以为我在逃避呢。"

李想说："工作也不能这么拼吧。"

"医生，我不住院，门诊治疗行吗？我定期来复查。"林修强调说。

医生说不行，他是首诊医生，要为他负责。医生开始讲延误治疗的害处，林修眼睛看着医生，医生的普通话说得不好，卷舌音太重，加上专业的术语，他听不懂，心思就溜到别处。李克要请他们吃饭，林修坚持让他回家陪儿子，他答应带阿鲁和阿衣去吃乐山的麻辣串，还和印梅约好，饭后带阿衣去见老板。医生开了入院证，让他拿卡去办入院时，他还看着医生。李想拉他，他说："我不能住院，医生。"

医生摊开双手，对李想说："你懂的。"李想说："懂。"林修听不懂。

林修出了诊室，与李想告别。李想问你真不住院。林修说不住，记得读大学的时候，有同学打球也是锁骨骨折，只是吊了根纱布就回家了。

李想看了看时间，脸上有些急，又带他去病房找了骨科主任，主任看了看片子，说他的骨折有点错位。李想说："主任，他是我一个朋友，不是这里的人，不想住院，能不能门诊复位？"

主任仔细地检查了锁骨，把他手臂往各个方向旋转，让他深呼吸做了听诊，说可以门诊复位，但是手臂要吊起来。李想对林修眨了下眼睛，说："我忙去了，记着我叫李想，有事找我。"

林修向她比了 OK，李想风似的走了。主任说，她不是说你是他朋友吗？还不知道她的名字。林修说了他们认识的经过。主任笑说，李想是个热心肠。主任一边闲聊，就把他错位的锁骨复位了，吩咐他无论如何左手必须吊起来。

出了医院，林修吊着胳膊，从美团点评上搜到一个吃麻辣烫的网红店。林修要一碗蛋炒饭，看阿鲁和阿衣吃得香，也试着吃几串，头皮都发麻了，味蕾却激发起来，想四川的味道不是吹的，明白为什么川菜能在北京遍地开花了。

印梅打电话来时，他们吃得正酣，印梅说她刚从成都回来，在王浩儿渔港等他们。

在岷江没有修建大桥时，王浩儿渔港是原来的码头，过江得走用船泊连接的浮桥。这里有创建于 1903 年的乐山一中，加上南来北往的码头文化，王浩儿一度是乐山的门户。有了桥，码头就废了。后来有人在江上停了大船，开始做鱼火锅餐饮生意，王浩儿又焕发了生机。

林修看江上一字摆开的几条船，对印梅说气派。印梅看他吊着胳膊，问他怎么了，他说锁骨骨折。印梅说纱布吊着太难看了，她让林修蹲下，林修不知道她想干吗，但听话地蹲在地上，印梅用一根烟灰色的丝巾替换纱布时，林修的脸正好对着她丰满的胸部，一时间有些眩晕，林修调整了下呼吸说："这像个娘炮啊。"

印梅不理他，对阿衣说等会儿见了老板要大方一点。她把他们带到一条叫王浩儿渔港的船上，一个修饰得很精致的白脸女人很热情地迎接印梅。印梅叫她英总，指了指阿衣。英总上下打量了阿衣，问她会汉语不，阿衣说会。英总又问她会唱歌不。阿衣看一眼阿鲁，阿鲁说："她唱得好。"英总笑眯眯的样子，把阿衣直接领到一个包间里，说这里的几位都是乐山的文化人，你唱一首。阿衣害羞，张不了口。一个理平头却戴了个大耳环穿着格子长袍的女人问英总哪儿找的小姑娘，长得这么漂亮。英总说贵人带来的。英总叫过来一个服务员也是个彝族的，让她们一起唱，阿衣跟着唱，声音小而怯，唱着唱着就亮开了，她的声音清悦高扬，把走廊里的林修和印梅都吸引到了包间里。英总对印梅说谢谢。印梅以开玩笑的口吻说，工资别太少了，她是贫困户。你得让她们家脱贫。

英总笑说："她歌唱得好，但做事能不能干还不知道。不过我

110

这条船做餐饮也做文化，就凭她有这么一副嗓子，工资也不会低，多少叫脱贫?"

印梅看一眼林修，林修说："年人均纯收入超过 3100 元。"

"她家几口人?"

"三口。"

英总看林修吊着胳膊，问他怎么了，林修说锁骨骨折。英总笑说："年轻人，你是扶贫干部吧，了解这么清楚，做事实诚。我帮她脱贫。"

"他是中……"印梅要给英总介绍林修，被林修拦了。印梅说："他是中国人。"

大家笑了。

阿衣留在渔港，阿鲁去找他认识的同乡。印梅要请林修吃消夜，林修说吃不下。印梅说那就带你看看乐山夜景。林修说他还要找柳卫汇报情况。

柳卫让林修去金海棠酒店。

印梅让他上车，告诉他："乐山有海棠香国之称，历史上乐山称为嘉州，遍种海棠花。唐代曾在嘉州做过刺史的薛能有诗：'四海应无蜀海棠，一时开处一城香。'到了宋代，嘉州香海棠盛极一方。宋代王十朋写过词：'丝蕊垂垂，嫣然一笑新妆就。锦亭前后，燕子来时候。谁恨无香，试把花枝嗅。风微透，细熏锦袖，不止嘉州有。'现在乐山有个地方叫嘉州长卷，种了许多海棠，可惜不香。"

"可以啊，记得这么清楚。"

"刚写过一篇名为《一棵香海棠的远去》的散文，所以记得这些词儿。"

"文艺青年。"林修说完，想起马格经常这样说他，自顾自笑了。

"文艺青年很好笑吗？"

"不，很可爱。"他还是笑。

"你去见领导，紧张不？"印梅让他笑得有些不自在，换了话题。

"当然紧张啦。柳卫副书记还好点，关键是还有我们单位的领导雨沥副市长。"

"深呼吸，深呼吸。只要你把自己放到最低处，领导就不会为难你。"

"装白痴？"

"人类的天性，怜小怜弱，对吧？"

"我这么高，低下去装小，恶心。算了算了，本真本真。"

"等你当了领导，以后要对青年人好点儿。"

"我现在不是领导吗？我第一书记呢。"

"林大书记，挺胸收腹，吊胳膊。"印梅等林修下车，开了句玩笑，一溜烟地跑了。

香海棠，林修暗自惊讶，怎么把香海棠联想到印梅身上？

12

金海棠酒店就像一枚椭圆形的海棠叶，静卧在山中。晚上八点过，尚有些天光，照着葱翠的山。柳卫说在桥边等他，林修不确信这条路能把他带到桥边，路看起来是直接连着山去了。往南还是往北？林修来不及问，柳卫就把电话挂了。他正纳闷时，柳卫的电话又来了，是个女声，说往南走三百米就到了。林修瞬间暖了，是雨沥副市长吧。他把印梅挂在他脖子上的丝巾取下，他不想让他们知道他锁骨受了伤，但手还是保持在胸前的位置。

柳卫穿一件淡蓝色的格子短袖衬衫，下摆扎在浅色的裤腰里，站在桥上手指着对面的山，与穿一身黑白运动装的女士说话。林修的左手抓住胸前的衣服，有些怯怯地问好。柳卫向他介绍雨沥。林修说我听出声音了，北京人的普通话，加上说往南，这里的人都说往左往右的。

雨沥笑起来，问林修在这儿习惯不，能不能听懂当地人说的话。林修一一作答。柳卫看他左手始终平放在胸前，想他紧张，说："雨沥副市长一直很关心你。"

林修点了点头，说他感觉到了，手却没有放下。

雨沥微微一笑，问："你俩都没走过这条绿心路吧?"

柳卫说："听说过。在春天的时候看过好多人发朋友圈，花把路都淹了。只是马边到乐山很远，没机会走。"

林修说他不知道有这样一条路。

雨沥介绍说："城市中心有一片 9.8 平方公里的森林公园，植被葱郁，有乐山之肺之称。穿过绿心的环线有 10 公里长，像一条森林项链。每晚走这条路散步的人很多，养眼养心。"

林修回说："这样的森林，在北京很奢侈，在马边到处是。"

"在北京我们同进出一个大门，却是陌生人。乐山相逢，同在异乡为异客，把我当家里人。快来一个月了，怎么样?"

林修赶紧把包里的报告拿出来，递给雨沥和柳卫各一份。雨沥一看好几页，《深度贫困村脱贫初探》，雨沥说，"很好，有贫困现状，贫困原因，还有脱贫思路。我们都期待雪鹤村脱贫的那一天。"

"目前还处在摸清情况的阶段，我们急，群众也急，说没看到变化。"

"你有信心，群众才有信心。总书记做了最新指示，第一新增脱贫攻坚资金主要用于深度贫困地区，新增脱贫攻坚项目主要布局于深度贫困地区，新增脱贫攻坚举措主要集中于深度贫困地区。而且各部门安排的惠民项目要向深度贫困地区倾斜。强调发挥集中力量办大事的制度优势，重点解决深度贫困地区公共服务、基础设施以及基本医疗有保障的问题。"

柳卫说："部署强有力，举措超常规，充分展现了以习近平同志为核心的党中央打赢脱贫攻坚战的坚定决心和超凡能力。作为共产党人，责无旁贷。而第一书记，是冲在最前面的战士。"

林修觉得热血沸腾，为了让左手保持水平，直接抓住胸前的衣服。雨沥又笑了，问他目前打算怎么做。

"最迫切的是修路。雪鹤村离马边只有 10 多公里，可因为路的制约，村庄离马边城市生活有千年之远。"

雨沥说："王岐山书记召开中央纪委办公会议，专题研究审议机关定点扶贫工作。决定每半年要听取一次推进情况汇报，督导定点扶贫任务落实，强调依靠当地党组织，发挥群众积极性，从村内道路、通信、电视等基础性建设入手，深入细致、持之以恒，逐步推动贫困地区面貌改变。"

林修说："我们想的，王书记早就想到了。"

雨沥说："要落实每一件事情，还需要第一书记亲力亲为。"

柳卫说："金雨生也汇报了这个情况，我们下周一起回省纪委汇报，看看能不能协调省交通厅到马边调研。"

雨沥说："小林也一块儿去吧，认认门，都是一个系统的。对了，小林把你的报告向中纪委扶贫办也发一份。"

林修愉快地应声好，手还是抓住胸前的衣服。雨沥笑说，像个大学生。林修说，本来就毕业不久。

雨沥问他哪个学校毕业，林修说北大。雨沥说她想考北大的研究生一直没考上，只上了人大的，对北大很仰望。说得林修有些不好意思。雨沥说她很喜欢山，喜欢这条路，深呼吸一口能把绿色吞进身体去似的。北京没有这样的地方，寸土寸金，大片的森林与草地只有富人区有。而她在北京和林修一样不过是个普通人。林修问雨沥老家是哪的。雨沥说她家乡在保定，望不到边的平原，好在有一排排的树把平原分割开来，她总是喜欢从这一排树走到另一排树，再向往更远的树。

林修很高兴，他也喜欢树，讲了曲别大叔家的那棵核桃树，讲《万物的签名》的亨利，一个冒险的植物学家，他忽然开始想念那个家伙，他从海上回来又去了哪里？雨沥看他发呆，问他亨利后来怎么样，林修笑起来，说且听下回分解。雨沥对柳卫说你看他还卖关子了。三个人都哈哈地笑了。散步的人很多，三三两两的，也是有说有笑。也有独自戴着耳麦跑步的。绿得浓稠的山野越发暗了，西边的天空还有点霞光。一队军人列队从霞光里跑来，一个个热气腾腾地经过身边。雨沥拍了一张照片，她散步的时候总会看到这些当兵的，心里感慨，说："你平安，总有一个人在保护你。"

柳卫谢谢雨沥，他是军人转业的。林修觉得他们亲了，近了。他让柳卫也给他拍一张。雨沥开玩笑："发给女朋友?"

林修说："先存放，等有了她再发。"

林修把照片发给了马格，马格回说："哈哈，刚才渊哥说，今年流行迷彩。"

13

　　林修告别雨沥和柳卫，又用印梅给他的丝巾把手臂吊起来，一个人沿着绿心路又走了一阵，路灯让两边的林子更黑了，走路的人也越来越稀少了，间或有人，多是成双成对的，擦肩而过时，听他们说"回家"两字，林修的心也渐生孤寂。回家，这个城市他没有家。看高楼的灯光渐渐亮起来，每一盏灯下都有那么一家人，看电视聊天，或者什么都不做，就那么静静地相守着。太爷爷说日子就是个守字。这个时候太爷爷在做什么呢，在灯下翻那本《酉阳杂俎》？还是摩挲一块经年的石头？林修特别想给太爷爷打电话，但是太爷爷的世界是无声的。林修给父亲打了个电话，父亲开口就唱："一事无成两鬓斑，叹光阴一去不回还。"

　　林修一下笑得欢畅。

　　"你小子才没心没肺呢，我这是感叹。你可别像我，咱们林家靠你呢，想当初……"

"爸，停住，我知道当初。太爷爷就是当初嘛。"

"你也别学你太爷爷的清流，你要好好干出点名堂。"

"爸，你想多了。我太爷爷好吧?"

"你太爷爷活成精了。"

"还是把他接到慧园住吧，他一个人住在琉璃厂，万一有啥子都不知道。"

"你不是不知道你太爷爷，他会离开琉璃厂?"

"让姑妈去说说。"

"你姑妈? 算了，马格让她头痛。对了，现在琉璃厂那边房子，政府说要改造，他住不成了。修，我们要发财了，听说要补好几百万呢。到时我们买个新房子，给你结婚用。"

"爸，我妈现在哪儿?"

"她给你太爷爷送饭去了。对了，赶快找个女朋友。"

"回来再说吧。"

"大少爷，两年后回来你就三十多了。"

"好啦，爸，你也不问问我现在的工作，尽说没边的事。"

"你那工作，我敢过问吗?"

林修笑了。在北京的时候，父亲总想知道他工作的内容是什么，他总是对他说，他的工作是机密，不能打探，他也不会说。可现在不一样，现在面对的是雪鹤村的百姓，今晚在一个陌生的城市，他发现除了想念北京，他还想念雪鹤村。这个时候李克来了电话，要请他消夜。林修说算了，他难得回家，儿子又要走了，多给家里人时间。李克说："我想让你看看乐山。"

林修说："我正看呢。"

林修一个人走到广场，许多人绕广场转圈圈。

一样的高楼、商场与流光溢彩的街道，与北京没有多大的区别，甚至城市骨子里的骄傲也一样。差异的是文化，是机会，是拼搏的氛围，还有见识与被贫穷限制的想象力。

林修看广场局部的乐山至少比他住的慧园地段要繁华得多。这些年，国家富了，全国许多城市聚湿地、流水、广场于一体，改变人居环境，向着美好的生活而去。可在同样一片国土，那些封藏在大山深处的村庄，却仍然是人类最初生活的样子。

什么样的生活才是美好生活呢？

林修忽然很疑惑，美国作家梭罗放弃工业文明，在瓦尔登湖畔隐居，住小木屋，用最原始的工具开垦荒地，与植物动物为伴，他倡导的生活不就是现在雪鹤村村民过的生活吗？特别是黑松林的惹革儿勤勉富足，对当下那么自满。惹革儿和梭罗一样吗？那么他扶贫的意义是什么？

不对，不对，梭罗是个作家，他享受了现代的文明，去瓦尔登湖不过是想有另一种体验，要不然为什么只待了两年就离开呢？也许他能忍受那种简单与寂寞，是因为知道要离开。

林修摇了摇头，把自己搞糊涂了。"城市，让生活更美好"，

2010 年的上海世博会的主题，早已说明了一切。对了，让他们知道外面，才能激发改变。林修想找个时间，带着阿鲁、阿衣、阿约、阿朵、阿尔布，还有罗春早一起去北京。

林修好像在一个迷宫里，找到了出路，一下轻松了。他看见前面围了一群人在起哄，也走过去看热闹。

一个穿黑 T 恤，手臂上有刺青，脖子上挂了一根金黄色粗链子，还戴着耳环的彝族小青年被一个男人反剪着双手，一个女人在踢他："小杂种，我看你还偷！"

"把他狗日的整疼。"围观的人喊。

有人上前打耳光。

有人揪头发。

有人趁此扯断了青年脖子上的链子，骂拴狗的。

林修问明原委，原来是小青年偷女人挎包里的钱被抓了个正着。林修说："还是送派出所来处理吧。"

女人一脸愤怒道："送什么派出所，两天就放出来了！这些野蛮子，就是该好好暴揍一顿，打！"

女人们的戾气上来，把小青年按到地下打。小青年抱头，闷声不语。

"别打了，他们家穷才偷的。"林修听到阿鲁的声音。

有人就围着了阿鲁，问他是不是一伙的。有拳头落在阿鲁脸上，有妇人言辞刻薄："你们彝族人是不是特别懒，是不是偷东西成瘾？你看你们的样子，年纪轻轻就不学好，到处小便到处偷。"

林修挤开人群，护着阿鲁，说："这位阿姨，我不赞成你这样贴标签。并不是所有的彝族人都偷，也不是所有的汉族人都是好人。你看腐败、污染环境的都是汉族人居多呢。我敢保证，阿鲁他绝没有偷。"

"你是谁？你拿什么保证？别以为你操着京腔就是好人。你看你，还吊着胳膊，说不定也是让人给打的。"

人们哄笑。

林修说："我是中央纪委下派到马边雪鹤乡扶贫的第一书记，今天下午才和阿鲁一起把他女朋友送出来打工。"

也许是中纪委几个字，让众人有些敬畏，围着小青年打的人停了手。

"扶贫的？"

"扶贫的。"

"你们扶贫的时候，也该好好管一下这些人，让他们别出来瞎混。"

阿鲁扶起在地上的小青年，对大家深深地鞠了一躬，说："对不起!"

人们一下安静了。人群渐渐散去。小青年嘴角挂着血，对阿鲁说："兄弟，你的情我记下了。"

"回家去吧。"

"出来混过了，还想回去才怪。"

"可……你别再拿人家东西了。"

小青年手指按在嘴上吹了一下，几个人围了过来，一色的小子，刺青加样怪异的发型。小青年说请阿鲁和林修去吃烧烤喝酒。

林修不去。他们就把阿鲁拉走了。

林修看时间已经是十点了，有些担心阿鲁。回宾馆也睡不着，看场电影？喝杯咖啡？他发现没有心情，再说一个人怪无趣的。翻看朋友圈，印梅正好发了个24小时书店的消息，也许是个消磨时光的好地方。林修打车到了书店，书店很小，布置倒是清新。林修要了一杯冰镇可乐，想看看有关乐山这个城市的书，小姐说很多，问他看哪一方面的。林修想起曲别拉迪的书，问："《川边考察纪行》，有吗？"小姐说："对不起，没有。如果你要看，请你留下电话，我们把书买回来，再通知你。"

林修说算了。小姐说："我帮你找找乐山的书？"

林修点了下头，想真好。看桌上放了一本当地文学杂志，随便翻翻，看到一篇《三条大河奔来的乐山》，这标题他喜欢，他本想浏一下，那知开头就吸引了他。

要站在怎样久远的时空，才能看见乐山这个城市的前世今生？

123

要站在怎样的高处，才能看见三条大河奔乐山而来？

而大河一定比城市更亘古更久远。

......

林修没想到他会一字不漏地看完。小姐已经把一叠关于乐山的书放在他面前，林修说他不看了，他知道了乐山。他知道了乐山这个城市的前世今生，知道城市每一个角落里的人和事，那些发生了的和正在发生的，相爱的和思念的。

林修忽然有创作的冲动，要为雪鹤村写一篇这样的文章。

14

第二天，林修去移动公司说基站被雷劈的事，网络部值班小姐问林修是做什么的，林修说第一书记，值班小姐告诉他，那个基站已经修好，他根本不用亲自跑的，拨打 10086 就行。再说他们本身有监管，能看到移动网络哪里出了问题，会自行解决。林修说现有网络效果不好，微信发不出去，还有的地方根本打不通电话，能不能申请多建基站。值班小姐说她会汇报领导。

从移动公司出来印梅打电话说陪他去看大佛。林修说好啊，他在肖公嘴等她。林修刚到肖公嘴就接到吉木日木的电话，说村里人闹事了。林修没了心情，他给印梅发短信，说村里有急事，先回马边了。他上车的瞬间看见印梅和一个男子牵手从公路中间走过。林修回头看了那男的一眼，是个型男，和印梅般配。林修有些羡慕那个男子，也不知道将来与自己牵手的人在哪里。

林修还没到雪鹤村，接到吉木日木电话："他们聚在村委会闹事。"

"常书记和沙马主任在吗?"林修问。

"哼,他们在暗地里。"吉木日木说。

林修有些生气,自从他们三个第一书记来村里,常书记和沙马主任好像不主动做事了。

林修问:"金书记呢?"吉木日木说:"金书记上成都联系农田改造和培训的事去了。李书记和你去了乐山,他们就是看你们都不在村才闹的。"

林修赶到村委会,闹事的人各坐一边,一边是汉人,一边是彝人,相互吹胡子瞪眼的。

看见林修,他们都跑过来让林修评理。

林修认识其中几个人,沙马主任的儿子沙马哈木,吉克乌乌的丈夫阿哈,沉下脸说:"表演吗? 等全村的人都来看。"

"林书记,你说就算是少数民族,也要讲个法嘛。"领头的汉人说。

"林书记,我们是少数民族,我们文化浅,但我们是讲规矩的。"沙马主任的儿子沙马哈木说。

"好啊,村委会刚刚修好,没来得及剪彩,你们倒是派上用场了。到底怎么回事,说清楚。"林修的声音透着威严。

一时间没人说话,片刻之后所有人都在说话,又相互指责起来。林修总算听明白了,前两天的暴雨和大风,吹倒了沙马主任儿子沙马哈木家的大树，倒下来压坏了常宽林的兄弟常宽荣停放的一辆奥迪。常宽荣本来是到沙马哈木家喝酒，看车窗玻璃和车顶都坏了，要沙马哈木表示一点。沙马哈木说是天灾，不赔。两个人先是笑着笑着说，然后吵着吵着说，再后来就打起来，各自纠集了些人要打群架。沙马主任和常宽林出面，也没达成协议，奥迪要几万才能修好，沙马主任也不想出这个钱。

林修说："当多大的事呢。大树倒了，的确是天灾。常宽荣你的车也买了保险吧，报保险公司不就行了吗?"

"保险公司不赔。"

"为什么?"

"不想报保险公司。"

"我就不明白了，你不就是要钱修车吗，怎么有路不走呢?"

"狗咬了人，主人都要赔，他家的树压了车，也该赔，这有错吗?"

"你去他家喝酒，他能给你酒喝，说明是朋友，朋友就站在对方的立场上想想，还闹成这样，叫什么朋友!"

"就是不能和汉人交朋友，打他狗日的。"阿哈做出要打人的样子。

林修盯住阿哈："说话要过脑子，阿哈，你这话说小，只当是气话，说大，是破坏民族团结。你的女儿阿衣现在就在汉人那里打工，你想打谁?"林修站在了阿哈面前。阿哈退缩了，吉克乌乌这个时候赶来，说："林书记，他们给阿哈钱，让他来闹。"阿哈举手要打吉克乌乌，林修拿住了他的手，说："你就不是个男人。"

林修安抚了吉克乌乌，也意识到事情的严重性。聚集的村民越来越多，他心里有点发虚，他请常宽荣和沙马哈木进屋里坐着说，并让村民们散去。村民们难得有好戏看，只是退了一点，继续停在院坝里，而常宽荣和沙马哈木也不配合。林修想问题的症结是车坏了，修车要钱。他问常宽荣买哪家公司的保险，掏出电话要打。常宽荣不说。林修说好，你不说我让交警查。常宽荣马上说："看在林书记面子上，我就让个步，修车我们各半。"

沙马哈木说："我最多出两千。我那棵树倒了，还打坏了房子，我还不知道哪去找钱呢。"

常宽荣说："不行。"

林修说："报保险公司，你可能出不了一万。"

这个时候常宽林出现了，先骂了他的弟弟，说他尽给他惹事儿，又对林修说："林书记，乡村这种鸡毛蒜皮的事多得很，也闹不出什么事来，还劳烦你来解决。"

林修脸上不悦，问："什么事才叫事呢？你是书记，你弟弟闹事你不知道？"

"一说到他就生气。那个车高档，听说修车要花好几万，他哪里去找这么多钱？"

"我还是不明白，你当真不知道这个可以让保险公司理赔吗？"

"他的车是单位的。"常宽林附在林修耳边说。

"单位的车不更好解决吗?"

"可他不是那个单位的人。"常宽荣低声说。

"不是单位的人,为什么能开那个单位的车? 这本身就有问题嘛。不过,这个也是可以报保险公司的啊。难道他希望把这事闹大,等单位出面处理借车给他的人?"林修想原来不报保险还有这个缘由。

常宽林说:"唉,说起来鬼火冲。常宽荣的驾照过期了几天,还没来得及去换。他就活该,开了车去显摆。"

林修说:"这事儿可大了。"

常宽林脸色也变了,问:"单位会怎么处理借车人?"

"公车私用违纪不违法。如果造成恶劣影响,比方刚才真打起来,那就是要刑事处分了。但是无证开车是违法。"

常宽林好像才意识到事情的严重性,脸色更白了,没和林修打招呼自己就走了。

林修脸色不好,让村民们该干吗干吗去。

村民们第一次看到林修威严的一面,心里发怵,各自散了,只有吉木日木没走。吉木日木打扫了刚才大家留下的烟灰和纸屑,接了壶水烧上。他看林修的手臂吊着,问:"林书记,你的手不碍事吧?"

林修满以为他会说刚才的事,可吉木日木注意到了他的手,

129

林修心里一热，勉强一笑，说没事。吉木日木说："林书记，说句不该我这个村委会副主任说的话，你要有思想准备，怕这事要闹出大事来。"

林修说："民事纠纷解决起来挺麻烦。"

"可这事儿背后有原因。"吉木日木欲言又止。

"说说看。"

"我也不清楚事情的真假，你只当是听的闲话，好吧。"

"兼听则明。"

"沙马哈木和常宽荣之前并不是朋友，他们是因为修村公路结交的。多少年了，村民就渴望有一条路能通向外面，尤其是黑松林，进出都还要搭梯子。原本的土路只要过个夏天，水冲走一部分，雨淋垮一部分，根本没法走。2014 年中纪委开始扶贫马边，当村支书的常宽林去争取了财政补贴，修路的钱不够怎么办？本来很穷的村民为了路，还是卖这卖那，凑了集资款，就为修一条路。可是多年的盼望，却只是修了这么一条小路，两辆车都没法对过。"

"才修两年的路这么烂？"

"承包修路的就是常宽荣和沙马哈木。"

"路修好后，验收合格了吗？"

"不知道，反正村民们怨言大。有人听说常书记还拿了回扣。鬼针草，这个人你知道不？像他的名字一样，粘到就没法扯脱，就嚷着要退集资款。"

林修沉默片刻，说："这个不能靠听说，要事实说话的。"

"我说了的，只当听闲话。"吉木日木扭头就走。

林修在村委会闷坐了一阵，理不清头绪，他心里还是希望村委两大班子是干净而团结的。但是问题摆在那儿，怎么解决呢？林修想不出方案。林修这个时候想金雨生和李克了。

林修沮丧地回家，曲别大叔在路口等他。林修想笑，曲别大叔说："比哭还难看。"林修真笑了，曲别大叔说："你应该感谢他们，他们闹了，你才有展示的机会。就像医生，人不生病，怎么知道哪个医术好？"

"你的本领呢？"林修指着自己的手说。

曲别大叔说："我看你走之前的晚上，神情就不对。锁骨骨折了吧？"

"大叔，别让我崇拜你吧。"林修惊讶地说。

"医生说你要多久才能放下手臂？"

"至少一个月。"

"只要七天你就可以放下来。"

曲别大叔让他先回家，说他去山里采些草药回来。林修由他去，住在曲别拉根家一个多月了，他也看过有人来请曲别拉根去做毕，包括那些已经在城里工作的人们。他认为那只是苦厄的人心灵安慰的一种仪式。一方有一方的习俗，他尊重他们。

曲别拉迪在核桃树下写作，看到林修回来，说："毕摩——曲别拉根，接你去了。"

林修笑说："诗人说话，就是与常人不一样。"

"你听出来了。对了，来杯红茶，这是燕露春最新制的。"

林修情绪不高。

曲别拉迪说："兄弟，放下那些烦心事。乡村的事，要用乡村的办法。你信不信，我给那个电杆儿打个电话，保证他就不闹了？"

"不信。"林修说。

"你这人不开窍。我给你讲个故事，在马上要起飞的航班上，一个彝族兄弟本来买的是普通舱的票，他看头等舱有位置就坐下了。空姐说先生你的位置在后面。这个兄弟摆着头说我听不懂。空姐反复解释，兄弟还是摇头说不懂。空姐没办法，旁边有个先生对空姐说，我让他去后面了，你答应给我吃饭。空姐说好。先生附在兄弟耳边说一句话，那个兄弟弹跳起来，急急忙忙去后边了。空姐问他说的什么，你也猜猜，他说的什么？"

"猜不着。"

"他说头等舱飞上海，普通舱才飞马边。"

拉迪说完哈哈大笑，林修慢了半拍也笑起来，笑过之后问："这和常书记那事有啥子关系？"

"一句话嘛。"

132

"什么话？"

"我不会告诉你。但你要同意我才说。"

"卖关子。"

"对了，听毕摩同志说，你们想修路。"

"我已经把报告递交上去了。"

"明天我带你去看个地方。"曲别拉迪说。

"常宽荣和沙马哈木他们不闹了，我才能去。"

拉迪狡黠地笑。林修喝了口红茶，说不错。让拉迪帮他买点，他要寄给太爷爷。拉迪说这茶实际上就是马边出产的，只是不成规模。林修头脑里迅速闪过走过的哪些山头，可以大面积种茶。

曲别大叔回来，扯了一把草药。林修看那些草，一个一个问名字，曲别大叔只告诉他有种粘粘草叫鬼针草。

林修笑起来，说鬼针草还是有用的。曲别大叔把草药捣烂，加了一些像泥土的东西，调上蜂蜜酒，让林修外敷，早晚一次，连续七天。

林修将信将疑。曲别拉迪说，那些草药都是毕摩同志施过法的，灵验得很。曲别大叔帮林修敷上。

一会儿林修觉得伤处凉沁沁的，头却晕晕的，想睡得慌，曲别大叔让他在床上躺下，他很快就睡着了。

林修实沉地睡了很久，醒来时，房子里都暗了。他起床看天色已黄昏，曲别拉根和曲别拉迪都不在屋里。他出了院子，树下除了那杯他喝过的红茶，没有人。他在树下踢了下腿，头清醒了许多，想常宽林和沙马主任的矛盾，还是要找到当事人才能了解到底什么情况，他给常宽林打电话，问常宽荣的号码。常宽林在电话里说："林书记，我们家这些小事给你添了麻烦，真是对不起，常宽荣的工作，我来做。我已经和沙马主任说好了，我们都退一步。一起搭班子都快十多年了，都是兄弟。没有过不去的事。真的对不起。你忘记这事儿吧，只当我们都喝了酒，瞎闹。"

林修很奇怪，心里这事是搁下了，可是为什么转变得这么快？他问自己，难道真如曲别拉迪说的，只要他说一句话，常宽林就会乖乖地听话？

难不成吉木日木说的话是真的？曲别拉迪有他们吃回扣的证据？

按惯例，今年年底，村委会班子就要换届选举，如果常宽林和沙马铁尔有问题，那么应该在换届之前就要了解清楚，要不然，三个第一书记的村庄出事，也说不过去。

林修在日记本上，写下要做的事，划去已经做的事，还有三个电话要打。

第一问阿鲁什么时候回来。接通电话，阿鲁说他换了手机，没弄懂怎么用，只听到电话响，却不知道从哪里接，"林书记，待在山里头，要把人待憨呢。"

"你的意思是，我会变成傻子？"

"才不会，林书记，你见过的世面，待上十年，那山也消化不了。"

"你倒学会拍马屁了。"

"就我那帮兄弟，都让我长见识，何况是你，北京来的大学生，也不知道我哪一个后辈，能走到北京呢。"林修笑说阿鲁会说话了。阿鲁说他在乐山找了事做。林修让他离那帮兄弟伙远点。阿鲁让他放心，又说他们不是坏人。

第二要打给李芒。接通电话，李芒就在电话里笑起来，声音很大，说："林书记，对不起，我那天不知道你骨折了，还让你掰苞谷。"

"怎么不传点我的好事，糗事大家知道了？你的鸡还在死没？"

"托你的福，你那天来过，就没死了。"

林修哈哈地笑，说："这事，怎么这么不可信呢？"

李芒说："你叫的县上农技专家昨天来了，说鸡吃了变质鸡饲料，加上天气热密度大造成的。专家给了药和书。专家还说畜牧局专门有扶持项目，可以帮助扩大养殖规模，还给优质鸡苗。"

林修说："那太好了，你放开养，我们来给你联系销路。"

李芒那边没说话，好一阵才听到她哽咽的声音说："林书记，你们又让我看到希望。"

"你还是笑吧，李芒，希望会实现的。"

林修放下电话，对着大树比了一下胜利的手势，又开始打第三个电话，是给鬼针草。他翻了翻村民表，知道他大名叫许慕远，觉得在大山里，这是个不俗的名字。

问他的蜂怎么样，鬼针草说："蜂王死了。"

林修说："你老身体好，就没事。"

"站着说话不腰痛，拿身体来做啥子！"

"有身体，什么都可以重来。"

"哼哼，小娃娃，少在我这儿装，你懂什么都可以重来！失去了，什么也回不来。"

"请原谅，许老伯。我无知得很，蜂王死了，其他蜂就不产蜜了吗？"

"你还是叫我鬼针草吧，我喜欢这个名字。不给你讲养蜂的知识，对你没用。你说吧，打电话来目的是什么？"

"就是想问你的蜂怎么样。"

"蜂死了，人活着，等着你扶贫呢。"鬼针草说。

林修悻悻地挂了电话，想弄清楚鬼针草有什么样的心结，非要和人拧着。也许王太因老奶奶知道，等有机会一定要问问。

林修发现把要做的事都做完了，心无挂碍是很幸福的状态。他给马格打电话，马格说他在开车，要去赴一个饭局，还说他的公司准备上市。

"上市？上菜市啊。"林修明显不信。

马格说："山中一个月，世上已千年。林少爷，你 out 了。"

林修说："你又弄什么幺蛾子，可别让我姑妈又气出病来。"

"那是我妈，好不好？对了，我妈给你介绍了姑娘，等你回来相亲。"

"告诉那姑娘，如果两年后她还在等我，我一定和她结婚。"

"以后有人给你当垃圾箱了。别烦我。"

林修笑了，不知道马格在玩什么，不过马格玩的从来都是心跳。林修看曲别大叔和曲别拉迪还没回来，自己煮了碗面吃了。在床上斜躺着看《万物的签名》，亨利没被班克斯绞死而是安排去航海，他们从英国出发，生活在一个由流氓和绅士组成的古怪集团中。茫茫大海上，亨利和家禽山羊住在一起。年幼的他被成年水手蔑视和伤害，他们都说下一个死的将是亨利。但是亨利活着，他学习将自己的呕吐物吞下去。在风暴中不显露恐惧，学习别人的冷静与干练，即使冻得咬断了一颗牙，也不抱怨。他观察船上绅士，模仿他们说话做事，经历各种打劫、变故，很多人死了，包括船长换了二轮。漫长的四年之后，亨利敲开了班克斯的门，说：'我回来了。'随后这个做植物生意的小偷，成为英国皇家植物园的采集师。他就像被刺刀驱使似的穿越秘鲁，而那把刺刀是他的雄心壮志。他忍受河流、荆棘、蛇、疾病、暴雨、酷热与寒冷，发现利润丰厚的金鸡纳树需要高海拔与稀薄的空气，走过大半个世界的亨利，知道喜马拉雅山麓适合这种植物生长，他一边为班克斯效力，一边开始这种为自己冒险的营生。一个人长期生活在偏远的森林中，难免变得狂妄，他以为以他的成就可以让班克斯推荐他成为皇家学会会员。班克斯嘲笑他是只配与猪住在一起的下人，妄想加入英国最驰名最高尚的科学学会。亨利克制了自己想杀人的冲动，他把自己收藏的植物种子和想法都卖给了东印度公司，娶了荷兰阿姆斯特丹植物园管理者的女儿植物学家比阿特丽克为妻，在美国费城有了自己的白亩庄园。

　　林修一口气读下来，觉得亨利就是森林中一种强大的植物，从一出生开始，就在与周围争夺阳光。遇逆境而爆发的生命力，带着邪性。他对植物习性有着天才般的敏感，对植物的认识也很奇特，他认为每一株奇花异草都是对世界的示威。他的白亩庄园比班克斯的邱园更宏大，植物种类更多。这种阅读带着尖锐的快感，也激发出征服的欲望。林修喝口红茶，缓了口气，等阿尔玛出场。主人公应该是阿尔玛吧，她会有怎样传奇的一生？"亨利的女儿阿尔玛出生时——就在华盛顿总统过世后三周，她仿佛出生于一个全世界前所未见的全新造物：一个无比强大，新崛起的美国苏丹王室。"

　　林修想起太爷爷说的话，能看花看草看书，并能从看花看草看书中得到乐趣，这是一种上天赋予的能力。林修庆幸自己有这样的能力。

　　力量，他确信从书中获得了力量，没有什么可以阻挡。

15

马边通往宜宾屏山的公路重车居多，年久失修，路上坑坑洼洼。曲别拉迪的车开进了洼坑，林修一会儿推车，一会儿又捡石头来垫。林修说："坐你的车，比走路还累。"

"至少比走路快嘛。"

"我们去哪里?"

"我还以为你一直不问呢。"

"我一直在等你主动交代。"林修笑说。

"哈哈，不愧是纪委工作的。那就让那里告诉你是哪里。"拉迪又得意了。

昨晚曲别拉根和曲别拉迪很迟才回来，拉迪说他们走亲戚去了。拉迪睡了一大上午醒来，也不说吃饭，心急急地说要去看个地方，让林修陪他。林修想星期天可以放松一下，也没问去看什么地方就答应了。车在两山之间停下来，拉迪指着对面的悬崖说：

"去那里。"

山势本来低缓，一路都被厚厚的植被覆盖着，这一段显出殷红的绝壁来，上面有四个白色的大字："永赖同功"。林修想这是有典故的吧，他耐心等待拉迪说出来。

拉迪带着林修走过一座水泥小桥，穿过竹林与树木向悬崖爬去，直到手能触摸到"永赖同功"几个大字。

拉迪拍了张照片，说这是一个叫汪京的人写上去的。写了四百多年了。明朝万历十七年，朝廷为了边城安稳，在当时的赖因寨增设安边厅，汪京是第一个到安边厅任职之人。在他上任期间，为了边城的发展与安定，决定打通一条马边出山的路。朝廷的钱自然是不够的，他带头捐俸。乡绅积极响应。汪京时常关心工程进展，亲自到工地为劳工做饭。驿道打通之时，全城欢呼。沿途百姓为感激汪京功德，在另一片岩石之上刻了"汪公路"三个字。汪京知道后，觉得不妥。公路岂是他一人之功，那是赖因寨全体军民的功劳，所以他在这片崖上用石灰浆手书了"永赖同功"四个大字。

林修重新审视这四个大字，太阳正好照在字上，林修觉得字发出一种光亮来，是那个叫汪京的人发出的光亮。

"那里是哪里？"拉迪问。

"那里是这里。"林修指着自己的心说。

拉迪笑说："与聪明人对话就是愉快。"

林修说："拉迪，你是一本书。"

拉迪爆出响亮的笑声。他亮开喉咙唱一首歌，声音越来越高亢，山谷响起回声。林修听不懂歌词，但他想歌声一定是关于山峰与万物的。他拍起手，想起在北京乘地铁的时候，有个流浪彝族歌手在唱歌，歌手也是唱彝语，好像与拉迪唱的一样。歌手忘记了在地铁，以为是站在大山里唱呢，唱得很投入。乘客们各自埋头于手机，没有人理会歌手，林修一个人为他鼓掌。歌手向他鞠躬，说："我会带着你的掌声去流浪。"

林修想到此，巴掌拍得更响了。拉迪唱完，说他小时候的梦想就是成为歌唱家，结果成了诗人，唱歌纯属玩票了。

"有心栽花花不发，无心插柳柳成荫。"

拉迪说："你是个好伙伴。你具备了栽花花发，插柳成荫的心智。你的梦想呢？"

林修说最近的梦想就是为雪鹤村修一条公路。

9月，省交通厅凌鹏厅长的小车开进雪鹤村，在逼仄的山路上缓行。遇到骑摩托车的村民都没法错过，村民们后退进路边人家的房子，让车通过。鬼针草背着一背干柴走在前面，他听到了车的鸣笛声，依然不紧不慢地走着。随行的金雨生下去，以为背柴的人耳背，很大声地说："大伯，后面有车，你让让。"

鬼针草问："是车让人，还是该人让车？"

金雨生倒是愣住了。

林修看到是鬼针草，跑过去对鬼针草说："你老一大把年纪了，还背这么多，我帮你背吧。"

鬼针草当真把柴火放在地上，林修和金雨生抬到旁边的地里，鬼针草丢下一句："我在家等着。"甩手就走了。

金雨生很生气。林修说算了，找个人帮他背回去。

坐在车里的凌厅长看见了整个过程，说让小车全部停下，他们下来边走路边听意见。凌厅长问："这条路当初为什么修得这么窄，相当于入户路?"

陪同的市县乡主管交通的三级领导，没有人回答他的话。

林修给凌鹏介绍了雪鹤村道路交通的情况，特别是黑松林进出还得搭天梯的事。

柳卫说他还在省纪委工作的时候，一次到雪鹤村来看一个养殖基地，虽然只是短短的 10 多公里，他们的车却开了几个小时，给他的感觉是比四川藏区的公路还陡还窄。

沙马铁尔说修路之前，很多老村民根本就没出过村，山路时不时就被山上流下的水冲断了，时不时会找不到回家的路。他们只能圈在自己的村子里，种苞谷、土豆，要想拿出去卖，那可是难上加难。常宽林说："就是这一条路还是中纪委扶贫马边之后才争取来的资金。两年以前还只是一条泥路，经常下雨，路根本没法走。刚才你们看到那个背柴的人，很喜欢喝酒，到镇上打白酒，骑个摩托车，把瓶子摔烂了，心痛得他趴在地上舔酒。他以后学乖了，干脆在进村之前把酒喝完了才回。"同行的人都笑起来。

凌鹏却没笑，问："你是说这条路是两年前才修的?"

常宽林说："是的。"

沙马铁尔说："就是这条路，村民们也很感激党和国家，很多村民，在没修这条路之前，就没出过村。"

"他们以为世界就山里这么大呢。"常宽林打着哈哈。

凌鹏说："下次这条路一定要规划好。小林他们不懂路，但也做了个相当专业的路线图，请王局长带专业的人员来勘探，拿出具体路线预算方案来。省交通厅一定大力支持。"

林修和金雨生、李克都相视一笑，目的达到了。

被称为王局长的人叫王川，他戴个眼镜，看上去儒雅斯文，但熟知他的人却知道他是个爽快风趣的人。他见凌厅长点将，敬了礼说："保证最快完成任务。"说他已经在做《小凉山交通推进方案》，能得到省交通厅的支持，是再好不过。

凌厅长笑了，多年的了解，他喜欢手下有这么一个得力干将。"小林，你们以后就找王局长，他完不成任务，我打他板子。"

林修向王局长做了个拜托的手势。

王局长握住林修的手，说："你们能请来凌厅长亲自调研，也是帮了我的忙。修雪鹤村的公路是你们的愿望，改善整个小凉山的公路是我的愿望。"

林修指着金雨生说，"请凌厅长来调研，是金雨生书记的功劳。"

金雨生说："凌厅长本来就要来马边调研，来雪鹤村是对我们工作的支持。"

林修想起半月前，他和金雨生李克一起反反复复地勘察地形调研，起草了雪鹤村修路的报告，李克还制了表格，画了路线图。有图片有文字，厚厚的一叠，柳卫看了，说做得好。让他和金雨生一起去省交通厅汇报。林修没有去，因为金雨生是省纪委的，他去省里请示更合适些。金雨生先给省纪委分管扶贫的领导汇报了情况，并递交了材料汇报，分管领导很重视，和他一起去了省交通厅。凌鹏看了材料，联想到王川写的小凉山交通推进方案，当即决定来马边调研。

凌鹏说作为交通厅厅长，他的确不可能有时间走过全省每一个村，但他的任务就是要像蜘蛛一样，织就一张纵横交错的国道、省道、县道、村道、入户通道。这张密布的蛛网，铺展在中国的大地上，雪鹤村不能漏了。

凌鹏离开马边，王川留了下来。他电话通知市里公路桥梁专家，让他们来雪鹤村。专家们进入雪鹤村测量，看稀奇的村民们聚在一起说话："要修路了，真的要修路了。"鬼针草说："这回，不知道又要大家交多少集资款。"

王太因老奶奶带着她的智障儿子，也在看热闹，说："林书记他们来了，说不定不会让我们交集资款了。"

鬼针草说："我的老婶儿，你都活了八十多年了，见过这种好事?"

"鬼针草，你少说那些牛都踩不烂的话，反正我知道这回不一样了。"

"才怪。"

"鬼针草，听说你那天故意背了捆柴挡领导的路，你这不是给林书记他们添乱吗?"

"哪个龟孙子说我是故意的，不过是巧合了而已，我是看不惯那些骑车的，退得多远的，比我还贱。车走得，人走不得吗?"

"不是我说你，你的脸越来越厚了。"

"婶儿，我脸不厚能活下来吗?"

"你老是纠缠过去有用吗? 你妈再不济还有你这么一个儿子。我呢，你看看杨豆豆，我不是也好好活着!"

"婶，你别说我妈。她和你不一样。"鬼针草说。

大家闲话的时候，林修他们却忙着其他工作的推进。林修发现常宽林和沙马铁尔关于车那事表面上是结了，但内心却结了梁子。他们相互间不怎么说话，分给他们统计贫困户的任务，他们倒是完成得快。林修和金雨生李克看完所有的统计，发现贫困的原因都差不多，除了因病致贫和突然的变故，很多都是家庭收入单一，加上文化和语言的原因，外出打工者少。

秋收已经完成，林修和金雨生李克商量着召开村民大会。在装修一新的村委会坝子里，村民们陆续到来。林修想起刚来时也开会，就稀稀拉拉几个人，而且他们话没讲完就有村民离开了。这一次为了把会开好，他们事前做了精心安排。请来了乐山市市级医院的专家团队为村民义诊。李想也在其中，看见林修，像认识很久的老朋友一样，拉着林修的手臂，问："你怎么就放下来了？不到一个月啊。"

林修上下左右甩甩手臂说："你看，好了。"

李想去摸他的锁骨，林修说："你好像是妇科医生吧。"

李想哈哈一笑，叫过来一个骨科医生，让他给林修检查检查。骨科医生给林修检查了，说没问题了。李想说："到底是年轻娃娃，愈合得快哦。"

林修笑说："你多大年纪似的。"

李想说："至少比你大嘛。"

骨科医生不怀好意地笑。李想飞脚要踢，骨科医生跑了，李想追着去。林修暗想印象中的医生不是这样的。不过骨科医生说他的锁骨骨折好了，他倒是对曲别大叔那些草药产生了兴趣。他记得他敷药七天之后，曲别大叔说手臂可以放下了，他还将信将疑，不敢大运动，曲别大叔把他的手扳前扳后，没痛。曲别拉迪在旁边说：毕摩同志说你好了，你就相信好了。除非你舍不得这条烟灰色丝巾。他想起当时印梅给他系这条丝巾时的眩晕，有些

146

不好意思，告诉拉迪，是一个会写散文的女同志的，还说合适的时候介绍他们认识。

林修下意识地甩了甩手臂，和正常没两样。

村民们陆续到来，先来的多数村民多向医生咨询去了。看大家聚在一个姓王的女医生面前，王太因老奶奶带着杨豆豆也往前挤。旁边一个村民说，她认识这个王医生，她的一个亲戚怕冷，大热天的还穿毛衣，记不住东西，晚上睡不着觉，到处看治不好，都不想活了。找到这个王医生，王医生说她得的啥子甲低，吃药不到两个月就好了。王太因更加往前挤，她多希望这个医生也能给杨豆豆看病，杨豆豆要是好了，她当她菩萨敬着。可是王医生给杨豆豆做了检查，问了情况，说杨豆豆身体没问题，智力障碍可能与出生的时候脑细胞缺氧受损有关，目前没什么药能医。王太因失望地抹眼泪，说她也没想过杨豆豆能像正常人一样，只要能像上次喝酒醉一样，能说话就行。林修见了，说："王奶奶，我们还可以去成都看。"

王太因知道自己不该抱什么希望，四十多年了，还抱什么希望呢？她抹着眼泪，对林修说："林书记，看我老糊涂了。"

吉克乌乌听说给她看过病的医生来了，提着一袋核桃要送给李想。李想要给她钱，吉克乌乌不收，两人就在那儿拉扯。一个穿格子T恤笑眯眯的人站在旁边看。林修走到他面前，说谢谢院长支持。院长这次来是与雪鹤村签订合同的，免费为雪鹤村培养全科医生。

院长问全科医生的人选定了吗？

林修喊了声龚兰，一个头发很长的女子站在院长面前。院长笑说："你这个头发到医院上班怕是不行。"

龚兰三下两下就把头发挽在头顶，问现在可以吧。院长说是个能干的人。院长问林修龚兰有没有医学基础。林修说龚兰是外村嫁过来的，她父亲是个乡村医生，她跟着父亲做了多年。院长说："你放心，我们医院定会把她培养出来，给乡亲们看个简单的病，我在这儿承诺，村里有急病、危重病，医院都是坚强的后盾。"

林修说他替雪鹤村村民谢谢了。

这一次来开会的人很多，连最远的惹革儿都来了。林修很热情地与惹革儿握手，惹革儿说："听说要修路，我想看看这次能修到黑松林不。"

阿约也很兴奋，他带着新婚妻子，拿了手机让林修把他的电话存到手机里，林修说了号码，阿约脸红着说，写不来名字。林修差点就忘了，阿约没读过书，心里实在是替他惋惜。阿约说："林书记，我们黑松林也有信号了，你要记得给我打电话，你答应过的培训的事。"

村委会由金雨生主持，先向大家介绍了来义诊的专家，都是些高级职称的医生。院长也向大家介绍了医院这些年的发展，说医院愿意为大家的健康保驾护航。医生在村民心中还是神一样的存在，村民们掌声热烈。在大家的见证下，院长和村主任沙马铁尔签了合同。

医生们走后，林修向村民介绍三个第一书记来村子后了解的情况："……村民们请相信我们，国家发展到今天，国家不会放弃每一个人。每一个人都应该享有有尊严的生活。贫困的人会得到救助，脱贫的人会越来越好。看看，学校在那儿，医院也在那儿，国家已经帮我们建好了。但是老师少，医生少，怎么办？这是我们的家乡，我们自己来。要让我们的孩子读书，让他们成为医生，成为老师，成为我们这一片土地的建设者。万事开头难，只要我们有信心，肯做，肯改变，马边的雪鹤村也可以和北京一样美丽。"常宽林和沙马铁尔带头鼓掌，村民们也显得特别兴奋。

"来点干货。"鬼针草起哄。

林修说："你别急嘛，第一，修路，大家都看到了，省交通厅凌厅长亲自来雪鹤村调研，市县交通局已经派专家来开始勘探路线，我们争取能让每一组都通公路。第二，改善土壤，四川省水利厅也派了专家来，指导大家，要让依山而建的梯田有机物含量达标，为生产有机茶叶、有机水果蔬菜做准备。第三，改善住房条件，这个具体怎么实施，集中安置还是分散安置，上级有关部门还在研究。第四，成立马边绿色农产品公司，组织绿色产品走进北京。第五，发扬彝族传统文化，发展乡村旅游。"

这一次大家都拍起手来。

金雨生说："修路会占用一些村民的土地，会给予适当补偿，还希望大家能够配合。"

村民们纷纷表示，只要能修路，就是从自家地里过也没关系。

阿哈站起来说："林书记，听说别的村贫困户都发了钱，我们能发多少？"

林修说："一切按国家政策，该发多少发多少，村里会做到公开公正。"

吉木日木说："发钱给你，还不就是拿去赌了！说不定没到家就没了。"村民们笑起来。

沙马主任清了清嗓子，宣布增加的贫困户名单，李芒列入其中。李芒说："列入贫困户，照理说，我应该高兴，但是我还是觉得不那么体面。我一定好好努力，早点摘了贫困的帽子。"金雨生说："大家应该向李芒学习。首先要求变，并为改变做努力。"

惹革儿问："路能修到黑松林吗？"

林修说："专家们在做路线勘探。"

惹革儿说："黑松林的人会记着你们的恩。"

林修说："共产党的恩。也许你们也可以考虑搬下山来。"

惹革儿说："我不会离开黑松林。"

林修笑，想起曲别拉根说过的话：惹革儿不会离开黑松林的，看来曲别大叔太了解他了。

村委会为贫困户除了发现金，还发了核桃树苗和小羊羔、小猪仔，领的人自然高兴，没领的人却闹起来，说他家比贫困户还穷，为什么没有他？金雨生和李克越解释贫困户的标准，村民们的情绪越不稳定。林修说放心放心，如果真的贫困，可以增加的。越来越多的人开始说他家也贫。林修摇了摇头，心想精神的贫困比物质贫困更难改变。

他站起来大声说："如果大家有异议，就暂停发放。我想告诉大家，这贫与贪字，仅一笔之差，贪近贫，贪者必返贫。贪是一种心态，而贫是一种状态。我相信我们的贫困户不是因为贪，是因为这个特殊的地理环境和人文环境，错过了与国家共同富裕的时机。我们要做的就是改变这种状态，让大家脱离这个贫字。我想懂汉语的人都知道，贫字组成的词语都不是好词，我们不以贫字为荣，我们要做的就是努力摆脱这个字。"

沙马铁尔的儿子沙马哈木喊了一句："以贫为耻。"

阿哈也跟着喊："以贫为耻。"

阿哈旁边的人都冷笑。这时一个长相漂亮叫阿果的女人气冲冲地站在沙马主任面前，质问："怎么定的贫困户？"

沙马主任说："给你定了贫困户啊。"

阿果说："你现在是赎罪吗？我不给你机会。我不当贫困户，丢不起那个人。我阿果，只靠自己也能活下去。"

常宽林笑着把手扶在阿果的腰上说："阿果，看你说的什么话，沙马主任也是帮你。"

阿果拂开常宽林的手，说："谁给我定的贫困户，谁给摘了。我才看不起那些伸手要东西的邋遢懒鬼。"

大家回过神来时，阿果已经气冲冲地走了。林修投去佩服的眼光，说："总有人活得精神。"

金雨生说："大家看看，人比人，你活在哪里？"

那些闹着要贫困名额的人，悄悄地缩了头。虽然阿果骂了大家，但是阿果可以当面顶撞沙马主任，不由得人不佩服。他们心里对常宽林书记和沙马主任有意见，私下传说他收了某某的酒，就让某某当了贫困户，还说常宽林喜欢阿果，让她入了党。沙马铁尔给阿果评个贫困户，是替常宽林做的好事。你看看人家有门不进，我们想进没门。人家不想当，还评上，我们想当却评不上。大家邀约了要去找林修评理，当了林修的面，却没有人敢说出来。

村委会散了，村民大会让大家激动了一阵子，会后陆续有人来找林修，说他们的愿望，希望解决的问题。如这一家的树子挡住了那一家的祖坟；那一家的青菜已经种在另一家地界；甚至有两口子打架，也跑来找林修解决。林修都用本子认真地记下来，尽可能去调和。林修发现他所到之处，会有人在很远的地方招呼他，而他也能用简单的彝语向村民问好。他像一只飞来飞去的蜜蜂，上午在这家的屋后帮助摘丝瓜，在那家的地里掰苞谷，下午又和村民坐在田边地头聊天，通过多种方式了解他们的所思所想。林修给马格发信说，自己变成他们中的一员。马格来一句：秋丛绕舍似陶家否？林修想这个时候的马格纯粹。

山里天气一天变几次，早上太阳明明给山峦涂上金色，天空也蓝得让人总想抬头看，可中午远山就黑了，雾快速地袭过来，一场大雨让晒了苞谷和谷子的人手忙脚乱，刚收完，山后那片天又露出亮色了，一会儿太阳又出来了。林修他们出去，经常弄得一身湿。每天出门只得带把大黑伞，林修开玩笑说："装在套子里的人必带雨伞、怀表和小折刀，我们必带黑伞、本子和笔，我们还是绅士一点。"

李克说："我家里好像还有件当兵时发的雨披，下次带来。"

金雨生说他好像也有。

林修说雨披很麻烦。

金雨生说快中秋了，天气很快就凉了，如果淋雨会感冒。林修说那我让我表哥也快递一件过来。

有天早上，天气看着还好，林修问金雨生和李克，有谁知道那个叫阿果的情况。金雨生说他见过一次，但是她原来不是贫困户，没去更多了解。

"她说沙马主任赎罪，赎什么罪？为什么让她当贫困户，而她自己又不愿意？"

金雨生说："我也好奇。"

林修说："克哥，你在家把贫困户的资料统一下。我和雨哥去看看阿果。"

"我正想给你们说，我想把贫困户的情况做消息化处理。贫困资料全部写出来贴在人家墙上，也难为情。我设计个二维码，只要一扫，这家人的情况就清清楚楚。"

"好啊，克哥，不愧是学计算机的。"

"我听吉木日木说，阿果家离群索居，你们注意安全哈。"

"她为什么离群索居？"

"这我就不清楚了。"

林修和金雨生更有兴趣要去了解阿果。

16

　　林修和金雨生搭一辆在村委会门口拉生意的摩托车去阿果家。也是山谷，逆河流往高处走，路很烂，林修抱着金雨生的腰，颠得他们一路都在叫。快到吉木日木他们组时，村民的房子多在河的南面，而阿果家在北面。从南面望过去，对岸山峰罩在云雾之中，山上树林茂密，一堆白云停在山腰，根本看不到有房子。村民告诉林修和金雨生，说过了河，沿着山上下来的一条小溪往上走，能到达阿果家。

　　"看此情此景，不犯文艺病都不行，你看'远上寒山石径斜，白云生处有人家'，杜牧他老人家看到的可能还不如我们看到的美。"林修说。

　　"他可能没到过这么高的地方。修哥，我觉得你真可以写文章的。"

　　"中纪委的网站要推出扶贫连载，只是时间太紧了，那是要接着写的。我怕我哪天写不动了。"

"我是你的第一读者哈。"

"对了，雨哥，今晚曲别大叔家要烧火塘了，还有个什么仪式，你们都不回城去，我们挤挤睡。"

"三个大男人，睡一张床，受不了。"

两人有说有笑，快到半山腰时，小路右拐进一片树林，又走了约三百米，在一个地势较平缓的地方，看到阿果在房子上翻瓦，李玉普扶着木梯，望着阿果。阿果看到林修和金雨生，说："哎呀，林书记，金书记，早上我就奇怪，做饭的时候，烧火火都在笑，说有客人来呢。想我这么个地方，谁来啊？原来是你们，贵客呀。还有几十块瓦，你稍坐一下，我马上就好。"

金雨生说："要不要我来帮忙啊？我会翻的。"

阿果说："怎么能让你们来翻呀！阿普，你快泡茶呀。"

李玉普哦了一声，搓着手，不知道怎么做的样子。

阿果说："阿普，把你做的红茶，给他们泡一杯。昨晚风大，把瓦吹落了几块，要赶在下雨前把瓦翻完一遍，要不家里大珠小珠落玉盘。"

林修笑起来，说："想不到阿果是读过书的。"

阿果理了理额前头发，笑说："读书的时候就喜欢语文，其余时间和阿普谈恋爱去了。成绩不好，没考上。我同学阿林考上了，看看人家过的什么生活。对了，你们来有事吗?"

林修："就来看看你，随便聊聊。"

"聊什么？贫困户，我不要。定成贫困户是丢脸的事，还要在墙上贴着我是贫困户，我找刺激吗？虽然我这山高地远的，但是山神看着呢。"

"你不是有个女儿叫阿若吗？她去哪了？"金雨生找话问。

"送茶去了。"李玉普说，说完了不安地看着阿果。

"阿果，你不是想让阿若读书吗？怎么送茶去了？"林修问。

"那小妖精犟得很，表面是说要回来给我当帮手，实质上是读不进去。唉，林书记，金书记，你们可以帮阿若讲讲题不？我又不懂，她做不来就不想读了。"阿果的瓦翻好了，搓着手问。

林修说："好啊，我和金书记都可以帮她的。"

阿果从房子上下来，说："阿若不在家，我也不怕你们笑，只要和阿普在一起，什么困难都别想难着我。阿普也是个很有想法的人，他好着的时候，什么都弄得有意思，活得有趣。"

李玉普端出一套泥土色的陶土茶具，很讲究地洗茶、泡茶。看人的时候，眼光像个孩子，带着羞涩与求助的神情。

"你们品品这红茶是阿普亲自做的，好喝着呢。叫什么来着？唇齿留香，回味悠长。"

林修一看汤色就喜欢上了，喝了一口，还真不错，与曲别拉迪泡的红茶差不多。林修很惊喜地说："阿普师傅，你这个手艺，可不能只为家人服务。"

阿普只看着阿果笑。

阿果安慰说："没关系，阿普，他们是好人。"

阿普怯怯地说："有人预订的。只是现在我做不好了。"

"阿普就不是个普通人，他总在好与不好之间轮转。他好的时候，什么都难不倒他，也特别有趣儿。他不好的时候，我就想着他的好，等着他的好。"

林修说："你们去医院看过没？阿普可能是病了。"

阿果说："看过，说他是忧郁症。但是吃药不管用。曲别拉根做过毕，说他到冬天就会好起来。"

林修说："他这是算命啊，你相信？"

阿果说："我相信。阿普是神的儿子。"

金雨生说："还是到华西医院看一看吧。"

林修就和金雨生商量，是不是带上几个有疑难病症的，统一到华西医院看看。

金雨生说行。

阿果说如果阿普一直好的话，她还会种很多茶。这个地方很适合种茶。

"好啊，没有钱，国家贷款给你，还可帮你联结一些农户，一起增大种植面积，然后帮你们向外推销。"

"我不会联系他们，当初他们一起抛弃了我和阿普。"阿果说。

"你能给我们说一说吗？到底怎么回事，你说沙马主任赎罪，是因为什么?"林修问。

阿果说快到中午了,先把饭吃了再说。她让阿普逮一只鸡来杀,阿普说好。林修和金雨生答应在这里吃饭,但声明必须给伙食费,说鸡就别杀了。

阿果说:"我的家我做主。"

林修和金雨生笑,帮助李玉普围逮鸡。

阿果用土豆烧了鸡,还煮了腊肉。林修和金雨生吃得很香。饭后阿果带他们去看她开垦的荒地种的茶,不成片,选的是相对平坦的地方。已经秋天了,茶树梢上的叶子仍然新鲜。阿果一路走,顺便扯地里的野草,林修和金雨生也帮助扯。阿果开始讲她的故事,说这些地方好像就在等人来开垦一样,周边都是高大茂密的树林,却间隔留了一片草地与低矮的杂树。他们来了,都是上天安排的。她本来是镇上的人,与李玉普是初中同学。李玉普是班上成绩最好的学生,长一张白白净净的脸和一双蒙眬的眼睛,他睁开眼看你时,就觉得那眼光有神住着。阿果喜欢看他,背影、侧影、声音都让她心神不宁。阿果说从小大人们都说她长得漂亮,但是面对阿普,她一点自信都没了。她到处找爱情诗写日记,她只给一个人说,那个人是阿林。阿林说她不会喜欢班上任何一个男生,她要考出去,她喜欢的人在外面。都是做梦的女孩年纪,阿林喜欢听她说阿普,许多的细节都说过了,阿林说能不能有点儿新鲜的。阿果开始编了,她发现她有编的天才,后来连自己编

159

的自己都相信是真的了，仿佛她和李玉普真是那么回事。从此她无法专心学习，连高中都没考上。李玉普和阿林都上了高中，她才发现所有的故事都是她的一厢情愿。可是上天知道，临近高考的半年，李玉普生了病，他又回到雪鹤，阿果觉得是上天给她送回来的。她去看他，他在炒茶，她给他表明了心意，李玉普说他知道了，仍然专心炒茶。等他手里的活做完，他才说阿果很漂亮，他怕配不上。阿果心花怒放，她还是有优点的。他们相爱了，一天不见，心里就像猫抓似的。可是阿果的沙马家族不允许她嫁给汉人。其实彝汉通婚没那么严格的限制，不过是阿果的父母有私心，他们在镇上开着一家饭店，镇上一个领导的儿子看上阿果的漂亮，领导亲自来他家提亲了。父母自然觉得是攀上了贵戚，不会让阿果下嫁到雪鹤村。父母把户口本和阿果的身份证件都藏了起来，阿果偷偷跑去李玉普家。领导给沙马铁尔打了招呼，说阿果是他的儿子的女朋友。沙马铁尔自然明白领导意思，就给李玉普的父母说了，让他们把李玉普的身份证先给他保管，撵走阿果。李玉普父母一怕出生在镇上的阿果不会做农活，二怕阿果把他们的儿子带走，加上不是汉族，心里本来有点抵触，自然顺从沙马主任的意思。阿果和李玉普偷偷出逃，想到乐山打工，可是没有身份证，连住的地方都难找，他们只得回到雪鹤村。阿果是个越挫越勇的人，他们悄悄到这么一个地方，搭了个草棚，开始最原始的生活，是曲别拉根毕摩最先发现了他们，还帮他们盖了最简易的房子。李玉普喜欢做茶，他们就开荒地种了茶树。后来双方父母亲知道后，要他们下山来，给他们补一个婚礼，但他们不要了，只去扯了结婚证。"阿普说他喜欢这个地方。他喜欢，我也喜欢。他真是了不起，什么东西到他手里，看上半天，就会做。他会拉二胡，还会学鸟叫。"

林修和金雨生感叹，说这世上真有些人是天才。

"就说你们喝过的茶吧，他先买了别的茶回来，坐上半天在那儿闻，这个时候我是不能打扰他的。闻过了，他再看书，自己就开始学做了。我送了阿林，阿林说好喝。阿林和她老公就帮我们推销了。阿普做得不多，但足够我们家的生活。"

"阿普这不好有多久了？"

"有半年了。刚开始他三年才一两月不好，后来两年就有三个月不好，现在半年了。"

"阿果，你相信我，他这是病。"

"阿普他是天才，不好的时候呢，是上天让他休息。"阿果说这话的时候，神情还像个恋爱中的少女。

林修说："这山里是好，但还是不方便，修新居的时候还是搬下山吧。"

阿果说："不搬，这一梯一坎，一花一草都是我和阿普的生活存念，我要守着到老。"

林修说："阿若会有她的生活，在山下能够给她提供更好的生活。"

阿果说："各人有各人的命，阿若的命是什么，不是山下和山上能改变的。"

林修和金雨生笑说不一样的，但现在没有明确的安置方案，劝阿果还早了点。

太阳钻进了云层，他们向阿果辞别。沿小路下山时，突然又下起大雨来，他们已经习惯这山里的天气了，他们有大黑伞备着呢。只是不知道雨停的时候，天还是像在黑伞下一样，浓厚的雾成了另一把黑伞，罩在他们头顶的天空。金雨生说："我们是走到云里面了。"

林修看雾茫茫的一片，不知来处与去处，问："这山真的在吗？"

金雨生说："别感叹了，我们跟紧点儿，别走散了。"

在云里走了很久，好像走不出去似的，云散时，他们发现他们走在没有路的森林里。林修问："路呢？"

金雨生说："路堆了塌方的泥巴，我们绕了一下。"

林修说："还是要找回小路，好走一些。"

金雨生说没关系，能听到水声，我们找过去就是。他们看到前方源源不断吐出白雾，觉得好奇，过去一探究竟。很平常的大树下面，腐叶厚厚地盖了一层，没有什么特别的。他们发现又罩在雾之中了。金雨生问林修，森林里容易迷路，害怕不？林修笑说："迷路是一种刺激的体验吧。"金雨生笑说："森林里有熊。"

林修说："雨哥，你是当兵的，有你在，我不怕。"

金雨生讲了一个在雪地迷路的故事："我还是新兵的时候，就被营长看上了，选我当了他的通讯员。营长平时一副高冷的样子，两杯酒下去就变了一个人，谈古论今说天下，记忆力超群，再喝一杯就会说他哪一天要出走，执箫仗剑走天涯。我们都当是他的英雄情结听了。等我从军校回到部队，听说营长调到樟木口岸去了。传说中营长穿着一件长款的黑皮风衣，一副墨镜像上海滩里的发哥，横扫樟木口岸，把樟木女人迷得神魂颠倒。那些樟木的男人们嫉妒他。有年冬天，大雪封了山，海拔四千多米的哨所被雪压着了，站岗的哨兵通过电话向营长报告。已是深夜，营长鲁莽地砸开樟木卖酒的人家，把全部酒都买上，让士兵喝下去，有的士兵不喝酒他就恐吓。他带着剩下的酒和一群半醉的士兵，向哨所出发。没有路，只有雪，齐膝深的雪，他们就靠着烈酒燃烧的热量与激情，在黑夜中把埋在雪下的士兵救回了樟木。老百姓投诉他，他被处分了。我转业的时候，他还在樟木干，升了一职，恐怕也是最老的团职级别军官了。"

林修说："我喜欢这样的人，你能找到他吗？"

金雨生说："转业了，留在了樟木。"

"我有个做志愿者的朋友，叫希尔，是个美国人，他去樟木教书两年了。你有他电话没？他们可以联系一下。"

金雨生说有，问林修志愿者是个什么样的组织。林修说中国青年志愿者，是团中央指导下志愿从事社会公益事业与社会保障事业由各界青年组成的全国性社会团体。

金雨生问："我可以加入吗？"

林修说："当然。"

一路闲话，两人发现林中越来越黑了，还没找到路，心里有些不踏实了。左走右走，都是黑黢黢的森林。拿出手机定方向，指南针没有反应，他们心里都有些急，却彼此安慰说能找到出路的，朝稍亮的地方走，走过去，不过是像阿果说的上天留一块地，长了杂草和低矮的杂树，他们无法站到高处看清森林的全貌。

"来的时候看过这是个山坡，那就往下走，遇到河流就好了。"林修说。

他们沿着坡地往下走，林中的光越来越弱了，金雨生看手机才五点，说："不该这么黑呀。"

林修说："可能又在云中，而且是一朵黑云。"

金雨生打开手机的电光照着，想把森林照透，很快把手机的电用完了。金雨生和林修在黑暗的森林中，坐了下来。又下起雨来，身上凉津津的。他们就偎在一个伞下，互相安慰。

"雨哥，太安静了。"林修说。他害怕这种安静，他给金雨生讲亨利在森林中的故事，说到亨利的发达，说到小女儿阿尔玛的降生，让金雨生猜猜作者会给阿尔玛什么样的命运。

金雨生说他猜不出，其实他没心情去猜一个小说的人物命运，他只关心今天能不能走出森林。他又不愿意让林修觉得他在害怕。

林修说他好像听到一种声音在走近的感觉。

金雨生这个时候像个大哥哥，他拍着林修的肩，开玩笑说："这森林里有女妖，听见你说想体验迷路的感觉。"

林修说："我真的听到了声音。"

说得金雨生也竖起耳朵听，除了细雨打在树叶上的声音，就是自己的心跳了。

金雨生和林修商量要不要给李克打电话，想李克不可能一个人找到他们，势必会告诉村领导。他们不愿意。

"万一，我们走不出去呢?"林修说。

金雨生说："那就打吧。"

林修又说："可是，那样会兴师动众。"

金雨生拟了一条发给李克的短信，"我们明天回来，如果明天见不到我们，请到沙马阿果家下面的森林里找我们。"问林修行不。林修说："李克也会来找我们的。"就在他们左右为难的时候，曲别拉根的电话打了过来，问林修什么时候回，说晚上要烧火塘。

林修觉得很神奇，他正在想和曲别大叔穿过黑松林的情景，他的电话就来了，林修在些激动地说："大叔，你身边有人吗?"

"没有，你说吧。"

"我们在森林里迷路了，你能在不让大家都知道的情况下，指引我们走出森林吗?"

曲别大叔问他们在哪,林修说阿果家下面的森林里,曲别大叔哦了一声,问:"地下的树叶是什么样子? 树是一种树还是多种树? 地下有没有草?"

林修一一答了。

曲别大叔说:"向上走。"

林修不解:"向上?"

"直直地向上走。走到只有一种树的地方,往左边走,也是直走。"

林修也只能听曲别大叔的了,他和金雨生一起向上。他们都有些怀疑,但是想如果能走回沙马阿果家也不错啊。

果真走到只有一种树的地方,他们有了信心,往左走,终于走出了森林。找到下山的小路,他们简直是飞奔着下山。站在公路上,再回望那片迷路的森林,虽有云雾来去,但不大呀,他们怎么就走来走去,走不出呢?

金雨生说:"就是你想寻找迷路刺激嘛。山妖听见了,满足你的愿望。"

林修没有说话,想起在北大未名湖畔的树林里,有个同学朗诵的彝族诗人吉狄马加的诗:"不要打扰永恒的平静/在这里到处都是神灵的气息/死了的先辈正从四面走来/他们惧怕一切不熟悉的阴影/把脚步放轻,还要放轻/尽管命运的目光已经爬满了绿叶/

166

往往在这样异常沉寂的时候/我们会听见来自另一个世界的声音。"

他在森林里听到的声音是来自另一个世界吗，山真的有神吗？他不好意思说出来。

他们回到曲别大叔的家，林修给了曲别大叔一个拥抱。拉迪用奇怪的表情看着他们，夸张地耸了耸肩。

曲别大叔在客厅的中央揭开四片活动瓷砖，下面是早已预埋好的青砖火塘，大叔把松木干柴架在火塘里，下面铺了层松针，又从一个陶罐里取出一些烧黑的火炭，他到天空下仰头念了些什么，进堂房后对着火塘喷出一口火来，点燃了火塘，那些早已干透的柴火呼呼地燃起来，曲别大叔又念念有词："春天来开荒，荒地你烧熟；夏天虫吃苗，恶虫你来烧。火伴行人走，火伴家人坐；火是衣食火，火光多热乎，火是人魂窝。今天来祭火，火光永不灭，火光像日月；火神藏家中，牲畜得安宁。"

大家都望着曲别大叔。

一向爱闹的拉迪也一脸的肃穆。

林修、金雨生和李克都围在火塘边，李克在冒汗，林修和金雨生相互看一眼，想起在森林里共坐在一把黑伞下的恐惧，现在是多么的幸福。

拉迪说彝族是个崇火的民族。人们习惯在火塘边煮饭、议事、取暖、睡觉。彝族谚语说："生于火塘边，死于火堆上。"经过长久的历史变迁，火塘由单纯的烹煮取暖照明发展为信仰。在彝族地区，最隆重最热闹的节日莫过于火把节了。火把节就是一种火崇拜。以往彝族的火塘是不熄的，不过现在居住环境有了改善，特别是烧罐罐气的人家，在夏天就没烧火塘了。但火种留着，秋冬季节，火塘又会燃起来，一家人围火而居，闲话家常，守日子。

"听说彝族最爱三种颜色，红，黄，黑。"李克说。

"对，彝族服饰、器皿大多是这三种颜色的变化组合。'黑色的披毡被人高高地扬起＼黑色的祭品独自走向祖先的魂灵＼红色的飘带在牛角上鸣响＼红色的马鞍幻想着自由自在的飞翔＼一千把黄色的伞在远山欢唱＼黄色的衣边牵着跳荡的太阳……'漂亮吧，有气势吧？这些句子就是旗帜啊。"

李克说："这也是你的诗吗？"

拉迪哈哈一笑，说："我倒想呢，可我写不出来。这是马加的诗。"

林修和金雨生没笑，他们还在想那片森林，那片有神灵居住的彝族的森林。他们信吗？不，但是个人置身于有形与无形的森林万物中，人也不过是想签名的渺小一种。

"火是伴。"曲别大叔好像知道他们心思似的。

火得到曲别大叔的赞美，燃得更欢了。火在笑，林修想起阿果说的话，大概就是这样笑的吧。

17

　　从曲别大叔家的火塘燃起来，天好像突然间就冷了，暴雨没了，但秋雨绵绵，许多天太阳都不见踪影。经常穿白衬衫的金雨生已经套了件黑色风衣。林修还是穿着圆领短袖 T 恤。金雨生问他冷不。林修说火重还行。其实他是没有带秋冬的衣服来，他没想到来马边后这么忙，快两个月了，也没回过北京。每天都有做不完的事，连进城去买衣服的时间都没有。金雨生逗他说，要不要买件察尔瓦披上？林修说："雨哥，你陪我去买。"

　　"一个男人陪另一个男人买衣服，很奇怪啊。"

　　"一个男人与另一个男人躲在一把黑伞下更奇怪。"

　　"好吧，看在那把黑伞的面上。"

　　他们还没挤出时间去买衣服的时候，林修收到一个包裹，一套红底带黑字薄款的卫衣和一件黑底带白色字母的加绒圆领衫、迷彩裤外加一件连帽迷彩防雨长风衣。

林修给马格发微信："雪中送炭。"

马格回："我一向只做锦上添花的事。"

林修说："衣服是姑妈寄的吗?"

"什么样的衣服,拍给我看看。"

林修分别穿了衣服,做出各种怪相让拉迪拍,拉迪笑说别人拍照往帅里拍,你倒好,自毁形象。林修笑说一起光屁股长大的,知道长什么样。他选了几张变形的照片发给马格。

马格哈哈大笑,说:"告诉你一个秘密,姑妈说你没带长袖衣服出远门,有心人就查了马边的天气,有心人就寄了衣服。"马格给了林修一个微信号,是个叫渊哥的人。

林修加了渊哥,问多少钱。

渊哥也要林修发穿着新衣服的照片。

林修将就发给马格的,发给了渊哥。

渊哥发了几个大拇指和笑的动画来,说钱就免了,当是广告费。

林修说:"我的肖像可不值这点钱。"

渊哥说:"小家子气,是北京爷们不?"

林修说:"我发现马格的哥们,就没有一个是好人。"

渊哥发了张哈哈大笑的动画。

雪鹤村今年的中秋,和岁月里所有的中秋都不一样吧。节日刚过，雪鹤村就迎来好消息：路，在今天开挖。

林修穿上渊哥给他寄的一套红色卫衣，喜庆地出现在大家面前，王川看了，说喜庆是喜庆，但是薄了，不禁冷。金雨生和李克相视一笑，说川哥，他昨天还穿短袖呢。林修说他绷起不冷。王川哈哈大笑，说他川话不错。林修指着金雨生和李克，说他也喜欢迷彩，金雨生和李克穿着同样的迷彩服。

"我这辈子最大的遗憾就是没有当过兵。不过我对军人还是了解的，我表哥马格生活在军营，我从小就跟他混。姑爷就是典型的军人形象，站有站姿，坐有坐姿，一天到晚都好像有敌情似的。"

"你姑爷在哪个单位?"

"总参情报部。"

"将军?"金雨生和李克同时问。

林修说："大校很多年了，姑爷性格怪。"

金雨生说："望尘莫及。"

林修说："他儿子马格一点都不像他。马格是个让人愉快的家伙。"

三人说话时，来了很多看热闹的村民，曲别大叔戴着插有鹰羽毛的帽子，穿着领上有绣花的衣服，披件黑色的察尔瓦，威风凛凛的样子。林修和曲别大叔合影，发给了渊哥，问哪件衣服好看。

王川笑说发给女朋友啊。林修说一个哥们。

王川这些天都在村子里跑，还和勘探放线的人员一起研究，什么线路最佳，哪个线路更能避免雨天塌方。

王川说他经常在小凉山跑，冬天特别冷，有个彝族兄弟送了他一件羊毛织的察尔瓦，披上管用得很，下次给林修带来。林修笑说怎么敢夺人所爱。

金雨生提议大家和王川合影，说等路修好后，再让王川来剪彩。王川把吉木日木叫过来一起拍照，说陪着勘探放线的村干部中，吉木日木是最实诚的一个，全程都陪着，到没有人家户的地方，他自带了锅，在野外煮饭给我们吃。过路的还认为我们在野炊，其实是为了节约时间。吉木日木说，主要是家里庄稼收完了，事儿不多，再说我是村干部嘛，修路本来就是我们自己的事，应该的应该的。

林修陪过半天放线，吉木日木也在，这是个相当琐碎的事，帮助拉线，递工具，记录，没想到他一直在陪着。林修让吉木日木站在自己旁边，他没想到常宽林和沙马铁尔在人群中看着。

川哥对林修他们说："今天以后我就要回乐山了。负责施工的工程师是乐山有名的公路专家，他在几个地方负责。你们除了做好沿路村民的协调工作，还要负责督促检查。吉木日木是可以信赖的。"

金雨生向王川行了军礼，说保证完成任务。脸晒得黑红的王川笑了，拍着金雨生的肩说，好兄弟。

村民们自发地拿了锄头和铁锹，来到村头，除了三个第一书记和村干部，却没看到修路的工人。彝族人把曲别大叔围在中间，听他说，今天是开路的好日子，他们信任他。

"做毕吗？大叔。"

曲别大叔说："要通知山神，水神，我们要开路了。"

"允许你做吗？他们不信这一套。"

"每一个民族都应该敬畏自然。"曲别拉迪说话了。

"拉迪，你会唱歌吗?"

"我们大家都唱。值得嘛，盼了这么多年，要有路了。"

"可修路的人在哪里呢?"

拉迪问林修修路的人在哪里。林修笑说等待。

人们听到轰隆的声音，几台推土机和挖掘机开了过来。紧接着雨沥、柳卫和印梅，罗春早和杨树坪村的第一书记田甜都来了。

没有铺红毯，也没有鼓声，只有一条横幅拉在路上："雪鹤公路开工典礼"。连字都是金雨生写的。

王川介绍了修路的概况，从马边出来的原有公路拓宽至 5.5 米，延伸至雪鹤村黑松林，路面全部硬化。在向奠基石铲土之前，曲别大叔在路上燃了青枝，摇起了羊皮鼓，拉迪唱着歌，人们跟着拉迪唱。歌声一停，雨沥、王川、柳卫开始向奠基石填土。

挖掘机开挖公路上的水泥，村民们你一锄我一锄，都抢着想挖前几锄，说是为子孙积阴德。但场面有些混乱，林修让常宽林组织一下村民，常宽林让村民们不要乱挖，村民们停了手，其实常宽林不说，村民们也没挖了，都睁大了眼看挖掘机和推土机工作，他们之前都没想过有这么厉害的机械。

田甜穿着橘红色长裙，问林修还记得她不。林修说："说普通话的。"印梅在旁边笑。田甜带着撒娇的声音说："我要你说出名字嘛。"

林修说对不起记不得了，借口说要开会汇报扶贫进展，走到雨沥身边。雨沥说与其开会，不如下去走走。林修说好，陪雨沥和柳卫去看望养殖场和贫困户。一大帮人都跟着，吉木日木说他就在工地，不同去了。雨沥说，大家该做事的就去做事，不要那么多人陪着。王川说他就在等雨沥副市长这句话。雨沥说她知道王川是个大忙人。王川说瞎忙，瞎忙。王川和林修拉了拉手，说："下次给你带察尔瓦来。"没等林修说话，他就风一样走了。

林修望着他厚实的背影，喊了声："川哥……保重。"

王川回过头笑，林修一下想到生离别，觉得很奇怪。

林修让常宽林守着修路，刚开工，注意往来行人安全。沙马铁尔组织一些工人交给工程队做杂工。

罗春早陪着，田甜也没走，说要向林修和金雨生、李克学习，一直跟着。

他们先去看了李芒。李芒的鸡棚没有增加，但是鸡多了很多。

李芒原来的苞谷地，全部加了围栏，鸡敞开放养。李芒听着音乐正在捡鸡蛋，李芒说真正的土鸡蛋，要送给他们每个人十个。雨沥说："那可不行。你养殖场扩大以后，来看的人会更多，你有多少可送呢？"

雨沥问林修鸡蛋有没有销路。林修说已经跟马边的经销商联系了，他们负责经销。目前路没修好，经销商说破损较多，收购价很低。

"你们有什么打算呢？"

"想联系淘宝和京东做网上推广。"

"也可在北京搞一次马边绿色产品推广会，把马边的茶叶、土鸡、核桃、中药材推荐出去，让更多的人知道马边，帮助马边。"

"那太好了。我下来就开始准备。"林修说。

柳卫问李芒还有什么要求，李芒说："有，你们在这儿吃午饭，我杀鸡去。"

柳卫说："那就免了，等你脱了贫，我们再来吃。"

李芒哈哈一笑："贫又不在一顿饭，再说你们都没吃过鸡，又怎么知道这鸡好呢？我告诉你们，这鸡是听着音乐长的。畜牧局的专家说，鸡听着音乐长，心情好，肉好吃。也不知道是不是真的。反正我是给它们放了音乐。"

说得大家都笑起来。

田甜抢着说："也许真的呢，有人做了实验，对水赞美，水的

175

结晶都要漂亮一点。"

印梅说她喝鸡汤太多了。

李芒说："要喝鸡汤，就杀母鸡，嘿嘿，母鸡下蛋，还是杀公鸡吧。"

大家哈哈笑起来。李芒真捉了一只公鸡要杀，被雨沥制止了。李芒快人快语："我知道你们的规矩，不吃百姓的，可你们也要有让百姓表达感恩的机会，再说你们能在我家吃顿饭，我家人也是脸上有光呢。"

雨沥说："规矩不能坏的。这样吧，我们每个人买你一只鸡和一筐鸡蛋，既能知道你的音乐鸡好不好吃，又能帮你宣传。"

李芒还是不同意，非要杀鸡。

金雨生对李芒说："我们知道你是真心想表达，我们也是真心不能坏规矩，还是听雨沥副市长的吧。"

林修他们开始帮李芒捉鸡，装鸡蛋，说："你看到希望了，脱贫了，我们和你一样的高兴。"

李芒不收钱，他们就把钱放下了。可走的时候才发现每个人提一只鸡实在有些麻烦，罗春早借了李芒的背篓，把鸡全部背上，说他先背到村委会去。雨沥问林修，小伙子是谁？林修说镇上的纪检委员，"他最大的愿望是去北京看地坛。"

雨沥说："在满园弥漫的沉静光芒中，一个人更容易看到时间，并看见自己的身影。"

"你也读史铁生!"

"我家离地坛很近,我经常带孩子去那散步,给他讲史铁生。有时候自己一个人去,看光影慢慢在绿地红墙上移动,常常想起这样一句话。"

"我只和同学一块儿去过一次,没有这种感觉。下次回去要好好体会一下。"

金雨生说:"真羡慕你们,很多梦想的东西,就在你们身边。我带儿子去天安门看升旗,儿子说,他长大了去北京当升旗兵。"

柳卫笑说:"我儿子也说过同样的话,虽然没当兵,但是到北京了。他说北京是一个能让梦想成真的地方。"

"身在北京时,工作加柴米油盐,没觉得有多好,离开了竟然那么想念,一家面馆、一家小书店、拐角一棵树,都亲切了。"雨沥说。

林修也想起了太爷爷,想起琉璃厂窄小的小路串起的高矮不一的房子,说:"真的是秋天容易想家啊。"

李克说:"林书记来雪鹤村后就没回去过。"

雨沥说她知道。

说着话一会儿就看到吉克乌乌家的炊烟从林中升起,雨沥说真美。步入林中小路,闻到了香气。

吉克乌乌家里已经围着一圈人,在看不断翻滚的烤猪,还有人在旁边跳舞。沙马哈木和几个人打牌。看见林修来了,沙马哈木把牌交给了别人，高喊着："阿哈，贵客临门，贵客临门。"阿哈出来，说："林书记，你们来，怎么不打声招呼？"眼光有点躲闪。

林修问吉克乌乌在家吗。

阿哈说她去修路了。

"你们今天有喜事啊。"

阿哈看着别处，说："有，当然有，路开始修了，庆祝一下，烤乳猪。"

烤乳猪是彝族一种具有地方特色的传统美食，刚满双月的瘦肉型乳猪最好，弄干净以后用一根铁棍穿在宰好的小猪上，架在木炭火上烘烤，边烘烤边翻弄边涂抹香料、佐料，直至皮黄肉嫩骨脆，肥而不腻，味道鲜香极了。林修吃过一次，不过是马边城里，林修问阿哈会烤吗。阿哈打着哈哈，说就会这个。

林修暗想阿哈不会把扶贫发的小猪仔给烤了吧。他不敢问，生怕雨沥和柳卫知道，说他们这么热闹，我们还是走吧。阿哈说："你们看，乳猪都烤好了，尝一尝嘛。"

沙马哈木殷勤地端着放了猪肉的盘子，递到林修面前让他尝尝。林修的眉头皱起来，沙马哈木唱起歌，非要林修尝尝。

雨沥笑说："尝一尝嘛。"

林修只得尝了一点。沙马哈木把盘子递到每个人面前，让他们都尝了一点。就在这时，吉克乌乌回来了，一看到烤熟的乳猪，抓住阿哈又是打又是骂，说她准备喂来过年的猪被阿哈杀了。"这猪仔，还是扶贫发的。"

吉克乌乌跪了下去，她没向人跪，向着山跪了，她一字一句地说："我要离婚。"

印梅拉她起来，吉克乌乌说她对不起林书记，又是带她看病，又帮阿衣找事做，她不能再被阿哈拖着，她要离婚。

林修都不知道怎么劝，雨沥对吉克乌乌家情况不是很了解，也不好发表看法。

阿哈看没有人支持吉克乌乌，就跳起来要打吉克乌乌。

金雨生钳住了他的手。阿哈闹着说："我就烤了乳猪吃，你们能把我怎么样？我不是干部也不是党员，你们把猪发给我了，猪就是我的，我想怎么吃什么时候吃，老子说了算。"

一向克制的李克也忍不住生气了，说："阿哈，你丢脸。丢彝族人的脸。"

"你没资格说我，你又不是彝族人。哈木，你说我丢你们的脸了吗？"

沙马哈木打着哈哈。印梅说："现在正在找好吃懒做的典型，阿哈你要不要我通知电视台来采访你，看你还能不能理直气壮地说你没丢脸？"

阿哈看看雨沥又看看柳卫，再扫过林修金雨生和李克，他们的脸上都带着鄙视。沙马哈木悄悄地溜走了。吉克乌乌说："你们别寄希望阿哈能改，我已经给了他十年的改正机会，他都这样。你们走吧，让你们笑话了。"

一直寂寞着的田甜说："吉克乌乌，我支持你离婚，这种男人拿来没用。"

雨沥说："劝和不劝离。吉克乌乌，十年你都忍过来了，再给他一年的时间。猪仔他是烤来吃了，也是我们的工作没做好，事前没给大家讲清楚。阿哈如果是正常人，他就不会一直错下去，对不，阿哈？"

阿哈只得点头。吉克乌乌也点头。

离开阿哈家，雨沥对林修他们说："扶贫猪也好，羊也好，发下去了，我们扶贫干部要进一步追踪，看看发的东西是不是贫困户真正需要的，怎么样的扶贫才更有效果。对于好吃懒做的人，探索一下更好的激励措施。"

柳卫说，雨沥副市长的话值得全县扶贫干部思考。

印梅悄悄地记下了雨沥的话，想北京来的干部就是不一样，即能说史铁生的地坛又能提出前瞻性的意见，不像有些干部枯燥得很，除了工作，只有说到麻将才眉飞色舞。

18

林修意识到出事了，就像暴风雨一样，以为是晴朗的天，谁知道什么时候就开始孕育风云了呢。修路协调的事委托给了常宽林、沙马铁尔和吉木日木。林修、金雨生、李克加上罗春早，又开始不分白天黑夜去往每一个扶贫家庭，耐心解释政府发放猪仔的意义。深入的调研他们还发现，那些核桃树苗根本就没人栽下去，丢弃在一边都晒枯了。鬼针草捡了回去当柴烧。

林修想到鬼针草那一张嘴，头就痛。但是他们几个人中，就他跟鬼针草熟一点，他也必须去。去鬼针草家时，听见鬼针草哼着戏曲儿，树苗当柴烧煮南瓜。林修问他为什么这样，鬼针草说："你应该表扬我，我发现了这些核桃树最大的用处就是还能当柴烧。"

林修说："就算是一棵普通的树，长在山间也是受尊重的。"

"说得好，人呢，人活在世上该不该受尊重?"

"这还用问吗?"

"说你是小娃儿呢,你还不安逸,你不知道我们是怎么活到今天的。"

"我们现在说树,这些核桃树是找林业局选的优质树苗,你就把它们当柴烧了。你烧的是核桃林。"

"小娃儿呢,我本来不想说的,是你逼我。告诉你,这发的是实生苗,而你们说是嫁接苗。实生苗不易存活,而且不敢保证品质,如果大家都栽下去了,费了人力和土地,到时候不结果,责任谁负?"

"有这个区别吗?"

"一看就知道了嘛。再说我有个侄儿是林业局的,我也让他看了,不会错的。"

"实生苗和嫁接苗,在价格上有差别吗?"林修底气不足了。

"差别大着呢。实生苗才十几元一棵,而嫁接苗要四十多。"

林修拍了照,也不知道鬼针草的话当不当真。如果当真,负责采买核桃树苗的常宽林和沙马主任怎么向大家交代? 在三个第一书记面前做这种移花接木的事也太胆大了吧。林修和金雨生李克商量,大家都觉得事态严重。金雨生说必须要弄清楚这树苗是不是鬼针草说的实生苗。林修说他去找林业局。林修带着半干的树苗找了林业局的专家,林业局专家告诉他这是实生苗。实生苗要重新嫁接,否则不易挂果,而且果实质硬而小,没有经济价值。

结果就在那儿，林修虽然不愿意看到，但也必须面对问题。林修、金雨生和李克找常宽林谈话。

常宽林听说后做出惊讶的样子："怎么可能这样呢？这太过分了，村民怎么相信我们？这事沙马主任负责的。林书记你也知道，自从他儿子与我兄弟发生分歧之后，我们也是表面上维持着。"

"你确信你没有参与购买？"林修说。

"我以党性保证，这事全是沙马主任负责。"

林修他们又找沙马主任谈话。沙马铁尔承认是他儿子去林业局采购的。沙马哈木听说是嫁接苗换成了实生苗，也很意外，咬定说是通过县林业局下面一个公司购买的嫁接苗。林修又去了县林业局，找相关人员，那些人员也说是嫁接苗，这个那个，中间竟然经过那么多人转手，特别是常宽林的兄弟常宽荣也是其中环节之一，最后出售树苗的农民却说给的钱只是实生苗的，当然只能卖实生苗。林修觉得这是个怪圈，深入其中你也无法知道到底是哪个环节出了问题。林修、金雨生和李克反复研究该怎么处理这个事。李克主张上报市纪委，林修和金雨生说，沙马主任又不是直接参与者，处理他，这么多年的老主任了，是不是给他一个机会？

李克说："乐山市纪委联合电视台正在做聚焦脱贫空间，检视干部作风的节目，我们别撞到枪口上。"

"最主要的是必须重新买回树苗，争取在秋天栽下去。"林修说。

"钱从哪里出?"金雨生说

"先挪用一下农家图书馆的钱。"林修说

"挪用,好几万啦。又不是你犯的错,挪用了,倒坐实了是你犯错。还是向上反映吧。"金雨生说。

李克给市纪委做了汇报,市纪委相关部门领导加上印梅和电视台记者到雪鹤村采访。村民们先是遮遮掩掩,后来索性说了实话。关于烤吃扶贫猪的事情,采访了阿哈,阿哈对着话筒说:"领导们都吃了我烤的乳猪。"

吉克乌乌抢了他的话筒,说了事情的经过。

上面来雪鹤村调查的消息给村子带来一阵骚动之后,更多的是一种担心,林修会离开他们吗?有人有鼻子有眼地说:林修犯错了,要提前回北京。这样的消息不知是谁第一个说出来的,村子里私下传开了。越传越邪,说林修不该住在毕摩家里,共产党是反对毕摩的。林修走到哪里,哪里的一堆人就窃窃私语。他走近他们,他们就停了议论。

林修不知道人们在议论,他心里不好受,是因为在他眼皮下发生这样的事,总是没面子。他呆呆地坐在火塘边,看曲别拉根在树下剥核桃。曲别拉根也听到这个消息,他不想他走,但又不好说,他只顾着剥核桃,让他多带些回北京。

林修吃了一颗,很香,看曲别拉根乌黑的手,说:"今天怎么

184

不说话，只顾剥？"

曲别拉根说："为了让你多带走，不想我们，也想这棵核桃树。"

"走哪儿？"

"不是说你要提前回北京吗？"

"我怎么不知道啊？"

"你不走啦。"曲别拉根高兴起来，装了核桃说，"现在你就去把这个核桃给家里邮去。"

林修笑起来，问多少钱。曲别拉根生气地说，不卖。拉迪本来在房间里写作，出来说："兄弟，毕摩同志这核桃，我都是限量供应。你看你多受待见。"

吉克乌乌送来了花椒，阿果和阿普送来茶叶，鬼针草也送来一瓶蜂蜜，他们说相信林修是个好人。林修心里特别温暖。问鬼针草："这是怎么啦？"鬼针草说："听说你要提前回北京。想你这娃儿还是很对的，这蜜是你去看过的蜂产的，就一点儿。"

林修笑了，问："这谁说的呢？我的任务都还没有完成，怎么可能回去！"

鬼针草说："彝族人说的。我就说嘛，他们犯了事，又不是你的错。"

林修说："我还是有错的，监管不力嘛。就像我是来扶贫，而你没有脱贫，我也有错一样。"

185

吉克乌乌说："你不能说是彝族人说的，我还听汉人说过呢。"

乡亲们围在曲别拉根的火塘边，却分着彝族与汉族。

林修说："不管是彝族还是汉族，传谣都是不对的。仅仅是好奇传谣罢了，如果是带着破坏民族团结的居心，那是要受罚的。"

一时间没有说话了。金雨生和李克来了，因为上面来调查的事，他们和林修一样心情不愉快。他们也听到了关于林修要提前回京的传言，还说是雨沥副市长说的，他们心里不踏实了，要来问个究竟。林修说他不知道呀。

林修心里有些不快，想所谓的世外桃源根本就不存在，有人的地方就有江湖。小小的雪鹤村，谣言可能每个人都知道了吧。

这么多人围着火塘说这事，也许又会是另外一种谣言升级的版本。林修想对付谣言最好的办法是不予理睬。

拉迪像是知道林修的心思，说："走你的路，让别人说去。"

林修说："还是听拉迪讲故事吧。"

拉迪说："就讲个我正写的故事。历史上的马边，汉族人来的多，估计像林修这样深入民间，爱民的不多。马边设厅是在明朝，离现在四百多年。刚设厅时，镇守马边的指挥官张颐南在马边城立了一块石碑，上写：'地僻人稀，村落星散，兼以山岚霾雾，林箐郁翳密通夷巢……此地如罗刹鬼蜮。看看今天的雪鹤村与四百年前有区别吗？地僻人稀，村落星散，兼以山岚霾雾，林箐郁翳密通夷巢。'"

鬼针草说："拉迪，我听不懂你在说些什么。我们没文化，你讲点通俗的。"

拉迪笑道："到了清朝强盛的时候，马边这样的偏僻之地，也沐朝廷春风，减免各种税赋，人口增加，村堡星罗棋布，举办各种祭祀活动。今天的马边城有个古建筑叫靖氛碉，上有'民物共安乐阜，边境记熄烟火'的对联，可见当时马边盛景。但这样的境况，只是马边城的。散居在大山深处的彝人，因为自然环境的恶劣，生活仍然艰苦，靠双手向山要饭吃，所以大多体魄强健。劳动力不够时，常常出山抢汉人当作娃子……"

"我小的时候，我妈经常就说，哭嘛，蛮子来了，吓得我闭嘴。"鬼针草插话。

拉迪问鬼针草是什么时候来雪鹤村的。鬼针草说他要走了。

林修追出去，鬼针草已经走远了。

林修回来想问曲别拉根知不知道鬼针草的家世，看拉迪还在讲，就没问。

拉迪说："山里生活苦，先辈与自然的共存中，也吸取了很多可贵的经验。马边这样的地方，在清朝开始边贸就比农耕发达，彝人出山用自己的农产品换盐换布。到民国时期，马边的绿茶、竹笋和丝绸就很出名了。来往商人多起来，出现一种职业，翻译，过去叫牙口蛮。现在还有这样的人。我认识一个开车的司机，他就是专门拉不懂或者不是特别懂汉语的人去看病，带他们找熟悉的医生，跑各种功能科室，他收取一定费用。后来懂汉语的也找他，方便嘛。话扯远了，这些牙口蛮的出现，兴旺了市场，同时也出现许多矛盾，交易失去了公平性。导致彝汉之间的斗争。清实录里说夷番滋事，皆由汉奸威逼诱引所致。所以每一位到马边任职的朝廷命官，首先要面临的问题就是能安抚彝人，境内平安就算政声卓著了。"

林修听出了拉迪的话外音，无论是彝人还是汉人，他心目中他们都是雪鹤村村民，没有区别。

金雨声说："当初大小凉山因为山高路险，彝人居多，所以自带神秘，听说汉人是不能随便进来的。"

拉迪说："你说对了，下次再讲，这些历史大家也不一定感兴趣，挺枯燥的。"

拉迪说："过去朝廷命官多是文人，现在文化好像有点儿复苏，你看你们都有文人情结，但愿你们将来走远后，还能保持文化情结。"

林修说："总书记说了嘛，文化是一个民族的精神和灵魂。"

拉迪说："有你们在，我写这本书很顺畅，因为在头脑就把你们想象成读者。"

李克说："我是学计算机的，说不出什么来。但喜欢听你们讲话。修哥，你也给我们讲个故事吧，你那本书叫什么来着?"

金雨生说："《万物的签名》。"

林修说好，讲了少年亨利是个穷小子时，从梦想每个人每一天都应该杀一只羊，经历非常人能忍受的折磨和奋斗，到在美国费城拥有自己的白亩庄园的故事。

拉迪说："就是个美国梦的故事。"

林修说："如果书到此就完了，那这书也不会被《华盛顿邮报》评价为'一本光芒四射的小说'。故事应该是亨利女儿阿尔玛的，她刚刚出生，我也充满期待。"

李克问："万物的签名是什么意思?"

林修说："世间万物，人、树、草、苔藓，或者只是一阵微风，无论有没有人注意和记得，它也会在某个地方存在着，在大地留下它的签名。"

拉迪说："我想写诗歌了，就叫《今晚我们在火塘边》。"

林修心里也轻松了许多，大家散后他记了一篇日记：我们都在世间签名。他给金雨生看，金雨生说写得太好了，说省青工委正在组织全省第一书记演讲，让林修去参加。林修却鼓动金雨生去参加，并说这个稿子可以给他。金雨生说要去，他也要重写，他可没北大的背景，写不出林修那样的文字来。"我写了请你润色。"

金雨生写好稿子，让林修给他看。林修改动了一些，让他把森林迷路的情景加进去。

夜已经很深了，手机却滴地响了一声，他一看，是渊哥发的，两张草图，说是参考彝族服饰做了一套改良版的服装，问林修选哪套。林修想起给他发消息是好几天前了，今天才回消息，就调侃一句："你去火星了？"

"刚回来，给你带了火星礼物。"

"明白了，你正在倒时差。"

渊哥发个抿嘴笑的图来。林修没接着回，一会儿渊哥又问："忙到朋友说你去火星，这般苦逼，值吗？"

"应酬还是事业？"

"当然是事业。"

"那我应该向你学习啊。"

"可没时间恋爱了。"

"有女朋友了？"

"哈哈，我只要男朋友。"

"哈哈，你找马格呀，他有同志情结。"

"我要告诉马格，你这样损他。"

"没有怀疑过。"

"马格说你智商高，我看有点脑残。"

林修不理他了，上床睡觉又有些好奇，翻看渊哥的朋友圈，只展示近一个月的，全是关于服装的，看来是个搞服装研究的，说不定是个娘炮。一会儿马格转来他和渊哥的聊天截屏，林修说他们臭味相通，马格说："你真是脑残一枚。哈哈……你们继续。"

林修笑，晚上做了梦，梦见回到北京看到马格和渊哥，而渊哥衣装像个女人。

10月底，金雨生去省里参加演讲比赛。

同样是10月底，林修来市里接受由市政府主办市纪委承办的阳光问廉节目，现场直播质询，专门针对精准扶贫中干部作风。一个短片之后，由主持人向相关负责人提出问题，负责人作答，观察团点评，考评团表决。如果表决未通过，那么将由纪委介入调查。没有谁愿意让纪委介入调查，因为没有谁能经得起纪委的拷问。但各种作假，花样繁多，主持人咄咄逼人的质问，相关责任人也满头是汗。雪鹤村的嫁接苗由实生苗替代一事，也上了短片，沙马铁尔推说他不知情。表决团未能通过，允许再一次陈述，林修不顾印梅拉他，站起来说了事情经过，还详细说了他调查的情况，承认监管不力，并说要重新购买核桃苗，而且不动用国家扶贫款项，他自己想办法通过社会赞助来弥补过失。县里负责扶贫的副县长当场表态严查扶贫工作中的弄虚作假，支持驻村第一书记的工作。表决团才得以通过。

林修问印梅表决团的成员由哪些人组成，印梅说政协委员、人大代表和一些民主党派人士。直播结束，大家都很兴奋，林修听一个人问表决团的成员，事前有没有人打过招呼，那个人肯定地说没有。大家就说好节目，市民们肯定会喜欢。林修给马格和渊哥都发了微信，说他看到一种希望，这个希望是中国的。发过之后又笑自己，马格会说他文艺腔。而渊哥的回信却让他有些意外，渊哥发了句："位卑未敢忘忧国。"

林修感受到热血与使命，他去找雨沥汇报了近来发生的事。雨沥说："我们在一起接受质询，我们经得起质询。扶贫第一阶段是调查了解，马上进入第二阶段触及切实利益，肯定会有更多冲突，你们要有思想准备。每一个项目该走的程序必须走到，经得起检验和质询。扶贫款是不能出任何问题的。"

林修点头。雨沥让他放松一点，说明天又是周末了，可以在乐山看一看。林修说好吧。他也想去看看阿衣，也牵挂阿鲁。印梅打电话给他，说明天纪委要搞一个执纪为民建功业演讲比赛，请他当评委。林修答应了。

演讲的多是些女生，看她们投入的样子，想起金雨生不知他演讲怎么样？他给金雨生发了微信。金雨生还没回信，印梅先告诉他，金雨生的演讲列入全省脱贫攻坚优秀演讲了，要参加巡回演讲。林修说："雨哥好样的。"

印梅说："我很好奇，你们三个第一书记，没有分歧吗？"

"当然有，你和你男朋友从不吵架？"

"你怎么知道我有男朋友？"

"我会算呀。"

"呀，跟着毕摩学到本领了。继续回答我的问题，如有分歧听

192

谁的?"

"谁正确,听谁的。"

"等于没回答,谁都相信自己是正确的。"

"还有其他村干部嘛。不过好像还没有那么大的分歧。金雨生和李克都是谦谦君子,他们让着我呢。"

"我就是担心这点,你是中纪委的,他们当然要让着你,所以你要特别注意你的言行。我说这个不是把你当中纪委的哈,我当朋友说了。我是个小人物,就想在小城过个小日子的人,所以敢说。"

"谢谢你。雨哥和克哥,我们是共荣共辱的战友,他们会告诉我的。他们都觉得我住在毕摩家不妥。可我喜欢那棵树,喜欢曲别大叔,更喜欢听曲别拉迪说马边历史。你怎么认为呢?"

"毕摩是彝族文化的一种重要组成部分,是关于人与自然万物,人与祖先之间的关系,而且有些毕摩是政协委员,所以我认为不是多大的问题。"

林修悄悄说:"我想用力地握一下你的手。"

演讲比赛完后,林修说要去看看阿衣,印梅说陪他。他们去了江边的船上,服务员告诉他们阿衣和英总出去了。

印梅说带林修去嘉州长卷天街走走,林修说他想去看看禅驿嘉定院子。

印梅说:"等你女朋友来乐山,请她住禅驿。"

林修忽然好奇，姑妈给他介绍的女朋友长什么样呢？以往姑妈会发照片让他看，这次姑妈却没动，甚至没给他说，反是马格经常念叨。如果她能来乐山，就和她一起到禅驿吧。

想到这里，林修叹了一口气说："我找不到女朋友了。"

"你条件这么好，排着队呢。要不要我给你介绍一个？"

"也许她正在来的路上，白衣胜雪。"

印梅斜眼看着林修，笑说："大晚上的，白衣胜雪，鬼啊。"

林修也笑了，莫名其妙想起那个叫渊哥的微友。

19

林修回到雪鹤村，在筑路工地上遇见吉木日木，吉木日木说："林书记，雪鹤村的人对不起你。"

林修问怎么啦?

吉木日木说："我们看了电视直播，雪鹤村人丢脸。"

林修："有问题，正视问题解决问题。修路的事不能出错了。"

吉木日木说："请林书记放心，我们商量好了，各个项目外包都会看资质，并承担责任到底。"

林修看了公路施工进展，吉木日木说封路施工，进度快，可是村民意见也大，有的要外出，有的要进来，拦路处经常发生吵架。林修说写一个施工告知牌子立在那儿，说明情况，请大家谅解。吉木日木说，有的好点，而有人不理解。对了，刚才阿鲁和阿衣回来了还带着一个外人，他们开车来的，说明了情况，他们倒是很理解，把车开到杨树坪村村委会停下，走路进村里了。

林修走进村，村民们说在电视上看到他了，有人打抱不平说明明就是有些人在中间作怪，还连累林书记。

"林书记，你不会离开我们吧?"有人问。

林修说："我从来就没接到任何通知要离开你们，我的任务才刚刚开始呢。"

"乐山又有人来找你，去曲别毕摩家了。"

谁呀? 林修也想知道是谁，找他什么事。离曲别拉根的家还有段距离，林修就听到了笑声，核桃树下聚了一帮人，穿着一身民族服装的阿鲁和阿衣围着一个穿香云纱长裙的女人，女人眉飞色舞讲着什么，引来人们一阵阵的笑声。看到林修，阿鲁跑过来，使劲儿地拥抱他，林修感觉到了阿鲁的热情与力量。

阿鲁说："林书记，我们都看电视直播了，你是条汉子，我们敬你。阿衣说要回来看看你，她们英总也说要来看看你。"

林修一下想起来，这女人是见过的，在那条叫王浩儿渔港的船上。

阿衣说："英总看了直播节目，说要为我们买良种核桃苗。"

林修握了握英总的手，说："谢谢英总对扶贫事业的支持。"

英总说："我也算是做了两件好事，峨眉有个喜欢园林的朋友有优质的核桃树苗正好没找到买家，我买来送你们，正好两全。"

林修想起在阳光问廉节目中许诺的不要国家扶贫款买核桃苗，说的时候并没有想到去哪里筹款，而现在英总轻松帮他搞定了。

但想起什么实生苗与嫁接苗的区别，林修说他要去看看树苗。英总说行，因为她也不懂什么实生苗与嫁接苗，看了放心。

林修去找鬼针草，让他一起去看核桃树苗，鬼针草不相信似的说："你信任我？"

林修说："当然。"

鬼针草不说话了，点了一支烟，吧嗒吧嗒地抽着。

"如果你觉得耽误了你的时间，就算了。"

鬼针草磕了一下烟杆，说："我知道你的意思了，无非是想拉着我担责呗，封我的嘴。"

林修发誓说没这样想过。鬼针草转过身抹眼泪。

英总带着林修和鬼针草出马边，去峨眉看了树苗，比鬼针草烧掉的还要粗一点。鬼针草说这个好，然后让林修回去，说他守着他们起苗，然后和苗一起回雪鹤村。

林修说："我怎么觉得你不真实了呢？"

鬼针草嘟噜道："酒在地下藏几十年都会变的。"

林修越发对他好奇起来。英总也让林修回去，她会负责把树苗送到雪鹤村。

林修道了谢，在车上无事，给印梅打了个电话，让她写篇报道宣传做善事的社会人士。

印梅说行，本来英总做生意就是带着一船人在玩文化，什么放河灯、旗袍节、诗歌节，等等，没想到英总还这样有社会责任感。

林修说："乐山人真会过日子。"

"那是，找个乐山媳妇，过个小日子呗。"

"又来了，又来了，你不像媒婆的样子啊。"

"你不晓得，你穿着一套红色的卫衣把人给迷住了，说你堪比小鲜肉。"

林修说："我最讨厌的就是小鲜肉这一说，是对男人的污辱。"

"是男人自取其辱，你没看见明星男人们搔首弄姿，和百花争艳呢。"

"现在这风气也着实奇葩，一觉醒来，男人怎么就成了女人的玩物。"

"我给你说真话，有人托我做媒，说嘛对不起你，不说嘛对不起她，我选择对不起你好些。"

"损友！我也给你说真话，我有女朋友了，在来的路上。"

印梅说："白衣胜雪的那个？"

林修说："对啊，白衣胜雪的女子，月光满地时凭栏望的不仅是情人，还有星空；雪地里独行，取的不只是红梅，还有地上的枯枝；夜里挑灯看的不仅是书，还有古物上的微光。"

印梅的笑声，像一些碎片砸过来。林修仿佛看到她笑得弯下腰。林修耸了耸肩，白衣胜雪仅仅是衣服吗？不，是他的梦想，自从童年见过一个编长辫子穿格子裙的小姑娘后，他就一直在幻想着她长大，在洁净的雪中出现。从少年到青年，他总是跟在马格身后跑，姑妈说他是马格的影子，马格本身就是个发光体，所到之处，他都是人群的中心。林修在这个发光体的旁边，常常被忽略。马格却不这样认为，他知道林修心思幽远，谈话机趣。他明白林修深受太爷爷影响，志趣在万物。对女人却是一副在高处独寒的样子。马格半开玩笑地问他是不是性取向有问题。林修笑说把你女朋友让我试试。马格说可以。林修问这样的恋爱有意思吗？他有过女朋友，只是他的心从未被拨动过，她们不懂他。他的内敛、沉默被解成老实、木讷。她们要么一副救世主的样子居高临下霸道十足，要么就是真的实诚憨厚，无趣得紧。他的一个室友结婚，他知道他并不爱那个女孩，不过就因为这女孩有一个北京户口，看着他跪下说出那个爱字，林修觉得很没意思，他暗暗发誓只向爱的女人下跪。

正胡思乱想时，马格有微信来，说渊哥要到成都出差，让他去成都见见。

林修回说："他白衣胜雪还是玉树临风？"

马格说："兼而有之。"

"可惜我不是追星族。欢迎他到马边来。"

"他很忙，你抽个时间去见见。"

林修说："你当四川是北京城啊，四川很大，从马边去成都有300公里。我是来工作的，事情多，走不开。他到马边我倒是可以见一见的。"

马格问林修每天做些什么事，林修一一说了。马格就笑说："尽是些什么事儿啊！做得不开心，辞职吧，回来帮我。公司业务发展得非常好，我给你一年的年薪可抵你十年的工资。等公司上市成功，你就实现财务自由了。"

林修说："那我到你公司做什么呢，当纪委书记？"

"你堂堂一个北大毕业生，干什么不行！你都不知道这世界是怎么变化着的，我担心等你两年后回来，会成为北京的局外人。"

"那我就重新开始呗。我很喜欢这里的工作，实在。"

"不跟你闲聊，我投资了一家软件公司，做无人驾驶的清扫车。"

"你又不懂高科技的东西，别被骗了。"

"有人懂就行。我只管融资。"

"别把自己融进去了。我有点担心，你的公司是不是违法的哦？"

"不用担心，法人是我，背后却是有高人入股的。有什么事他都罩着。"

林修懂，北京高人太多了，在普通人眼里，马格也是高人。

林修来马边之前，马格就搞了一家 MG 独角兽投资公司，很多人就冲着高达 10% 的利息，源源不断地把钱投进来。马格鼓动林修投资，林修说他的工资不过就是一杯水，能做什么？马格说为了他好，正因为工资低，才要让钱生钱。林修还是有点儿怀疑，但是看电视上到处都是各种理财公司的广告，想马格不过是其中一种。其实他一直佩服马格的头脑和天才般敏感的思维。大四那年，姑妈生日，马格拿了一个小盒子，说是送给姑妈的生日礼物，让饭桌上的众人猜，还说猜中有奖。金银首饰小玩意都猜完了，马格都摇头。他说打开盒子，郑重地拿出一张小卡片，上写着："母亲大人，你要相信有多条路可以通罗马。"大家笑起来，姑妈开始说教，每一条路都必须要付出艰辛，每一条路都要脚踏实地；我们从北京出发，起点决定了优势，但不能像兔子那样骄傲，否则外省的乌龟都会超过你。"妈，妈，妈，现在不要走，是要飞。"马格围着桌子跑了一圈，大家更加大笑，姑妈也笑，说马格情商高于智商。马格却严肃起来，说他智商超群，他得意扬扬地抖动着一把钥匙，宝马车的钥匙。姑妈警惕地问他哪来的钱。马格说他高中的时候就看中学校旁边正在修建的房子，和两个同学用所有的压岁钱付了首付，然后采取向家长骗说补习的方式还贷。房价升了卖掉，再付大一点的首付，四年他都买卖三次了。

"好时代啊，妈。有句话得改了，罗马算什么，条条大路通北京。"

大家把掌声给了马格，奉承的亲戚说从小看马格就不像一般人，按部就班没什么出息。林修觉得这话在说他。大学毕业以后，林修进了中纪委，亲戚们才认真地看了他几眼，说不愧为林降霜的重孙子。姑妈也拿他炫耀，姑妈不喜欢钱，是因为她从不差钱。姑妈在一群官太太中，可能是男人权力最小的，一向心高的姑妈自然要受些气，她渴望姑父能晋升将级。姑父却不领情，他还是那个犟脾气，看不惯某人作为，说总有一天会遭报应的。所以马格再为钱各种折腾的时候，也被姑妈视为没出息。

马格把手里的房子全抛了，那一晚马格和父亲有过一次两个男人之间的谈话。他把银行卡放在父亲面前，说："你想取多少取多少。"

父亲看他一眼，说："你以为钱能买来一切。"

"很多都可以通过钱买来。"

"你有多少钱？"

"近千万呢。"

父亲拍了一下马格的肩，说："我在你这么大的时候，刚刚军校毕业，什么都没有，你母亲是下嫁，跟了我自然希望我有一天会腾达。可是马格，什么是腾达？作为一名军人，我信守的是本分，是为国家值守的本分。那种搞小圈子，误国误民的事我不会去做。你都不知道你这么多钱，在别人眼里不是钱，人家随便手指一动也是这个几倍。"

马格将信将疑，他听人说过，他还嘲笑别人说着长志气的，却不承想是真的。他越发觉得自己应该找更多的钱。他说："爸，你等着，我也会有的。"

父亲拿走他那张卡，从中取了一百万。马格没问他做什么用处，母亲有一天和父亲吵架，才知道父亲把这个钱给了故乡，修了一座跨河的桥。"你自己都是穷人装什么阔！别人衣锦还乡光耀门庭，靠的是自己，你倒好，拿儿子的钱去充胖子。丢人！"

马格听到了他们吵，他说妈，修桥是好事啊，天老爷看着，说不定会回报更多的回来。马格用剩下的钱全部买了股票，天帮他，股票竟然像坐了直升机，涨涨涨，全民狂欢。马格不仅动员姑妈把存款全部拿了出来，还进行了融资，那一年的春天真是马格的春天。马格在疯狂的股市中看到一种稳赚的行业，投资公司。他马上把股票套现，成立一家投资公司，注册时要担保公司，马格找到一个上将的儿子白瑞特。白瑞特说要什么担保，自己再成立一家公司给自己担保就行了。马格对白瑞特竖起大拇指，白瑞特问他一根手指值多少股份。马格笑说按规矩就行。白瑞特说马格比他父亲聪明。马格只得赔笑，白瑞特的父亲曾经是马格父亲的顶头上司，给过马格父亲机会，但马格父亲没有顺着梯子向上爬。白瑞特是到美国留学改的名，回国后可能是怕顶着显赫的父亲的名字不好，就一直用了这个名字。因为军中有那么一个父亲，他用身份入股的公司不少。马格抓住了他这个大旗，MG独角兽投资公司成立了，林修来马边之前，MG独角兽投资公司开放网络平台，诱人的宣传语：你和财务自由之间只差一步，关注MG独角兽。

林修越想越觉得马格玩的是心跳，他的确不懂，还是脚踏实地踩在土地上吧，把事情一件一件地做好。一条路、一个小学校、一间村卫生室，与崛起的北京大厦和上海高楼相比，雪鹤村的事低到尘埃里，但这些小事是雪鹤村的大事。如果说中国是一座郁郁葱葱的森林，北京和上海是森林之上的秀木，雪鹤村只是森林中一枚落叶，但是正是这些落叶护泥，森林才得以蓬蓬勃勃。

　　林修这样想着，给了自己信心。他给渊哥发了微信："欢迎来马边看昨日边城，来雪鹤村森林看万物签名。"

　　渊哥回说："喜欢这句森林中万物签名。"

　　等了一会儿，渊哥发来一张手绘图：森林、小河、骏马和穿着高高马靴青衫飘扬的少年。

　　林修回："山高路陡，只有草鞋。"

　　渊哥又飞过来一张图，穿帽子卫衣的背影。

　　林修想到那套红色卫衣，就调侃了一句："要不要我转过身来？"

　　"好啊，如果恰巧我在。"

　　林修心里一动，渊哥到底是女人还是娘炮？如果是娘炮，哎呀，算了不发了，想起来就腻歪歪的。

　　一会儿，渊哥又发来消息，问："给你的衣服，你喜欢哪一套？"

　　林修说："不喜欢红色的那套，像个娘炮。"

渊哥说："幸矣幸矣。"

林修说："你也不喜欢娘炮，干吗买那种衣服？"

"试试你嘛。"

"我怎么觉得你说话很像个女人呢？"

"所以你觉得我娘炮。哈哈……等我们见了也许你觉得我英气逼人呢。"

"好吧，我等着，你的英气能逼我多远？"

"北京到马边那么远。"

"给你讲话倒是有趣的。"

"飞机要起飞了，北京再见。"

林修透过车窗下意识地望了望天，天上蓝幽幽的，远山山头挂着一朵白云，他的车向着那朵白云而去。

20

　　刚刚入冬，山里的天气就冷了。村委会修好以后，金雨生和李克住进了村委会，村小学校的修缮与扩建也在进行，林修说必须加快建设，争取在明年下半年，雪鹤村的孩子们能不出村就上学。曲别拉迪说修几间教室很容易，学生在哪里？教师又在哪里？林修说招。拉迪说他书生气，不清楚情况，有哪个师范毕业的学生愿意来山里工作，他们一来可没有回到城市的期限？林修想起乐山市市级医院定向培养雪鹤村村医的事，教师可不可以定向培养？林修想这个问题不仅是雪鹤村的，是马边所有的山村小学的，也是中国所有山区的。他设计了一张表格，交给在乐山的中国青年志愿者在学生中做调查广泛征求意见。本来生在城市的学生是不去的，农村出生的学生说读个书就是想脱离乡村，不愿意去大山里教书。还有很少愿意去乡村的同学说等五年后回城，光棍了，out 了，一起毕业的同学是自己领导了。林修拿着这个结果，问金雨生和李克："我们来这山里两年，再回到单位，也许原来的同事升职了，人脉广了。你们后悔吗？"

金雨生和李克说："不后悔。你呢？回到北京也许真的 out 了，原来的同学都结婚了，你后悔吗？"

林修说："不后悔。在北京的时候，我也许不好意思说什么豪言壮语。但在这里，前线对吧，可以这样说吗？由不得要生出使命感来，因为与你们在一起。"

三个人的手又叠在一起，他们记得初来的那一天，他们的手叠在一起，是刚开始的喜悦，而今天三个人的手叠在一起，才真有战友的味道了。

林修拿着关于发展和稳定乡村教师的报告和学生调查总结，请示柳卫和雨沥。雨沥看了林修写的报告和调查表，对林修说："能由点及面，想到国家，很好，像咱们中纪委的人。"

林修笑得有些腼腆。

雨沥拿出一件文件让林修看，说："你想到的，国务院已经想到了。"

林修翻开国务院办公厅关于印发乡村教师支持计划（2015－2020）的通知："采取切实措施加强老少边穷岛等边远贫困地区乡村教师队伍建设，明显缩小城乡师资水平差距，让每个乡村孩子都能接受公平、有质量的教育，特制定乡村教师（包括全国乡中心区、村庄学校教师，下同）支持计划。

林修要了一份复印件给拉迪看，拉迪说："国家想到了，说明情况严重了。国家想办好事，可是人心散了。"

"你要对国家有信心。对人有信心。"

"冰冻三尺，非一日之寒。"

"你对我们有信心吗？"

"像你们这样的人太少了。"

"他们在的。"

"我建议你还是在雪鹤村选个人去定点培训吧。"

林修和金雨生、李克商量，为了确保明年学校能够开学，也许拉迪说的有道理。林修给柳卫说了他们的打算，柳卫站在全县的角度，和教育局商讨，决定在全县有学校的村庄选拔一批人去乐山定点培训。具体怎么选送由各村根据实际情况定。

林修回到村里，说了县里的决定，可选谁呢？他们又征求常宽林和沙马铁尔意见，结果他们推荐的人都是各自的亲戚。

两人因此争执起来。

林修和金雨生、李克商量，说那就考试吧，择优录取。

林修说既然是考试就通知愿意参加的人都来。他们在村委会贴出通知，林修也给阿鲁打了个电话，问他愿意回来考试不。阿鲁说愿意。

金雨生出了题，其实都是简单的语文与数学。考试那天，来了好些青年。金雨生监考，林修在考场外看到阿约带着阿尔布，阿约一脸的羡慕。

林修对阿约说："等教室修好了，我们先办成人扫盲班，到时你来参加。"

阿约点头，问林修那个培训的事好久开始。林修说正在联系，还是要等教室修好才行。阿约对他侄儿说："阿尔布，你一定要读书。"

阿尔布说："爷爷说不读书，一样可以结婚生娃娃。"

阿约说："憨瓜，你看他们能去考试当老师，我就不能。"

林修摸着阿尔布的头，阿尔布扯了扯林修的衣服，问："北京哥哥，那个亨利被绞死了吗？"

林修想起给他们读的《万物签名》，说："亨利没被绞死，他去了海上，大风大浪和疾病都没有难倒他，他成了一个植物学家，后来又去了一个大森林，发现了一种能治病的药材，他在世界最高的山种这种药材，他成了富翁，买了一个大庄园，结了婚生了女儿叫阿尔玛。"

"阿尔玛，和我名字差不多。嘿嘿，是我们彝族。我要给阿朵她们讲，不，除非给我……"阿尔布怀揣着秘密似的，跳起来跑开了。

阿约和林修都笑了。

考试的结果是阿鲁远远地甩开了其他人。常宽林和沙马铁尔也只能接受事实。林修亲自把阿鲁送到县城。临别时，阿鲁说：

"林书记，我一定好好学习，不辜负你。"

林修说："雪鹤村的孩子们等你回来。"

　　雪鹤村的冬天多雾，整天雾茫茫的，难得看到太阳，特别阴冷，人和土地都进入了冬眠。快到年底，林修和金雨生们的工作也进入另一种模式，与村民打交道的时间少了，填表格的时间占去了很多。今天这个单位要扶贫资料，明天那个单位要扶贫人数，还有每天的驻村工作日志台账，加上不断来访的各方热心扶贫的社会人士。他们来自不同的级层，侧重点不一样，又希望能为扶贫事业做点事，每次发言稿都认真对待，有时候三个人挤在一间屋子里准备资料，连中午饭都是端进去吃，一天下来手脚都有些僵硬。村民们见不到他们，看常宽林和沙马铁尔又掌管着村里的事务，想林修他们只是过客，村支书和村主任还是不能得罪的。所以常宽林撵走吉木日木，接手修路事务后，又让其兄常宽荣承包了路边挖排水沟的工程。沙马铁尔的儿子沙马哈木承包了茶山工程。吉木日木却始终记着王川和林修给他的任务，不管常宽林如何排挤他，仍自觉担起了监督工作，发现有些地方因地下石头多，排水沟挖得浅，不规范，就让他们重新挖。工人们说重新挖没有钱。吉木日木找到常宽荣，说这条路大家都盯着，如果施工不合格，到时谁都说不过去。常宽荣说他那一段已经分包给了A。A说他又分包给了B。B说最后挖沟的是C。C说到他手里只有多少钱一天，工人的工作都是按天算的，重新挖，等于一天都没工资了。吉木日木又找常宽荣说他这种方式不行，所有的路段都得他负责任。常宽荣不理他，吉木日木只得找常书记来劝。常宽林批评常宽荣态度不好，要求他必须听总工的安排，因地制宜修好路。又对吉木日木说："要换届选举了，你别把村民都得罪了。"

吉木日木知道常宽林在暗示他，常宽林接管修路的事务时就一直在暗示他，说沙马铁尔年纪大了，要换下来，吉木日木和原来的副书记都有可能上，就看他常宽林投谁的票了。吉木日木是想过当村主任，但他不想受这个裹挟。他说："必须重挖。"

常宽林见他固执，想彝族人就一根筋，由他去，自己到路边村民家里烤火去了。

常宽荣白吉木日木一眼，说："总工明天就来，如果他说不合格，我就重挖。"

吉木日木说："如果你把管道填了，总工怎么知道你下面挖得不够深？"

常宽荣说："当初修这条路的时候，还没有这样深，照样没问题，你别小题大做。"

"你还好意思说！"

"我怎么就不好意思说？你把话说清楚了。"

吉木日木说："我找林书记去。"有人甩了一坨泥在吉木日木身上，吉木日木以为是常宽荣，就和他吵起来。工人们动起手来，有人帮常宽荣，也有人帮吉木日木，场面混乱。做路面换填的外来工人们也许习惯了工地上有人吵有人打，他们吹起了口哨。

在工地做工的阿哈跑回家告诉吉克乌乌说他们打架了。吉克乌乌说他怎么不去向林书记汇报。阿哈说他怕。吉克乌乌跑去找林修报了信。

林修和金雨生、李克到工地上时，沙马铁尔和常宽林也到工地了。不知为什么沙马铁尔倒和常宽林吵了起来，翻出一些旧事来。沙马铁尔说："我知道你早就在选新的村主任了，反正都不能当了，索性把有些事说开了，免得我帮你背黑锅。"

常宽林说："沙马铁尔，你今天就当着三级纪委派来的第一书记的面，把你做的不能见天的事都说出来，我们不要脸没关系，给你的儿子他们留个脸。"

沙马铁尔看看林修他们，林修想起他和常宽林因为车被树砸坏吵架的事，难道又在旧话重提？他一脸严肃，说："你们觉得当着村民们的面说有效果，就敞开了说吧。不过请你们记着，你们是党员，是干部，你们要为你们说过的每一句话负责任。"

金雨生说："太稀奇了，一个村支部书记，一个村主任竟然可以当着村民们的面吵架。雪鹤村再偏僻，也是在中国的地图上，你们的政治觉悟去哪了？"

李克克制一些，让他们去村委会后再说。

常宽林马上说："是我不好，我是支部书记，不该跟沙马铁尔计较。"

他们来到村委会，看见曲别拉根在院坝里抽烟。沙马铁尔心思一动，说："曲别拉根，你不是会算吗，你看看我们谁会倒霉？"

曲别拉根说："在同一块地上活了这么多年，谁是怎么回事，心里别想着别人不知道，反正我心里明镜似的。不信我们就问问天，是不是什么事都可以端出来说。林修书记是把你们都当了实诚人看。你们的心可以见天吗？"

村委会会议室里，铺满了林修他们填的各种表格。常宽林和沙马铁尔见了，不说话了。一脸是泥的吉木日木说了事情的原委，"至于常书记和沙马主任什么时候来，为什么吵架，我的确不知道。我只想说，修路必须要找专人监督。"

林修说："吉木日木这点儿做得好，以后修路的事你就全权负责。如果不听招呼，终止其承包资格。还有层层下包的问题也要整改，确保工程质量达标。"

沙马主任说话了："每次修路都承包给自己的兄弟，本身就有问题。"

常宽林说："茶山改造，你的儿子还不是也承包了！"

金雨生说："吉木日木虽然是村副主任，但待遇很低，监督的事得天天在工地，由承包方给予工资。如果承包方觉得困难，可重新公开招聘承包人。"

林修说："金书记说得对，下次还有什么项目需要承包，在村委会招标。村民们都可以来投标。通过这件事，我们也该反省，村务公开这项我们没做好。"

"你们管腐败吗?"沙马铁尔忽然问。

"我们主要工作是党务，但是腐败肯定也要管，如果真有问题，县纪委会来查的。"林修说。

"我只希望这次修路没有腐败。"沙马铁尔说。

林修说:"我们都经得起任何检查。"

经过这次事件后，林修他们觉得如果每天还继续填表格，工作会出现漏洞。他们分了工，李克主要负责制各种表，林修和金雨生白天负责村里的一些事务，晚上帮李克准备资料。他们在村委会外面做了宣传栏，把村里的基本情况，扶贫资金的应用，各种产业都写在村务公开栏里。村民们都冷得躲到火塘边时，村委会的灯还亮着。吉克乌乌的家离村委会近，她常常在这种时候为三个年轻人带来烤熟的热乎乎的洋芋，帮助做一些力所能及的事。

林修问她和阿哈怎么样，吉克乌乌说，和阿哈分开了一段时间，那段时间他基本上都在睡觉，醒了也没人给他做饭，他就来要吃的。我说我们各自过了，我为什么还要给你吃的。他先是大吼大叫，我也不怕他，大不了，他打死我。有你们在村里，他也不敢。阿衣每月都有钱拿回来，我故意买了肉来香他，他受不了，又来要吃的，我就让他做一件事，才给他吃的。慢慢他就习惯了，现在也知道要出去做点事了。他最大的毛病还是喜欢赌，他没去

214

沙马哈木承包的茶园，因为他知道管不住自己的手，挣一天的工资，歇工后一赌又没了。他就去了常宽荣的工地。他们打架还是阿哈跑回来告诉她的。"林书记，谢谢你们救了我一家人，阿衣拿回的钱我攒着，明年就可以还你的钱了。"

"吉克乌乌，我的钱你就别想着还了，给阿衣当嫁妆吧。"

"她还没耍男朋友呢。"

"阿鲁行不？我看他们挺般配，我给他们牵线。"

"可是，可是阿哈不喜欢阿鲁。"

"阿衣喜欢就好嘛。"

金雨生和李克都笑起来，说林修管得宽哟，管修路、建房，还管婚姻。大家的笑声划破了静夜的山村。有村民被吸引着来到村委会看热闹，夜越深，天气越冷，有人建议说，我们烧堆火吧。

村民们回家抱来了干柴，就在院坝里架起柴火，大家蹲着烤火，火光把人的脸映得红彤彤的，大家说一些笑话。有人提议说："林书记，你给我们说一说北京吧。"

说说北京，这话把林修难着了，北京从何说起呢？说皇城的浩大，说高楼林立，说长城雄伟，说国家歌剧院，这些离村民们太远了。林修说："有去过北京的，举个手。"

都说没去过。林修看了看时间，快十一点了，问大家："现在晚不晚？"

一个年轻人说："半夜了，以往我们早睡了。"

一个老者说："夜晚是祖先们的，我们都吵着他们了。"

大家起哄，说别吓人。林修说："你们都觉得现在很晚了对吧？但我告诉你们，这个时候，在北京很多的写字楼里，许多年轻人都还在上班。拼，都怀揣一个梦想，想有一个好的前途，必然会付出。"

"北京有高楼，更重要的是有梦想。在古时候，北京叫幽州，是契丹的一个藩镇，就在那个时候有了马边这个边城。马边与幽州相比，面积小不了多少。时代走到今天，幽州变成北京，相信大家也看了电视，北京已经成为世界大都市。你能想到的北京都有，你想不到的北京也有。而马边还叫马边，时光在这里停了似的。党和国家发现了这个问题，派我们来就是要让马边的人们也要享受到国家富了带来的福利。等路修好了，房子修好了，发展养殖、观光茶园果园、农家旅游，都可以试试。我们并不是只是给你们钱，而是要给你们自己赚钱的本领。好的更好，贫困的变好，这才是我们来的目的。"

大家拍起手来，有人说："林书记，真的会有新房吗？"

林修说："会有的，但我们必须拼。"

林修把自己说得热血了，待人散去，他回到曲别大叔的家，曲别拉迪的屋子还亮着灯，他还在写作。林修看了看手机，有渊哥的信息："在高楼灯光里，想念你的森林。"

林修回说："人睡了，万物醒来。"

21

金雨生去县农业局，请来专家刘老师指导雪鹤村茶业种植。刘老师来到雪鹤村，林修一同前往茶山查看，发现工地上没有人。打电话给沙马哈木，沙马哈木说："快过年了，耍几天。"

"过年？"

沙马哈木说："彝族新年。"

林修说："对不起，我还不知道有彝族新年。"

刘老师说彝族每年这个时候都要过年，单位的人都巴到放假了，要不是金雨生上门去请，他也不会来的。林修说谢谢，明白曲别大叔说明天晚上请大家去他家吃饭，原来是要过年了。

刘老师看了看山坡的方向，又刨了刨土壤的厚度，还取了泥土说回去分析一些有机质含量。说茶园种植品种最好不要单一化。

金雨生问："种什么品种好呢？"

刘老师说："县农业局通过近十年的选育，从马边本地茶树品种中选育出了适合马边气候、环境，其产量和品质都较优的'马边绿1号'，该品种已通过四川省茶树良种审定。你们可种这种茶。不过，如果种得多的话，品种也不能太单一。如果有固定的销路，也可以听取销售方的建议，看看哪一种茶好销。"

金雨生说："还记得曲别拉迪说过，成都的燕露春茶业他熟，我们可以去看看。"

林修说："好，但马边种了这么多茶，靠一家一家去做推销也难打开局面，我已向中纪委扶贫办的领导汇报，明年春天在北京做一次马边绿色产品推广会。"

刘老师说："林书记有胸怀，心里放的不只是雪鹤村，还有马边。对了，马边特产多，绿茶、乌梅、洋芋、核桃、腊肉、血肠、竹笋，等等。"

林修说："推广这些特产，还可以请外边的人来做深加工。"

正说着时，沙马阿果不知从哪里听到消息，找到了他们，说要请专家去看看她家的茶园。刘老师问她家在哪里，阿果指指一片云雾中的山。

刘老师说："好地方呀，北坡，云雾多，不知道土怎么样?"

林修和金雨生望着那片山林，云雾在半山出没，他们相互看一眼，几乎同时想到了躲在一个黑伞下的狼狈样，对那片森林心怀恐惧。

金雨生问阿果："你到过那片森林吗?"

阿果说："去过呀，冬天农活完了就要捡干柴，还能捡到野鸡蛋。"

"迷过路没有？"

"这么一小片森林，迷啥子路！"

林修对金雨生笑说："走，我们去看看，能不能捡到野鸡蛋。"

阿果带着他们穿过森林，看到位于森林中间一小块一小块的茶园。刘老师抓了一把地下的土，在手里搓，还伸出舌头舔了一下，说这个坡地的土质比刚才看的要好。金雨生对阿果说，可以把这片森林都砍了，变成茶山。

阿果有些犹豫。

刘老师问阿果认不认识一个叫李玉普的。阿果问："你认识他？"

刘老师笑说："不认识，一个朋友去年送了我一点儿红茶，我觉得好喝，想买点。朋友说做茶的是雪鹤村的，做得少，一般情况下不对外卖。"

阿果爽朗地笑说李玉普是她男人，她拐了拐金雨生说："我就知道阿普他行嘛。"

金雨生说："阿果，怎么样，扩大种植，和阿普一起做个自己的茶叶公司？"

刘老师也高兴地说："我看要得，把我们自己的茶推出去，好多产茶的地方，茶叶被外地人廉价收走，换了个名字，就像乡野

219

姑娘摇身一变成了公主一样，身价就长了许多。"

阿果说："可是这片森林，我舍不得。"

林修看着这片森林，要是树没了，会是什么样子呢？这么多树，该长多少年才能长大。他一时间没有说话。

金雨生以为他还在想森林里迷路的事，开玩笑说："阿果，我们林书记认真在找野鸡蛋呢。"

阿果说跟她走，林修看着她走进森林里，他站在森林的外面，看林子里面黑黑的一片，阿果的身影被吞进黑暗之中。他叫了两声阿果，阿果没有回答，一会儿果真拿了两个绿壳的鸡蛋出来。

阿果说："运气是要撞的，有时候在森林里转上半天也捡不到一个。"

金雨生问林修想不想进去撞撞，林修说："这森林认得阿果。我们没有运气的。"

告别阿果送走刘老师，林修问金雨生："如果去一个地方旅游，导游说 A 地有森林，可能迷路。B 地是茶园，可以观光。你选择哪里？"

"A 地。"

"如果 A 地想发展，砍了森林，种成茶树，你觉得好？"

"我知道你的意思了。你不赞成把阿果家下面的那片森林砍掉，种茶树。"

"我也不知道哪种更好，怎么样在保护原生态的基础上发展产业，这是个棘手的问题。"

"在雪鹤村有的是森林，就算砍掉阿果家的那片森林，也没多大的影响。"

"如果所有的村民都效仿呢？"

"不会都效仿吧？"

"就算只有阿果一家，放大到全国，又有多少森林会因为这种发展毁掉。"

"第一批村民来雪鹤村时，肯定也砍了许多森林，才有今天的房屋道路与梯田。上级有关部门正在做集中安置的调研，到时候也要砍倒森林。就像城市的扩张要侵占稻田，电站修建要破坏江河一样。"

"是啊，是啊，所以现在把环保意识提高了。习总书记也说我们既要绿水青山，也要金山银山。宁要绿水青山，不要金山银山，而且绿水青山就是金山银山。"

金雨生环顾四周，眼之所及，一片苍翠，他说："听战友讲过一个故事，有个新兵分到西藏一个边防哨所，山上光秃秃的，除了风就是沙。他用罐头盒子种了一株蒜苗，他说是一棵树。雪天蒜苗也冻死了，他每天心心念念的就是树。等他下山的时候，他看见山边一棵树，他让司机把车停下，司机以为他要小便，看他跑向树，抱着树哭起来。在没有树的边防觉得这故事听起来挺悲壮的。在这里踢到绊到的都是树，就忽略树了。你说得对，一棵树要长成一片能迷路的森林，多不容易。我赞成暂时不动那片森林。"

林修揽了金雨生的肩，说："雨哥，也许我想多了呢。我们问问曲别拉迪怎么说。"

金雨生说："曲别拉迪专门来请了我和李克，说明晚去他家。我还以为他过生日什么的，想不到是彝族过年。明天乡里开会，你去还是我去？"

"你去吧，我去看看修路。"

金雨生笑说："邻居田甜书记盼着见你呢，每次碰见我都要问你为什么不在。"

林修笑说："她不就是找话跟你说吗？"

金雨生笑说："你别装哈，好几个第一书记都知道她喜欢你。还托了印梅保媒呢。"

"你别开玩笑，说我有女朋友了。"

"真的，她叫什么？"

"渊哥。"

"哦。"

"哦什么哦，你不觉得渊哥这名很怪吗？"

"为什么怪呢？我儿子的女同学还叫兔爷呢。"

一语点醒梦中人，也许渊哥是个女生，林修反复回忆起和渊哥的那些交流，肯定了自己的想法，渊哥就是个女生。哪怕是短发平胸男装，是个女生也让林修心里舒服了些。林修甩开膀子跨起大步，边走边唱起了歌。

金雨生看他的样子，开玩笑说："田甜没戏了。"

第二天，林修刚刚起床，就听见曲别拉迪在唱歌，林修跟着他哼调子，向曲别拉根和拉迪祝福新年。拉迪说你知道了呀。林修问他今天还写吗。拉迪说今天他给自己放假，问林修今天做什么。林修说他去修路工地看看。

拉迪说："开工的那天去过了，我也去看看。"

林修问曲别拉根去吗，拉迪说："毕摩同志不会去的，他今天事儿多呢，要敬各路神仙，还要准备年饭。"

曲别拉根说："你就像长不大的孩子。"言语里都是爱意。

拉迪说："你那些长不大的孩子都要回来过年，我去路上接他们。"

曲别拉根笑起来，老伴今天也要回来，一年就盼几天能聚在一起，他叫了本家亲戚来帮忙。

曲别拉迪借了摩托载林修去工地，看到吉木日木戴着安全帽在工地来回走动，有关修路的专业术语也头头是道，林修问他从哪里知道这些知识的，吉木日木说是总工。林修问吉木日木："你们不是过彝族年了吗、你回去吧。"吉木日木说工地上的彝族人回家过年了，但汉族人没这个风俗，工地照样施工，他不放心。林

223

修说有吉木日木在，他和金雨生他们就不用操心路了。吉木日木说要操心的事马上就要来了，路基扩建关系要动一些人的田地。林修让他相信群众，大部分会配合的。吉木日木说："大家对常宽荣有看法，就算常宽荣没有克扣，也会认为他克扣一部分。鬼针草这两天也在到处说，上次修路的钱要退给大家，这事儿本来就没影的。"

"鬼针草又传什么谣？"上次他护送核桃树回来，又督促村民们栽下去，天冷了，还帮大伙用薄膜罩起来，林修还说要重新认识鬼针草呢。

拉迪和工人们聊得欢，他又唱歌了，他声音真大，歌声盖过了闹哄哄的工地。

这时有辆乐山的车开来，见路挡了，和拦路的工人套近乎，想要开车进去。工人说不行，说每天都有这样的人不是这样事就是那样事要进去。男人说前面不是有辆车进去了吗？工人说那是常总的车，那是施工车。

男人好脾气，也不说破那辆车不是施工车，他说真有急事。

工人还是不让。

林修走过去，男人说过彝族年了，来看看他资助的孩子。

"你是志愿者？"林修问。

"志愿者？不是。不过我是志愿资助她的。"

"请问你贵姓？"

"我姓安，一个老师。"

"安老师！我知道你，资助的学生是不是叫阿朵？"

"对对，叫阿朵，她还有个妹妹叫阿母。"

"安老师你好，我是阿朵村子的第一书记，谢谢你对阿朵的关心！车是不能开进去，再说修路，路烂得很，你的车开进去，说不定就陷下去了。"

"既然你是第一书记，你就帮我把这些东西带给阿朵，告诉她钱我打在她母亲卡上。"安老师打开后备厢，拿出书包、衣服和吃的东西。

林修叫拉迪过来，安老师和拉迪握手，说他们认识。林修说拉迪人缘真广。拉迪说安老师写小说的。安老师客气地说拉迪老师在省里就是有名的诗人，能认识拉迪老师荣幸呢。他说没想到拉迪老师是这个村的。拉迪说他用摩托带安老师去阿朵家，问林修去不。林修说同去吧。林修和安老师坐上拉迪的摩托车。安老师连说几声谢谢拉迪老师。

拉迪说："你别叫我老师老师的，就叫拉迪吧，你看这小青年都叫我拉迪呢。"

林修说："是你自己要求这样叫你的，本来我应该叫你大叔。"

"哈哈，我心还是个青年嘛。再说有个阿猫阿狗的名字，就是为了让别人好喊你。你们看那些山头它们没名字，影响它们了吗？"

"影响了，我喜欢叫出它们的名字。"林修说。

"山还是山呀。"拉迪说。

"小凉山。"安老师说。

"小凉山？就像说你我是汉人，拉迪是彝人一样。"林修说。

"在浩渺的空间，山以山签名，人以人签名。"拉迪喊。

"我们活在当下，脚踩的是草，擦身而过的是树。草有名，树有名，它们都在这世间活过，签过名。"林修大声说。

拉迪开着摩托，在凹凸不平的路上疾驰，他们的对话随风溜远，站在路边闲话的鬼针草和王太因听到签名两个字。鬼针草对王太因说："好戏要进村了。"

王太因说林书记已经通知她了，他们要带杨豆豆上省城去看病。

鬼针草说："还不就是个形式，买人心的。"

"真是狗嘴吐不出象牙，你还有心吗，你恨谁呢？你妈要是活着……"

"婶，我妈还能活着吗？我都不知道该恨谁，队长？书记？还是那棵栎子树？"

王太因踮起脚尖，望了望长在坡上的栎树，说："树也该老了。"

鬼针草掏出随身携带的小酒瓶，喝了一大口，摇摇晃晃地向树走去。

拉迪们到达黑松林时，拉迪问林修是弃车穿过黑松林的小路，还是骑车绕黑松林边沿。

　　林修想起了和曲别大叔一起在黑松林爬过的山间梯子，问安老师能走不。安老师说他没问题。三个人拐进一条潮湿的林中小道，冬天的天气本来就阴，林间也不是夏天见过的样子，还是上午倒像黄昏了。安老师说，三年前的一个夏天，他准备了几年的资料正在写一部长篇，小说写到一半，电脑崩了。一个一个敲出来的字全没了，他也崩溃了。再对着电脑，他一个字也写不出来。不写就不写吧，写也没什么意思，后来觉得活着都没意思了。好不容易熬到放暑假，他一个人开着车出来，出门前留了言，就是别找他，如果有一天知道了他的消息，要相信那是他寻见的最好的归宿。他开车进了小凉山，像有天指引一样，他来到了黑松林。吃完车上的所有东西，他不想走了。头枕着一堆松毛，透过树梢，看着一方不大的天空，偶尔有一朵白云飞过，他有融入的愉悦，就这样吧，不想再起来。他饿了一天，雨下了一天，虚弱好像正是他自虐要找的结果。他还是那么躺着，甚至渴望有猛兽能帮他了结生命。他感觉到一种柔软的刺激，他睁开眼，一个有一双清澈眼睛的女孩子正用一根狗尾草挠他的鼻子。女孩问他是不是死了的人，他说是。女孩说，那你告诉下面的人，别让我阿爸死了，他要是死了，我就读不成书了。他问女孩，她阿爸怎么啦，女孩说阿爸得了黄病。阿妈说要是阿爸死了，她就不管她和妹妹了。

他问女孩在林子里做什么，女孩说捡蘑菇，晒干了卖，挣的钱可以去上学。女孩问他买不，他逗她说，我是死了的人，怎么给你买呢？女孩一下惊恐起来，我是不是也死了，要不然我怎么能看见你呢？他不忍心再骗孩子，说他只是在等着死。女孩用捡过蘑菇的手拂他的脸，说你也得病了吗？他想反正都不活了，就把身上的钱都给了女孩，女孩说这么多钱，她的蘑菇还不够。她让他等着，她回家取蘑菇来。她真取了来，还给他带来煮好的土豆，告诉他她有钱读书了。她要去看看没有山的地方长什么样子。还给他约好，明年的蘑菇还卖给他，让他一定要来。女孩伸出手与他拉钩，说拉钩上吊盖章有效。他笑起来，说还不知道她的名字呢，怎么有效。女孩大眼睛一转，说我叫阿朵，我妹妹叫阿母。他吃了她的土豆，身子有劲了，问她家在哪，想去看看。阿朵像只鹿子，欢快地带他穿过黑松林去了她家。那家很小很旧，木板的，他的父亲可能得了肝病，脸黄肌瘦的，汉语说得拧巴，大热的天还守在火塘前。她母亲汉语讲得顺，除了黑，其实长相蛮漂亮的。她煮了女孩捡的新鲜蘑菇。那是他吃过的最好的蘑菇。他告诉她，阿朵每年捡的蘑菇他都包了，钱给阿朵上学用。开学前他把钱打她母亲卡上。临走前，他和阿朵约定让她好好学习，等有空了就带她出去看看山外长什么样子。回到乐山，好像又重新活了过来，小说又开始重写，教的是毕业班，都在忙，今年的中秋，小说写完了。想彝族过年了，就来看看阿朵。

228

拉迪说:"看来这叫阿朵的孩子倒是上天指派来救你的。"

林修说:"安老师,我可以把你和阿朵的故事写出来吗?"

安老师说:"当然可以。但不要写成我帮助阿朵,因为阿朵也帮助我获得生存的幸福感。"

拉迪说:"幸福的源头在于人类的内心。当我们开始用善念观照世界的时候,我们就看到幸福。当我们身体力行为他人服务的时候,我们得到幸福。幸福是饥饿时的一块土豆,是绝望中的一点希望……"

林修说:"我想到一个词,慈悲。有颗慈悲的心比做一件慈善的事更重要。天下无寒人是人道主义精神的体现。从这个意义上说,扶贫不是施舍是援助,是人类维系一个平衡的生活共同体的需要。我们每一个人看似各自独立地活着,实际上都在一个生物链上,有的人像星星一样发光,更多的人有一颗慈悲大爱的心,正是他们的光和爱才让这个生物链有生存下去的空间。"

拉迪使劲儿拍手。

安老师也拍手:"不愧是北京来的。"说雪鹤村是他的一块福地,第一次来找到阿朵,第二次又找到能谈话的朋友。

一路说着话,很快就出了黑松林,安老师却记不起阿朵的家到底是哪了。林修给阿约打了电话,阿约很快就来了,身后跟着拖油瓶阿尔布。到了阿朵家,安老师说房子还是记忆中的样子。只是物是人非了。阿朵的父亲已经死了。阿朵的母亲穿着一件红色的羊绒大衣，一头漆黑的长发染成了黄色，眉毛像是文过了，像一只死了的蚕，脸上挂着粉，抹了唇膏，耳坠、项链、戒指一样都不少，特别是那双手倒不像劳动过，白白的，还做了美甲。阿朵和阿母也穿着鲜艳的羽绒服。可能是过年吧，也给阿朵和阿母化了妆，孩子的黑脸涂了白粉，看起来让人发笑。三娘母的打扮在一间暗淡陈旧的屋子里很不协调。安老师把带去的东西放在一张烂桌子上，阿朵翻着书包说有5个口袋呢。安老师买给阿朵和阿母的小棉衣颜色较深，原本是考虑到她们在山里经常一身泥，颜色深点好打理，现在它们在桌子上显得寒碜了。安老师说："林书记，看来你们的扶贫政策见效了。"

林修也说阿朵变漂亮了，祝福她们彝族年快乐。

安老师临走时对阿朵的母亲说："没想到这一次来，看见你们发生了这么大的变化。以后我就不来了，祝你们一家人幸福。"

阿朵的母亲欲言又止，安老师问想说什么，阿朵的母亲说了句："安老师，你是阿朵的恩人，阿朵会记着你的。"

安老师说："记着与不记着都没关系。我会记着黑松林采蘑菇的小女孩阿朵。"

阿朵想说什么，被她母亲打断了，说她们还要去走亲戚，就不留他们了。他们出了门，阿朵追出来问林修："阿尔布说亨利结婚了，有了女儿，叫阿尔玛。是真的吗？"

林修笑着说，是的。阿朵好像有些失望，哦了一声就跑回去了。

阿尔布说："阿朵今天好奇怪。"

阿约敲了一下阿尔布的头，说他就没见过世面。

回程的路上，安老师说与阿朵的缘就到此了。他会去西藏找一个更需要帮助的人。说过之后有些沉默。拉迪请他去家里过年，安老师也婉拒了，说他想赶回去。

他们在路口与安老师告别。林修问拉迪，安老师不悦的原因是什么。拉迪说失望吧。你看他讲的故事，采蘑菇的小姑娘原本像个森林里的小精灵一样的人物，可见了面，发现事实上他的雪中送炭没有了意义。"再说帮是情分，不帮是本分，安老师有他自己的选择。"

林修说："上次去黑松林，听阿尔布说阿朵的母亲跟人私奔了。"

拉迪说："也许吧，谁知道呢？笑贫不笑娼的时代。"

"谁说笑贫不笑娼？大诗人你又放什么厥词？"一个大嗓门说。原来是黄乡长戴着一顶安全帽，穿着一双黄胶鞋混在工人中。林修说黄乡长辛苦。黄乡长说过彝族年了，工地上人少，怕影响进度，来看看。

"黄乡长也是个舍得干的人，因为只知道和农民打交道，所以干了这么久，还是个乡长。"拉迪说。黄乡长是他同学。当时没考上大学，招聘乡干部他考上了，只是他很倒霉，每次要提拔他时，乡里总会出点事。"我们都叫他黄瓜。"

黄乡长说："你在中纪委面前，乱嚼舌根嘛。"

拉迪对林修说哎呀，我怎么老是要忘记你的身份呢。林修笑说黄乡长倒是像电视剧里塑造的基层干部形象，任劳任怨和群众打成一片，值得他学习。

黄乡长哈哈一笑，说："说得我多么光荣似的，不过就是做些本分的事。我们可没有你们的见识和胸怀，是乡野粗人，只能和农民打交道。不过，等我老了的时候，到时候我会讲你的故事。"

林修笑了："我有什么故事可讲？"

黄乡长说："雪鹤村的百姓都在讲你的故事，乡里各村的第一书记们也讲你的故事。"

林修不好意思了，问："他们没说我坏话吧？"

黄乡长逗他说："有人喜欢你算不算坏话？"

林修说："黄乡长别开这样的玩笑。"

黄乡长说："你看你顶着北京的光环，还长得这么帅。这不是你的错吗？"

林修说："看来我的女朋友必须要来一趟，以正视听。"

拉迪说："我很好奇，你看上的女生什么样？"

林修想到渊哥，她长什么样呢？她的微信圈更新得慢，也没有照片。想念着一个没有具象的人倒是有些意思。

拉迪在路口等到他的族人回来，一行十多人，他们多数已经看不出彝人的特征了。拉迪给林修一一做了介绍。林修记不住。他们七嘴八舌，欢笑着叫林修哥哥或者叔叔，他们说："家乡终于要修路了。"

　　林修发现有个小孩子长得特别乖，他看孩子，孩子也看他，那种眼光纯粹得让他爱心泛滥。他想去抱他，孩子竟然伸出双手，乖乖地靠在他肩膀上，眼睛望着他，林修觉得那一刻他的心都化了。拉迪说："看来这孩子跟你有缘，别人抱他他都会哭，给你当干儿子吧。"

　　林修说："他是你孙子，给我当干儿，你还叫我兄弟不?"

　　拉迪说："各管各。"

　　拉迪的儿子说他父亲喝了酒与他也称兄道弟的。大家笑得更欢了。林修把孩子递给拉迪，孩子哭了。林修笑说："看来我必须当这个干爹了。"他又亲了亲孩子，让拉迪先回去，说过年了，估计有外出打工的彝族同胞要回来过年，到自家门口了，说车不能进了，怕生事。他叫来吉木日木，在拦路的地方，商议开出一块临时停车的地方。吉木日木说拦路口的前方30米有块苞谷地已经收了苞谷，可暂作停车场地。

　　"那块苞谷地是谁的?"

　　吉木日木说："是李芒家的。"

　　"她家的苞谷地这么远?"

　　"那李芒是个鬼灵精，这里原是个荒坡，有她家的祖坟。第一次修路时，她的祖坟要搬迁。她只是给祖坟挪了个位置，将就修路挖的土方把斜坡填成了平地，种上了庄稼。"

"这么远来种庄稼，是个勤劳的人。"

"她这里方便呢，路边有小沟取水方便，顺路摩托正好派上用场，比在她那些梯田里种方便，还要靠肩背回去。"

"李芒的地，那倒好说了。我给她打电话。"

"林书记，我们还是去她家说吧，她平日对彝族人有些看法，觉得彝族人懒、脏。"

"这是她不对了，惹革儿就很勤劳。"

"说实话，我也同意李芒的看法，只是这种懒和脏很多是看不到希望，对自己的放弃。"

"吉木日木，我越来越喜欢你了。"

吉木日木黑黑的脸上，有些羞赧了。

林修给李芒打电话："李芒，彝族老乡回家过年，加上来往亲戚，可能很多都开了车来，前面封闭施工又不准入，想给他们找个停车的地方，村委会暂时征用你的苞谷地。地可能压实了。你放心，等年过完以后，负责给你挖松。村委会会给你一定补偿。"

李芒说："林书记，你为大家想得这么周全，乡亲们都谢谢你呢。我也不要什么补偿，只要把地松了，不影响开春种庄稼就行。"

"李芒，谢谢你对我们工作的支持。"

"哈哈，我不习惯这么正式给我说话的款式哦。"

林修笑说："你不说款式两个字，就不是你李芒这款式了。"

吉木日木说没想到林修这么轻松就把李芒的地搞定了。林修说："人都是有感情的，你天天在工地，村民们看着。黄乡长经常下来看路的修建情况，村民们也看着。你们代表的就是政府的形象，党的形象。久而久之，村民们就会信任你们，就会对生活抱着希望，不放弃自己。"

吉木日木说："林书记，我会一直记着你说的话。"

林修心情愉快，与施工方商议，调来一台推土机几分钟就把苞谷地推平了，施工方又调来一台压路机压实了土。林修和吉木日木把拦路的牌子移到苞谷地，那些进村的车辆就停在苞谷地里。林修让吉木日木回家过年，他守在村口指挥那些车辆，不认识的人说师傅想得周到。林修就笑着问他们过年好。金雨生回来，看到林修，听别人叫他师傅，他眼睛一热，真想抱抱这位战友。

施工的人都下班了，金雨生和林修一起往回走。金雨生向他汇报了一下开会的情况，说乡党委第一书记布置任务了，安置工作即将展开。雪鹤村可根据每一个生产组的实际情况，采取集中安置或者异地安置。

"将是一场硬仗。"金雨生说。

"村委会换届选举也要开始，这次要选出真正能干事，能为大家干事的人，为下一次安置工作做好人才准备。"

"沙马铁尔年纪大了,我看吉木日木不错。"

"我也觉得他不错,不过明确要参加选举的还有村副书记,其他人选现在还没报名,到时要村民选他才行。"

"我们是要离开的,他们总要选一个自己信得过的人才行。"

"雨哥,你有没有这样的感觉,好像我们就是村庄的一部分,会在这里工作一辈子似的?"

"如果让你在这儿工作一辈子,你愿意吗?"

"每天都有事做,就会忘记身后还有个北京。如果能有一个人一起在山里终老,又何尝不可!"

金雨生说:"我在大巴山、西藏、成都、马边转来转去,想想每个地方都是家乡,到处都可以说是回。我都不知道到底哪一个地方才是真的回了。"

"好男儿志在四方。"

金雨生唱起歌:

古道上夕阳下滚滚风沙/好男儿在原野四海为家/抛不下抛不下多少英雄泪/放不下放不下心中一朵花/含辛茹苦浪迹天涯/为民除害重建邦家……

林修也跟着唱起来,唱完最后一句"好男儿在原野重建邦家",他们相互看看,说音乐真好,有时候说很多,不如唱一首歌缓解情绪。他们聊起喜欢的音乐，偶尔哼上几句，一会儿就到村委会了。

他们翻出村民的名单，分别给村里的彝族同胞打电话祝福过年好。接到电话的村民很高兴，说还没有干部在过彝族年的时候给他们打过电话。

"等李克回来了，让他多建几个微信群，全体村民的、彝族人的、贫困户的、养殖户的，好通知事情。也可以进一步实施村务公开化。"林修说。

"李克回乐山纪委开会有没有消息？"

"他发了微信，说有重要的事，不便在微信里说，不知是什么事？"林修说。

"他什么时候回来？"

"听他说要赶回来，和我们一起过彝族年。"

"我们要过年吗？"

"过啊。走，去拉迪家，看看他们怎么过年。"

还没到拉迪家，拉迪的电话就开始催了。

金雨生他们还在小道上，就听到拉迪家说话的声音，他们都用彝语交谈着，听来像唱歌似的。金雨生担心去毕摩家吃饭，会引起别人非议。林修说都是给了伙食费的，再说毕摩不是贫困户，也从没提过什么要求。

金雨生看穿着鲜艳的小孩子在树下跑来跑去，想起小时候过年，也要穿上新衣和一大帮孩子一起玩，说："他们倒真像是过年的。"

林修说："本来就是他们的年嘛。"

晚饭后曲别拉根把火塘烧得红红的，十多个人围着火塘而坐，有个孩子提议说一起玩杀人游戏。拉迪说大过年的，听这个名字就不好，让孩子们每一个人讲一个故事或者说一件这一年最有趣的事。孩子们有的说给喜欢的女孩递了一张纸条，有的说打球时裤子绷开了，还有的说被喜欢的歌星抱了一下。大人们则说些工作上的事，轮到曲别拉迪时，他说给大家讲一个故事。

"以前的马边河，在绕城转弯的地方，河水回旋，形成一个深潭。每到月光朗照的夜晚，就有一对金色的鸭子在水上游戏。那可是咱们马边一宝。到了1926年，马边来了一个金发碧眼的传教士，他叫密龙。他在马边办了一个学校教人认字，给马边人治病，还学会了彝语。但人们认为他偷走了水里的金鸭子，对他心怀戒备。一个叫水普说格的人替密龙说话，水普说格是个黑彝贵族，汉语也说得顺溜，他的话人们不敢不信，但心里还是抱着观望的态度。当时马边流行一种怪病，染病的人脸色红肿，眉毛脱落，身上溃烂，得此病的彝人被认为是触犯了神灵。人们见了他们像是见了瘟神，家族的人也诅咒他们，劝他们自杀。有两个彝人得了这样的病躲进深山。传教士密龙找到他们，亲自给他们洗澡、敷药、治疗，那两个病人竟然好了。密龙赢得了好名声。水普说

238

格也十分喜欢，密龙就在水普说格的陪同下走遍了马边的彝区。他筹了钱买了水普说格家的林地挂灯坪，修了一座天主教堂，继续传教治病。他在教堂四周种了竹子，土地上除了蔬菜还种了很多向日葵。你们想想向日葵开的时候，坐着看天上云卷云舒，是不是很美？美得他都不想回法国了。这样的日子到了四年以后的一天，一个叫恩扎嘎的头人带着一群人冲进教堂将他杀害，而且还烧毁了教堂……”

“为什么？”孩子们都问。

“那个时候，马边很闭塞，因为山高林密，矿藏丰富，在人们心中也是个神秘之地。在民国时期就有许多探险家、学者和商人来考察。考察的人必要带一个彝人作保才能深入彝地。他们穿彝民的衣裳，住彝民的草棚，吃彝民吃的东西，严酷的自然环境，他们也和彝民一样蓬头垢面……”

“爸，这个不好听，你还没说他们为什么要杀密龙？”拉迪的儿子问。

“我也不知道。”拉迪说。

这个时候李克披着白色的察尔瓦，头上裹着围巾出现在大家面前，小孩子们说：“传教士回来复仇了。”

李克解下围巾，不知道他们在说什么，但他抱了一下金雨生，又抱了抱林修，还拥抱拉迪。

他说：“我想拥抱你们每一个人。”

孩子们不解地望着这个不速之客，说这做派就是教士的方式。

金雨生问他是不是喝酒了。李克只是摇头。林修看他脸色白得吓人，问他怎么回来的。李克说坐摩的。

"这么冷还坐摩的？"

"就是太冷了，腿都不像我的了。"

金雨生帮他揉腿。他呼了声痛。林修让他靠近火塘坐。曲别大叔则说不能离火近了，腿没知觉，怕烧伤。给他端来一盆热水，放一包草药在里面，让他背对火塘泡脚，随后又端来一碗冒着热气的鸡汤。

李克很感动，一个大男子汉竟然流泪了，好在他背对着大家。他擦了泪，决定把刚刚过去的危险埋藏起来。林修转过身看他，看见他擦破了大块皮的膝盖，问他是不是摔倒了。

李克点了一下头，他没说话，怕一开口控制不住自己。现在活着，现在在一群温暖的人中间，他已经觉得是如此幸运了。他没有猝然临之而不惊的那种大将风范，他更多的感受是好好走着的路，下一刻会突然没了。今天在乐山开完会还很早，分管扶贫的何书记又单独与他交谈了工作，让他回家陪陪老父妻儿，明天纪委有车进马边。李克道了谢，说彝族过年，他要回雪鹤村和战友们一起过年。何书记说王川局长有件察尔瓦要带给林修。李克带上察尔瓦去妻子工作的单位看了看她，说了几句话，妻子有些舍不得跟着追了出来，看他钻进车里，李克摇了摇手，从他当兵到现在都是聚少离多，他已经习惯了。他搭上一个野的。车上只有他一个人。司机一路都在抱怨说彝族人过年，生意都没球得了。

李克想着村子里的事，没心思搭理他。一进入山里，外面冷，车里暖和，那个司机一边开车一边打起瞌睡。李克开了车窗，想冷空气让司机警醒点，自己也很冷，就把王川托他带给林修的察尔瓦披在身上。司机怕冷又关了车窗，说他都载过李克好几回了，问他在马边搞啥子。李克说扶贫。司机说扶贫这个事不咋的，扶贫就是扶懒人。天天不劳动，躺在屋头睡大觉，晒太阳，没球得吃的，就贫了，还去扶他，我们这些风里跑、雨里爬的，没得搞。李克说扶的是真正贫的。司机又说，糊广广哦，还不是给当官儿的舅子老表的，到时拉个真正贫的充面子。李克说他不了解不要乱说，更不能以偏概全。司机说他就是农村的，那些事鬼都晓得。村里一丢丢儿大的官儿就要吃票子，评贫困户要送礼，修路更要吃一坨。李克又想到雪鹤村的事，怕是要来场地震了，没了说话的兴趣。司机可能是一闭嘴就瞌睡的人，行至拐弯处直接将车开到了路外，路外是斜坡，好在坡缓草厚，车翻了一圈被一棵大树卡住了。李克惊魂未定。司机也彻底地醒了，他叫了声妈呀，我的车，一骨碌从车里爬出来，围着他的车转了一圈。李克的安全带还拴在身上，只是倒着，头脑充血，眼镜不知摔到哪里，他感觉到脚痛，司机麻利地把他从车里拖出来，捏了捏他的手脚，咚的一声朝山跪下了，磕了三个响头。对李克说车费不要了。李克觉得眼前一片茫茫，头也晕，问眼镜。司机钻进车里找出眼镜，让李克戴上。李克才回过神，动了动手脚，没事，只是左腿膝盖擦伤了。再看看车，再翻一圈就去河里了，他也想给山跪下了。司机说："我们上一辈子不晓得积了好多福，山神才保佑了我们。"

李克安慰司机，说人在还没伤到骨头，就庆幸吧。司机哭了。说他遇到了好人。李克本来想说他开车不认真，但他没说，经历了这事，司机会长心的。司机说帮他找车到马边。李克说不急，陪司机等来了救援人员，李克才搭顺路车回到马边。一路上他都紧张，不敢闭眼，生怕一闭眼，车又翻了。到了马边，他不愿坐车，打摩的回到雪鹤村。看见林修他们，他好像才回到人间似的，冲动地拥抱了他们。

林修帮李克的膝盖搽了药。

李克解下察尔瓦，说："这是川哥让我带给你的。真的很管用。"

林修披了，都说好看，拉迪说："晃眼一看还以为是支格阿鲁归来了呢。"

林修说："可不敢当，那是你们民族英雄。"

林修给川哥发条微信，说过彝族年的时候收到他的彝族披风，很温暖。川哥回了一段语音："一直都在路上跑，察尔瓦就是你说的披风，放在车上好久了，也路过马边，事儿多就忘了。冬天来了，再不给你，温暖都送不出了。"

李克看林修很愉快，也不忍心把常宽林的事告诉他，想明天再说吧。再看围火塘而坐的一圈人，说说笑笑，想人世间最幸福的事应该就是一大家人团聚吧。

他又想到妻子追他出来时的眼神，如果车翻到了河里，他的心痛了一下，不敢继续想下去。就没话找话问拉迪，彝族年有什么讲究？

拉迪说，这个让毕摩告诉大家，当了儿孙们的面，拉迪也不叫毕摩同志了。曲别大叔抱着孙子，让拉迪说。拉迪笑说："毕摩现在辞职了。秋天所有的庄稼都收了，山里进入冬天，土地开始休息。劳累了一年的亲戚朋友聚在一起，吃美食喝美酒，要向太阳、土地和祖先，通报收成表达敬意，慢慢成了年。时间多数在秋末初冬的十一月中旬左右举行。具体的过年时间需由当地通晓天文历法、德高望重的长者来决定。"

金雨生说："我还是不明白，难道每年过年的时间都不一样吗？所谓通晓天文历法、德高望重的长者由谁来确定？就算这个长者定了过年的时间，分散在各处的彝族人都能知晓？亲戚怎么走？"

"现在过年的时间基本定了，过年的习俗也和汉族一样，杀猪宰羊穿新衣。只不过敬各路神仙的事要做得隆重一些。因为彝族人相信自然万物各有其神。"拉迪说。

曲别大叔放下孙子，站在院外看了看天空，雾罩着，他却像看到什么一样，说祭树时间到了。端了腊肉和酒杯，拿了两个苹果，到核桃树下点了三支香烛，双手合十说了一串彝语。金雨生问拉迪曲别大叔说的什么。

"他说不求树结果，只求树站着，感谢所有的树为山穿衣服。"

其他的孩子们悄悄抿嘴而笑，金雨生知道拉迪在骗他。

林修说："这就像那些去庙里拜佛的人一样，跪在佛前求的都是秘密。不过我倒喜欢拉迪那句话，不求树结果，只求树站着，去了功利。"

曲别大叔拜山时的庄严，每个人心中都生出了敬畏。林修和金雨生想到迷路的森林，李克想到从翻滚的车里爬出来的瞬间，这山啊，不仅有神奇的山峰，还有山里的精灵万物。敬畏山的高度，敬畏树的丰姿，更敬畏山的亘古。

林修和金雨生李克与曲别一家人告别，他们三个走在小路上，没有月光，他们没有说话，只是听着山里的声音。

回到村委会，林修说三个人都在，研究一下村里换届选举的事。李克才告诉他们："市纪委收到实名举报，常宽林两年前修路的时候吃了回扣，市纪委已经责成县纪委立案调查。"

"一直担心的事还是来了。"林修想起吉木日木的话，没想到是真的。

"你知道？"李克问。

"吉木日木一直提醒过我，听到一些传言。"

"吉木日木也被人举报了，说他克扣了村民征地补偿款。"李克说。

"吉木日木，怎么可能?"林修不相信。

"这是什么事啊! 三级纪委扶贫的村子接二连三出事，我们丢脸啊。"金雨生说。

"积极配合调查，如果情况属实绝不姑息。"林修说，但心里还是纳闷，凭直觉他相信吉木日木。不过又想起国家能源局煤炭司副司长魏鹏远，经常对人一张笑脸，还骑个单车上班，家中却仍搜出 2 亿现金的大案，表象能让人相信吗?

他躺在金雨生的床上，手里翻着《万物的签名》，脑子里却是吉木日木晒得黑红的脸和戴个安全帽奔波的身影，还想他能在换届选举中担起雪鹤村村主任的担子，却出了这样的事，心里堵得慌。金雨生和李克也没有睡意，金雨生说:"每次都听你说这本书，要不你给我们读一段? 看看是什么吸引你。"

林修说好吧，接着他看的读下去:

阿尔玛从亨利身上学会，世界上有许多遥远的地方。有些人去了那些地方，永远没再回来。可是他父亲去过的那些地方，而且还从那些地方回来了，她喜欢想象他是回来看她，为了当他的爸爸。她学到了亨利的勇敢，她父亲也希望她勇敢，即使在最令人惊恐的情况下，不要阿尔玛害怕任何东西，甚至在她还不知道何谓死亡之前，他也禁止她害怕死亡。

······阿尔玛最想知道的是，世界如何规范，谁在背后操控这一切。她把花拆成碎片，探索花的内层结构。她对昆虫以及她发现的任何动物的尸体也同样这么做。9月下旬的一个上午，阿尔玛对一朵藏红花的突然出现感到新奇不已，以前她以为这花只是在春天开花。这真是一大发现，对于眼前这朵花，在寒冷的季节，在其他万物濒临死亡之际出现在这里，没有叶子也没有保护，究竟以为自己在做什么？她无法从任何人那儿得到满意的答复，是秋藏红花。她的母亲告诉她。没错，非常明显，可是为了什么目的，为什么现在开花？这花是不是很笨？是不是搞错时间了？这种藏红花有什么重要的事务需要处理，不惜在最最寒冷的初霜之季开花？没有人能解释。这花的品种就是这样，她的母亲说道。阿尔玛认为这不是个令人满意的答复，和她母亲往常的个性很不相符，阿尔玛继续追问，母亲只好回答，并不是每件事都有答案······

金雨生说："我觉得每晚睡的时候，听一段读书真好。我们三个也成立一个读书会，可选择自己喜欢的书读，也可以一直读完这本《万物的签名》。"

林修说："世界是如何规范的，并不是每件事都有答案，读书的时候，会和当下的现实有短暂的分离，这短暂的分离，个体会清楚地感受到自己的存在，我赞成雨哥的提议。"

李克说他本来不怎么喜欢看文学书，但今天听起来有意思，只是他的普通话说得不好，他就当听众。金雨生说为了更好地落实睡前读书会，建议修哥从曲别大叔家搬出来。当兵的时候一间屋子住六个人，这么大一间屋，我们三个人住很不错，还可以再体验一下当年当兵的生活。

　　林修想到印梅也要他搬出来的话，就说好。

　　李克也高兴了，说着话，暂时忘了举报的那些事。

22

　　第二天县纪委副书记阿铁就带着罗春早进村，名义上是看雪鹤村的修路情况并祝福彝族新年，实际上是暗访调查。阿铁说，三个第一书记都是上级领导部门的，希望得到他们的指导。林修问要不要召开村民大会，阿铁说不用。阿铁像他的名字，敦敦实实一个汉子，背着一个军用挎包，穿双黄胶鞋，混在人群中会以为他就是当地的村民。他也像是走亲戚，这家串串，那家坐坐。林修有些担心，怕阿铁把事情弄得人心惶惶。林修问阿铁需要他们做什么，阿铁说他们该干什么就干什么。金雨生说："我们本来要带几个病人去华西医院看病。"

　　阿铁说："你们离开村子，可能更利于调查工作。"

　　林修望着金雨生有些不放心，金雨生说："放心吧，基层有基层的工作方式。"

　　林修看阿铁的眼睛就知道他是个很有主见的人，但他不知道为什么总有隐隐的担心，怕吉木日木真有事。本来组织几个危难病人去华西医院看病，金雨生和李克去就可以了。但金雨生说一同去，村民在成都不熟，加上华西医院病人很多，各种检查又在不同的地方，村民本来有病，心情不好，本来是好心带他们看病，如果出点什么事，岂不把好事办成了坏事！

林修说："他们去乐山看过吗？"

金雨生说："他们多数在乐山住过院，也知道自己得的什么病。只是很多病，知道又如何？并没有起死回生的治疗方式。这个问题不好直接给病人说，他们都抱着希望。而华西医院在整个西南片区是一种神圣般的存在，如果在这个医院说你没治了，病人会心甘情愿地接受这种结果，所以去华西是圆他们的一种愿望。"

"华西医院这么牛？"

"那是当然，华西医院在全国医院综合排行榜位列第二，不过第一是北京的协和医院。"

他们租了一辆中巴车，带着村里危重疑难的病人去华西。李克刚经历了翻车的事故，他心里很担心，坐在前排，一直看着司机，随时提点他。林修和金雨生看着车上的病人，要么脸色蜡黄，要么浮肿惨白，要么瘦得一层皮包着骨头，陪他们的家属，脸上也看不到笑容。林修的眼光从他们脸上移开，看王太因偎着杨豆豆睡了，杨豆豆一手抱着老母，傻乎乎地望着窗外咬着手指。阿果则扮得漂漂亮亮，和同样整洁的李玉普坐在最后一排。阿果在给李玉普讲什么，李玉普安静地听着。林修想起太爷爷，他很老了，除了耳背，就没见他进过医院。太爷爷经历那么长的岁月，儿子刚刚给他带来一个孙子孙女，儿子就没了，但太爷爷活着，他是不是把儿子该活着的时间接过了？他想起阿尔玛问的那一句话，世界是如何规范的？谁在背后操纵这一切？为什么有的人病了，有的人康泰？为什么每个村庄总会出个傻子什么的？他看一眼金雨生和李克，不知道他们在想什么，他有些讨厌自己过于敏感。他想转移注意力，可车里某个人的叹息，又让他回到现实，他会怎么样？等有一天他老了病了，在他身边的是谁？

　　他下意识地翻了翻渊哥的微信，没有更新，她很忙吗？再看马格，马格晒的是他公司的广告，一个新的 P2P 平台。他给马格发了微信，说他陪村里的病人去华西看医生。马格回说："哈哈，戏剧。你在外陪人去看病，你知不知道？太爷爷病了，如果不是我路过那里去看他，他就死在琉璃厂了。"

　　"我刚在想太爷爷身体好呢，他怎么啦？"林修急问。

　　"琉璃厂棚改，太爷爷的房子要拆。太爷爷不说同意拆还是不同意拆，只说活够了，几天不吃饭，把自己饿成低血糖昏迷。现在住在医院里，你妈在那守着。"

　　林修赶紧给母亲打了电话，问太爷爷的情况。母亲说医生检查了没什么毛病，但太爷爷说活得无趣得很。

林修很想给太爷爷打电话，但太爷爷听不见，他给母亲写了一句话，让母亲拿给太爷爷看：太爷爷，世界是如何规范的？谁在背后操纵这一切？等我回来告诉我。

林修不知道太爷爷看了这句话，会不会等他。他好想现在陪着太爷爷的是他。他看一看车上的病人，知道自己这个时候是不能离开的。

到了华西医院，病人多得超过了林修的想象。他们已经挂不上号了，李克扫了微信，帮他们挂了第二天的号，在一个小酒店里把大家安顿下来。李克说他陪着他们，让金雨生带林修在成都转转。林修想到太爷爷，没心思，甚至想买张机票回北京。金雨生看林修有心事，只当他是人年轻，见了太多的病人心里不安，就说："我们去燕露春吧，联系一下明年茶园种什么品种。"

林修想想也是，正好拉迪过完年也回了成都。金雨生给拉迪打了电话，约在散花楼见。

林修问："散花楼，有什么出处？"

"等到了，你自己看吧，成都的情调在这一带可以看出个究竟。"金雨生有一种满满的自豪感。

林修下车的一瞬间就呆住了，好像散花楼已经做好了准备，就等着他来开始表演。只是散的不是花，是叶，银杏的叶。在临近黄昏的夕阳中，锦里西路街道两边一排排高大的银杏树正披了一身的金黄，一阵风来，叶在街上飞舞着，风像是受了鼓舞，一

251

阵紧似一阵。叶是蝶，旋转出声音来，不大一会儿工夫，地上就铺了一层黄得透明的叶子。车行得缓了，人放慢了脚步，都拿出了手机在拍。金雨生说："北京也有很多银杏树吧？我记得西山就有。"

林修说："北京的银杏树更苍劲一些，叶子黄得更透彻一些，当然风也更硬一些。"

北京很多地方都有银杏，记得最清楚的还是小时候太爷爷带他和马格第一次去北京地坛公园看银杏的情景。那些银杏在地坛北侧，一进门，两排银杏树就像披了金黄铠甲的士兵，列队迎候。马格和林修跑着看着，抱着一棵又一棵树摇，那些树太大了，他们叫太爷爷来摇，太爷爷说他请风来摇。林修问风多久来，太爷爷说等他们去望秋亭，风才来。马格稍大一些，说太爷爷骗人。太爷爷像身怀绝技的武林高人一样，在望秋亭比画了一阵，风果真来了，猛烈得有横扫千军的气势，一阵工夫就把叶子多半赶到地下。路中间铺了厚厚的黄色，太爷爷也成了个树人，林修和马格目瞪口呆。后来林修就这事纠缠着太爷爷，问那些风真是他请来的吗。太爷爷告诉他世间万物都藏着秘密，风在来之前就已经告诉大家它要来了，只是忽略的人看不见。父亲林德听见了，让林修别理太爷爷，说太爷爷打的就是太极，磨工夫的。可林修宁愿相信太爷爷有唤风的能力。也不知道母亲把那句话给太爷爷看没有，那是一句无意义的玄话，谁在背后操纵呢，就比如这些银杏，让四季那么分明，总给人盼望的空间。春天发出新叶，夏天庇荫，秋天黄了落了，冬天裸出线条，哪一季节不美呢？世间万物万种形态，都各自美着。林修想着太爷爷，他的人生是步入深冬了，他的春夏必是风流倜傥，只是背后操纵的那只手不会再给太爷爷一个重来的春天，会不会在别处有一个春天呢？林修胡思乱想的当儿，金雨生捅了他一下，他看见一个丰腴的妇人仰起头，伸出如葱的手指逮着了一枚叶子，更多的叶落在她身上，她也像叶一样旋转起来，蓝底白花的棉袄在一片金黄之中，转成一朵喇叭花。她是转累了，还是任性了，体面的她竟然坐在厚厚的叶子上，摆出醉叶的样子，来了一张自拍。林修笑了，说："女人真成都。"

金雨生没懂他的意思，说："她就是那个燕露春的老板。"

林修想起拉迪说过那个丰腴的女店主是风景的话，觉得倒是个有意趣的人。金雨生如数家珍一般，给他一一介绍浣花溪、百花潭、琴台路、散花楼，这些名字听着就像一个爱情传说。天色晚了，琴台路灯光迷离，拉迪从光影中出来，说："对不起，请家人吃饭，出来迟了。"林修说："怎么到成都就客气了？"拉迪笑说："说实话，一进入城市，就得穿一件厚衣裳。不能大声说话，不能想唱就唱，要不别人准把我当成疯子。"

"你还不如那个燕露春的老板，银杏飞叶时，她准是把自己也想成了一枚叶。"林修说。

拉迪笑问："你们见过了？"

"起风时，看见她在追叶。"

拉迪像是藏着个秘密似的，说："再等会儿去会她。"拉迪带他们看琴台路，讲卓文君和司马相如的故事，无外乎就是一些才子佳人的爱情。林修三心二意的，心里念着太爷爷，眼光穿过眼前辉煌的楼宇霓虹，看天上的月亮，觉得想念远方，月亮最能寄情。有灵犀吧，母亲的电话来了，是太爷爷的声音："修，如果知道那个答案，活着就没意义了。我会等你回来过年。"

"太爷爷……太爷爷……"林修喊着，他知道太爷爷听不见，但是他心里的那块石头落地了。母亲说林修真有办法，姑妈，马格都去劝过太爷爷，但太爷爷好像石头一般，而林修的这句话，太爷爷就想通了。林修告诉母亲其实他说的就是一句无解的话，太爷爷不过是爱他，才答应等着他。

拉迪问他太爷爷还活着？林修说太爷爷是燕京大学毕业的，学的历史，退休前在故宫工作，是个清流人物，身居一方斗室，一块小小的石头，转眼就能品出生机万象的广阔。拉迪说："不愧是京城，活得都像传说。原来你的修为从太爷爷那里来的。"

林修心里轻松了，踩着刻有凤求凰的地砖，说："卓文君和司马相如的故事有烟火气，比不了化蝶的凄美，但是真实，而成都就因为这样一个故事，弄出一条琴台古径来，比故事本身更美。"

他们走进一家卖瓷器古玩的店，林修想着北京的琉璃厂店铺，说有点像。一个凸肚的男人离拉迪不远，打了个响嗝，一股酸腐的味儿冲出来。拉迪一行赶紧出了店铺，拉迪笑说："琴台古径一俗众人，瓷器绣品前剔牙打酒嗝，总是违和。还是去燕露春吧。"

林修让金雨生回家看看。金雨生说陪他一起去谈。

燕露春在两街交会的尖上，像泊在散花楼旁边的船头，一边临河，一边临街，前头一边通琴台路，一边通百花潭公园。燕露春是一个矩形的商铺，商铺前还有一个可以停车的坝子，地理位置绝好，怪不得出了那么一个老板。走进去，店铺分成了多个小区，卖茶的地方不大，有个穿同样白底蓝花棉袄的小女子，叫了声拉迪老师，指了指后面。拉迪很熟练地绕到后面，看见一帮人正在喝茶，那些人见了拉迪，只是点点头。拉迪拉林修和金雨生坐下来，听一个满头白发的老者在吹箫。林修不知道他吹的什么，只是那箫声有一些远而悲的味道。听的人却自在的，他们各自在自己的心事里。林修抬眼看茶室布置，显然刻意用了劲儿，同样蓝底白花的棉布铺在桌上，紫檀色的茶盘上有素白的杯子。女老板戴着孔雀开屏一样的夸张的首饰递过来一杯茶，那茶色像阿果家喝过的一样，林修点头致谢。抿了一口，和阿果家的相比，多了一点脂粉味儿，估计是女老板手上的。

老者吹完，一众人恭维了一阵，有人问拉迪这段时间去哪了。拉迪说回山里了。女老板说："也不知会一声！我也要去马边的。来年要茶的公司多，想去订点茶。"

拉迪说："我给你带人来了。"

"他们是种茶的?"女老板看一眼林修。

"他们一边种茶，一边写诗。"拉迪开玩笑说。

女老板玩着杯子说："尽没正经话。"问林修写过什么诗，不妨给大家来一首。新人嘛，总是要有个见面礼的。

座中有个人说："拉迪，你别打埋伏。现在是新人辈出的时代，我们虽不认识他们，说不定他们也有好东西在身。你倒是介绍一下。"

林修想起和马格一起参加过的野兽派女诗人的活动，想这个倒是比那个雅一些，但是又想如果女老板是个诗人，做生意行吗?拉迪说："他们喜欢诗歌，来向大家学习的。"

金雨生想要说明来意，被林修拉着了，他带了一点好奇心，想看看花重锦官城的成都文化人是怎么一种玩法。

女老板有一个让人一下就记住的名字：唐宛。只是比另一个《钗头凤》爱情故事里的女主少个女旁。红酥手，黄滕酒，只不过她端的不是酒是茶。她问林修茶怎样，林修说要不要说真话?唐宛笑起来，脸上有两个深深的酒窝窝，虽是有些年纪了，仍皮肤洁白。林修说："唐姐姐真是个讲究的人。"

座中有个唇须浓密的青年男子，哈哈一笑："唐姨怕是今晚睡不着了。"

唐宛亲昵地打了男子一下。一个身穿紫色长袍的女人说："这讲究两字比直说你美强多了。"众人轻笑。

唐宛说:"风起说强,就强吧。大家记着了,以后别叫什么美女,俗。"

林修笑说:"我之所以这样说,是为下句话打埋伏的。唐姐姐不是问我茶怎么样吗,怕你生气呢,茶带了一丁点儿杏仁味。"

唐宛问在座诸位有吗,大家说没感觉。林修说:"如果你在森林中一个木屋里,喝过一个手上没搽一点手霜的人泡的茶,你就知道了。"

金雨生附和着说:"你不说我觉得没分别,你说了,好像是多了一点味儿。"

唐宛说:"我搽了手霜,但没接触茶叶。"

林修说:"手霜的香酚会发散的。"

"厉害,除非你也搽这款手霜,杏仁本来就没什么味,你都闻出来了。"

林修伸出双手,说:"在北京的时候冬天太冷,要涂。在四川潮湿,手也润用不着。"

拉迪说:"你也讲究哦,唐宛涂的手霜贵呢。"

"表哥喜欢买这些东西。"林修想到马格有个做代购的同学,他总是一打一打地买,家里老老少少都用这种手霜。

"你在北京上学,还是家是北京的?"唇须青年和林修年纪差不多,听林修口音里带了京味,就好奇地问。

沉默了半天的拉迪轻哼一句："不要问我从哪里来，我的故乡在远方。"拉迪有这个本事，哪怕是清唱，他也能迅速地将你带离当下，到他歌声的意境里去。大家差不多都跟着他哼了。末了，叫风起的女人说："年轻人就是好奇，凡事总喜欢问个底。"

唐宛笑了，去洗了手，又泡了一种茶端给林修，说："再品品。"

林修笑说："我不懂茶的，只不过喝过一种类似的茶才有比较的。"

另一个眉宇间透着英气的老者端着茶杯说："东坡有言，'休对故人思故国，且将新火试新茶。诗酒趁年华。'年轻人以茶当酒，来。"

唐宛看着林修喝下去，像是特别在意林修的意见。林修说了句好，问她的茶是否可以网购。唐宛说她没弄这个。

唇须青年说："唐姨，你就开个微店嘛，我帮你做。"

"你开了微店，我马上买。"林修想给太爷爷寄去，也算是捧个场。唐宛说燕露春的茶传承的是祖先留下的老川茶制作工艺，茶园也严格按照传统照料，与别处的茶不一样。

唇须青年说："唐姨在十八年前就盘下这铺子做茶，她有专门的茶园，专门的炒茶师傅。只可惜唐姨做茶只卖给懂茶的人。能卖给懂的和不懂的才是做生意嘛。"

吹箫的老者说："唐宛志不在做茶，在文化。要不，像我这般老朽能在这喝茶?"

说笑间,进来一个风尘仆仆的鲜衣女子,手里抱着一大摞书。唐宛笑说:"天亮出发,晚上才到,燕露春等得花都谢了。"

鲜衣女子说:"和诸位老师及姐姐们约过,肯定要来的呀。"

"别说了,快点签字。"风起帮她翻开书衣。鲜衣女子笑,唐宛说:"你急什么!等她喝上一口热茶,讲讲写作趣事,然后选一段读读。"

趁大家翻看新书时,拉迪把林修和金雨生请到外面,说看来今晚谈不了正事,还留下不?林修和金雨生商量了一阵,给李克打了电话,问那边的情况,李克让他们放心,说他们睡了。

林修让拉迪先回去,说家里有那么多人,他们再等等,因为出来一趟不容易。拉迪把唐宛叫了出来,向她介绍了林修和金雨生来的目的,说他家里有客人,先回去了。唐宛重新打量了他们一下,说:"这里来往的都是些文化界人士,见惯了他们的做派,难免有些散漫和矫情。第一书记,倒是稀客呢。"

唐宛热情地再邀他们进去,林修让金雨生也回家。金雨生和拉迪一起走了。唐宛带着林修进屋,让鲜衣女子把创作谈免了,只读一段书。鲜衣女子脸上有些失望。坐在角落里一直没发言的平头凸肚的男子说:"我来读。"

说诗酒趁年华的老者笑道:"你那口音,我们怕是听不明白。"

男子说:"谁又想真明白,不过是个形式罢了。"

鲜衣女子说："我的文字虽上不了高台面，也是我一字一字写出来的，我自己读。"鲜衣女子的文字有些文采，可是空泛，听来听去就是一些感慨，没什么内容。

唐宛对林修悄悄说："他们来，我就是一杯茶，不来我也清静，哪怕只是看看这首饰，我也过得忘怀。多少年了全国各地来来往往，鱼龙混杂，不过也有那么一些值得记着的书和值得记着的人。"

林修说："人能抵支，这种人生过得也有境界了。"

唐宛笑说："有时候我也对这种玩法持了怀疑。做茶的当初，竹叶青这个品牌和燕露春差不多，可人家用力在茶上，我分了心，竹叶青做成大品牌，燕露春落后了。实在说能为世间创个大品牌，对人世来说意义更大。因为我在与不在，那些书都存在，那些人也有喝茶的地方。只不过就个人来说，好像多了点什么，结识了一些朋友，有些朋友成了亲人。但我时常也有焦虑，我要对我的员工负责，还要对茶农负责，不能只随了我的意，损了他们的利益。这些事不能对那些文化人说的，他们只活在他们自己的世界，自以为看起来不错，其实局外人多不以为然，包括我亦如此。"

林修说："唐姐姐想得深远，我赞成你的说法。我来也是请唐姐姐帮忙的，我们村开了茶山，想与你协作，想问问你种哪个品种的茶好些。"

"马边绿就不错的。不过有个新品种，叫黄金芽，一年四季都像新叶刚出，嫩黄色，干茶亮黄如秋日银杏，汤色明黄澄澈，味道鲜美。只是不知道马边能不能种出来？还有制茶师也老了，我也担心寻不着人。"

"唐姐姐，你有机会到马边走走，我给你推荐个制茶师傅，你考察一下。"

"我每年都要到马边的，要去寻茶。说句笑话，每一次出去找茶，就是带上自己灵魂私奔，就是找自己，所以每一次出发，心情都像是回家，爱上一个人可以一瞬间，爱上茶可是一生的事。"

"唐姨骗我们说，采茶人都是穿着蓝花花衣服的美少女，可我们一起去看了，都是些老太婆老大爷。"唇须青年注意听唐宛对林修说的话。

眉间有英气的老者说："老者采茶才有味道嘛。"

"看来唐宛还是爱茶比爱书更深一些。"吹箫的老者说。

"我不爱茶，你们还有在这儿喝茶的可能吗？"

鲜衣女子还在读，仍然沉浸在自己的文字里。林修说他要走了，唐宛给了他一张名片，说过几天就去马边。林修道了声谢，向众人抱了一下拳，先走了。

林修回到宾馆，李克在看电视，他们一起去看了还没睡的村民，说些闲话。阿果拉着李玉普来敲门，李玉普说他明天不想看病了，他没病，免得花冤枉钱。

林修劝他说看心理医生花不了多少钱。李玉普说他知道他自己的毛病，就是想得太多，不用看。

林修让阿果劝他。阿果对林修说："你没注意他在好转吗？自从你们来过家以后，他的眼睛好像慢慢有了生气，你看他现在都和你争，说他没病，也许他真的在开始好转了。"

林修认真地看看李玉普，说好像是的，对李玉普说："好事啊，阿果和你女儿都盼着你好呢。你的制茶技术也要更大发挥，我今天去了一家茶庄专门向老板推荐了你，等几天她就要进村来看，到时候你把你制的茶让她尝尝，我们不能让她看出你有病，好吗？"

李玉普看看阿果，阿果拉着李玉普的手说："告诉林书记，说你行。"

李玉普不情愿地说："好吧，我明天去看病。"

李玉普真的没什么毛病，心理医生说他答的题都正常，要么是他没病，要么是他太聪明，知道怎么答题，比如本来他觉得活着没意思，他却偏偏选了对世界充满好奇。

林修看一眼李玉普，李玉普对他笑了一下，那笑意里竟然有些狡猾的成分。林修也觉得奇怪了，问心理医生有没有这种病人，医生说有一种病人是双相障碍，既有躁狂发作，又有抑郁发作的一类心境障碍。躁狂发作表现为情感高涨、言语增多、活动增多，而抑郁发作时则出现情绪低落、思维缓慢、活动减少等症状。阿果说李玉普就是这种情况。医生说李玉普的病正在从抑郁转向，问阿果病人有没有幻觉或者自杀倾向。阿果说没有。医生让病人放心，说他是躁郁症，不算严重，开了药给他，让他坚持。

还有一个肚子里长了肿瘤的，在乐山说他的包块与髂血管靠近，不敢手术。华西的医生反复看片后说可以手术，病人和家属就留下住院了。其他病人就没那么幸运了，医生给出的治疗方案和乐山医院的差不多。杨豆豆的病，医生问诊很久，说杨豆豆既有身心病又有心身病。王太因听不懂，医生解释说出生时难产脑细胞缺氧时间长，导致脑细胞受损是身心病。儿童时期到惊吓，是心身病。身心病没治，心身病，可心理暗示治疗，鼓励他，把他当作一个正常人一样，让他感受到自己的存在。医生说不用开药，王奶奶说哪怕开一片药也行。医生呼另一个人的名字了。王太因退出来，抹眼泪，林修找医生说了句什么，医生开了点维生素类药给王奶奶，告诉她，杨豆豆吃的时候，就告诉他吃了这药，病会好。

王太因知道这药是安慰杨豆豆的，也是安慰自己的。她抹了一下眼睛，问能不能等她，她要去给杨豆豆买身衣服，在省城给他买，意义不一样。

林修问金雨生哪里有适合杨豆豆穿的。金雨生说他也不知道，商场的太贵了。王太因说："我把老本都揣在身上了，再贵也要给杨豆豆买身体面的衣服。"

林修说："回去顺路的地方，有没有商场，停一下满足王奶奶的心愿?"

金雨生说好吧,带他们一起去城南的环球中心。

林修没有想到成都南三环以外,比北京更像一座现代化大都市,崭新的高楼一栋接一栋,远远地就看见了环球中心,像展翅的巨鸟飞行在天地间。金雨生说它是世界上最大的单体建筑。车绕楼开了一圈,停在楼下,金雨生说不愿去的,就和李克书记一起去餐厅,愿意走一走看一看的就跟他和林书记走。村民们虽然有病,也习惯了有病的身子,都说要去开开眼界。三个人就分了工,每一个人各照看几个。金雨生先把大家带到中心里的海洋公园,让他们在沙滩上晒太阳。村民们都稀罕,沙滩、椰树、海浪、阳光一样不缺,林修说他也开眼界了。他拍了照片发给马格和渊哥,让他们猜在哪里。金雨生则带着王太因老奶奶去给杨豆豆买衣服。王太因老奶奶看一件上衣就要一两千就吓着了,说她想的最贵也就七八百。看来看去还是舍不得。金雨生让杨豆豆先试一试,王奶奶沮丧地说算了,还是回马边买吧。金雨生说试好了,他在网上给杨豆豆买要便宜很多。王奶奶却说就是想在省城买有意义,在网上买和在马边买没什么差别了。金雨生理解王太因的心情,看见花车里过时的衣服,打了一折,王奶奶像捡了宝似的,给杨豆豆买了全套。

回马边的路上,王太因高兴了,竟然教杨豆豆唱起儿歌:"胖娃儿胖嘟嘟,骑马上成都。成都又好耍,胖娃儿骑白马。白马跳得高，胖娃儿耍关刀。关刀耍得圆，胖娃儿滚铁环。铁环滚得远，胖娃儿跟到撵。撵又撵不上，白白跑一趟。"

　　一个声音苍老，一个声音含混，车上的人都笑。林修心里却酸酸的，他又想到太爷爷。马格微信来说太爷爷已经回家了，而且答应住到慧园去。渊哥回了个得意的图片，问他猜着有什么奖。林修说猜着了，就发张你的照片来。没猜着，我发张过来。渊哥说好像我没得什么好处啊。林修笑说也不知道配合一下。渊哥说你看我朋友圈没有？林修说没有。渊哥说你对我一点儿都不好奇，没意思。林修点看渊哥的朋友圈：都在问我他是谁？我说森林小河边牵匹马，却穿着草鞋走路的。可有这样的傻子吗？这时代伪娘太多了，可以接受他的胡子、文身、烟味，却不能接受他的耳环与口红。她们说有阳光般的笑容，有宽厚的心胸，有永远向上的活力，有粗犷的外形和温柔的眼神的男人只能到穿越到古代去找。森林里有吗？我想去找。配图是渊哥原来发给他的手绘图：森林、小河与牵马的少年。

　　林修看了，心跳加快，体会幸福是一种气体，他被托了起来。从现在开始的他将与过去作别，他怀揣了爱情，她长什么样子，不重要了，他不急着给她回复，他要好好体会一下这种眩晕之感。

　　半个小时以后，渊哥又有微信来："我在海洋公园，怎么没看见你？"

　　林修一下回过神来，问："你也在成都环球中心？"

渊哥拍了张照片发过来，林修看车就快到眉山了，心里万分失望，说："天帮你选择了，来森林里找我吧。"

渊哥说看到他发图片的时候她正在工作，没想到错过了。接着发了张流泪的图片。林修也真想见见她的，瞬间产生了在眉山下车再坐车去环球中心看她的想法，但他不好意思说出来，他必须和金雨生、李克一起把村民们安全地带回雪鹤村。再说阿铁调查的事也不知有没有结果，只能留待下次见了。或者不见也好，爱情的主角给了他想象的空间。

23

回到村子，常宽林早就等在村委会，要找林修，说他冤枉。"上次修路开了村委会的，明确了谁去把钱要下来就给予 10% 奖励。"

林修说："你果真拿了回扣?"

常宽林说："我只是拿了奖励，是我要钱回来修的路。"

"是你自己去要回来的，还是你的身份去要回来的?"

常宽林说："这村子复杂，彝汉杂居，我可以说是一心一意为大家的，可有人偏要找事，我也不怕。我要举报沙马铁尔。"

"你对阿铁书记说去。"

常宽林说："请林书记给阿铁书记说说，我是冤枉的。"

林修说："对于扶贫修路资金伸手不可饶恕。你拿了回扣，还让你兄弟包了修路工程，路窄质量差，你不知道老百姓会看着吗?"

常宽林低头想了一会儿，说："不甘心。"

林修说："我们多么希望你们都没事，三级纪委入驻的村子，出了事儿，哪个脸上都不好看。但你们经得起查吗？"

如果说林修对村委班子尚有一丝期待，阿铁的话让他彻底失望了。阿铁说常宽林修路收回扣的事属实，而且和沙马铁尔一起在村基建项目和扶贫款中有违规违纪行为。吉木日木是清白的，举报吉木日木的副书记涉嫌栽赃污蔑。

林修、金雨生和李克面面相觑，没想到小小一个雪鹤村竟弄出这么多事来。村班子的工作停顿了，上级领导及时派了罗春早来村里当村支部书记。

罗春早对林修说他没有经验，希望得到三个第一书记的指导。林修说我们一起学吧，村里最重要的事就是选举村委会。

选举的事多，先组成了选举委员会。选举委员会的人不能是候选人，能做事的人就更少了。林修、金雨生、李克、罗春早、阿约成立了选举委员会。他们要去动员村民，发放选票，确定候选人名单。吉木日木，沙马铁尔的儿子沙马哈木，常宽林的弟弟常宽荣及原来的村委会干部报了名参选。林修看没有女同志，让金雨生去动员李芒，他去动员阿果参选。阿约说："我都想报名参选。"林修说："我相信你的工作热情和能力，但是你不识字，上级的文件来，你都不认识，能行吗？"

"说起这点，我现在最恨我爸了。我都看不到出路。"阿约沮丧极了。

林修说："中纪委组织的技能培训，春节过后就开班，到时送你去。"

阿约说他盼了好久了，问参加选举的人不识字的，怎么选呢？

怎么选？如果由人代替就失了选举真正的意义。

李克说他可以设计一个程序，红的代表谁，绿的代表谁，只要按颜色就行。

金雨生说，如果忘了呢，还有是不记名投票，当了你的面，别人投票就不自由。

阿约说："这样行不行？不识字的人单独选举。在一个屋子里，我们在每个候选人照片前放一个碗，想选他就在里面放一颗玉米。"

林修他们想了想，说阿约没读书真是可惜了。林修说："阿约，从现在开始，你慢慢识字吧。和阿尔布一起学。"

"阿尔布去学校两天，因为比班上的同学大，又调皮，就回来了，我阿爸就不让他去读书了。"

"你阿爸真是个固执的人。"金雨生说。

"要不然大家怎么叫他惹革儿呢。惹革儿惹革儿不是吹的。"阿约说。

金雨生问："你阿爸不让你读书，你却能说一口汉语，你倒真是个天才。谁教你说的汉语呢？"

"我刚会到处野跑的时候，黑松林边上来了养蜂人，我跟他们学的。"

"以你的聪明，现在开始学认字不迟，让阿朵教你。阿尔布的事，等选举过了，我再去劝你阿爸。"林修说。

选举那天，雪鹤村下了微雪，天冷又阴，林修担心来的村民少，没想到他们场地都还没布置好，有村民就早早来到村委会帮忙。阿鲁和阿衣也回来参加选举，大家问阿衣在乐山做什么，问阿鲁学校女生漂亮不。阿鲁说："最漂亮的在雪鹤村。"大家就开阿鲁和阿衣的玩笑。沙马哈木身着彝族服饰，带着几个人走来，惹革儿对曲别拉根说："你看老子倒了，儿子又想上。"

曲别拉根说："结果都是村民们自己的选择。"

惹革儿说："老曲别，难道你也相信村民能自己选择？"

"我相信林书记说的话，自己做主。"

"哈哈，我听大家说第一书记住在你毕摩家，是为了教化你，看来没错。"

"你个惹革儿，林书记他不信我做的，但是他尊重我做的。"

沙马哈木给惹革儿和曲别拉根散了烟，说："两位叔，你们都是和我爸一辈分的，看着我长大，我能不能做事，有没有经济头脑，你们知道。"

惹革儿说："你们家的房子修得气派。"

沙马哈木笑了笑，又转到阿鲁身边，问："阿鲁，要不要我来保媒?"

阿鲁看了看紧跟他身后的阿哈，说："我可没有钱。"

阿哈说："那就跟着沙马哈木发财。"

沙马哈木踢了阿哈一脚，说："鬼想钱。人家阿鲁将来是老师，你家阿衣是高攀了。"

阿哈连说是是是。阿衣生气了，独自走到一边去，阿鲁跟着去。

另一边常宽荣也在游说，恭维李芒聪明能干。

鬼针草背对常宽荣，对大家说："太子开始拉票了。"

常宽荣听见了，看了一眼沙马哈木，想今天不能输给他，越发对着李芒，把脸笑成一团。

李芒说："你平时走路头都向着天的，今天怎么低到我这高度?"

大家哈哈笑起来。李芒问大家："你们是不是都觉得我是矮子心多?"

鬼针草手里拿个收音机，说："你的心就是比别人多长了几个孔。不说远的，你看哈，彝族人过年，你把地无偿给大家停车，说只要给你刨松就行。年完了，你又说刨都不要了。都说你大公无私呢。可你的算盘打得好哦，路还得继续好几个月，一样有车来，你开始收停车费了，那停车费得抵你那地好几年的收入吧。"

李芒笑得很响，引得大家朝她看，她压低声音说："这叫经济头脑，懂不？"

王太因带着穿着新衣的杨豆豆来，鬼针草见了，跑过去揪一把杨豆豆的脸，说："杨兄弟，这体面的，你这是要去相亲还是来选村主任？"王太因也在鬼针草脸上拍了一下，说："你又埋汰他。这衣服好看吧？是在省城买的。那个环球中心大得像一座山，要不是金书记、林书记他们带着，肯定迷路。那里面到处是稀奇物件，我算开眼了。"

鬼针草说："这娃娃些，又不说带上我。"

李芒说："你又不是病人。"

鬼针草说："这些娃娃倒真不错哈。"

王太因说："你终于说人话了。"

鬼针草说："电杆儿他们都玩完了，我还不信他们，信谁？"

王太因说："啥子政策你都整得懂，你也去选村主任嘛。"

鬼针草眼睛一眨，又不知打什么鬼主意了。

乡党委书记和乡长一到，选举会正式开始。罗春早主持，林修讲了选举的规则，公布了候选人的名单，说："每一个人都要珍惜选举的机会，真正投给你信得过的人。"

接下来就是候选人的发言，沙马哈木和常宽荣都准备了稿子，方方面面滴水不漏，都有好的打算，让雪鹤村脱贫。轮到吉木日木时，这个黑脸的汉子，却只说了几句话："有三个第一书记在的雪鹤村是幸运的，有大事要事他们扛着，但雪鹤村终究是我们自己的。他们点火，我们得拾柴。他们走了，我们还要让这火不熄，就像彝族人的火塘，生生不'熄'。发展什么，要在不破坏我们的生存环境的情况下考虑长久性。产业在哪里？是不是短命的？说真话我没底，但是我愿意和大家一起来改变。党中央说要满足人民对美好生活的愿望，这美好生活不只是有路了，有房子了，更重要的是我们每一个人觉得活在这世上，都得到友爱和尊重，我也愿意为大家服务。"

鬼针草带头鼓掌，站起来问可不可以提问。

林修说："当然，这也是每个村民的权利。"

鬼针草问："我知道上面的政策那是巴心巴肝为民着想的，为什么到了村这一级变了，选举的时候个个说得好听，选举完了照样贪的贪、腐的腐？"

吉木日木说："你不能拿已经发生的来猜测未来的。"

大家又笑，王太因拉鬼针草说他出风头。鬼针草说："我就是想给他们打预防针，别一上台又在鸡脚杆上剐油。"

杨豆豆冒了一句："出风头。出风头。"

王太因赶紧蒙着杨豆豆的嘴。开始投票了，识字的还是多数，排成队向投票箱里投票；不识字的被带到一间屋子的前面，阿约给大家讲了规则，村民们都认真对待。

最后计票的结果是吉木日木高票当选，李芒和阿果的票数也超过了沙马哈木和常宽荣。沙马哈木和常宽荣都怀疑计票有问题，因为在他们手下做活的村民都答应了要把票投给他们，因为有乡党委书记和乡长在场，也不敢发作。

鬼针草偏去惹他们："按说你们也是雪鹤村的人物，承包这承包那的，钱倒是赚了不少，怎么就没赚人气呢?"

常宽荣说："来参选是因为我哥对不起大家，我想弥补一些他的过失。不是我不想带大家致富，是你们不愿意我带。"

沙马哈木冷笑说："你以为你还能承包什么?"

鬼针草说："还是哈木明白些，回家吧，你们的时代结束了。"

常宽荣说："鬼针草，我可没得罪过你，我哥对你也照顾，人都掉井里了，你还甩石头。"

鬼针草哈哈一笑："我是痛打落水狗。"

常宽荣也笑，说："老东西，我警告你，别认为我哥垮了，常家就没人。"王太因又拉了拉常宽荣说："别说了，乡里乡亲的，让林书记他们听见笑话。"

常宽荣走了，鬼针草和王太因、杨豆豆一起往回走，王太因骂鬼针草一大把年纪了，还不醒事，是不是嫌命长。鬼针草说他一个光棍怕什么。王太因叹了口气，说："你也别嘴臭，你嘴上说的与心里想的真一样。"

"我的老婶，我给你讲实话，几十年了我都憋着气，就是想与人对着干，我那气没地出啊。"

"你认命吧，现在的日子看着见好，补的钱也越来越多，还有

274

这里那里的好心人送来大米、棉被，连洗衣粉都有人送。你没听林书记说吗？要给大家修新房了。别折腾自己了，好好活几年，到时去见她们也有颜面。"

鬼针草有好一段没声响，只听王太因给杨豆豆说话，到了那棵长在路边的栎子树前，他说想歇会儿。王太因说："下雪了，还是早点儿回吧。"

鬼针草双手插在袖子里，望着栎子树，树叶落得差不多了，弯曲的枝干像瘦骨嶙峋的鸡爪，盯得久了，觉得那是它伸出的手，想撕碎什么，乌秋秋的天空却虚无而空阔。雪越下越大了，他仍然双手插袖望了树好一会儿，才低着头回家。

夜间雪无声无息，早上起来却发现地上都白了，鬼针草想那树的枝头上必压了雪，没那么难看了。他想去看看，但不想离开火堆。这种日子，人也蛇一样总是蜷着，守着火，懒得动。林修披着川哥送的察尔瓦带着新当选的村委会人员，去考察新的安置地：向阳，坡缓，靠路近。要找到这样的地方在雪鹤村真不容易。

雪覆盖了土地与草木，他们深一脚浅一脚，根本不知道脚踩下去的是坎还是地。他们登上一块叫青岗坪的平地，觉得不错，他们分组估计长宽。李芒和林修一组，李芒说她走几步才抵林修一步，她数数，林修走。看起来都是平平的雪地，林修却一脚踏空，滚下陡坡，原来是坡下的树长得与平地一般高，雪盖着了他辨不清。李芒惊叫，大家跑过来，伸手想拉他，根本够不着。林修想往上爬，爬来爬去都是松松的雪，找不到可以攀爬的地方。吉木日木砍了一根青冈树枝一头递给林修，让他抓住了，躺下去，他和李克、金雨生一起才把他拖了上来。林修自嘲说自己像笨熊。李芒和阿果问他伤着没有，林修跳了跳，说熊一般摔不着的。李芒和阿果笑了，李克却担心，说好危险。林修说没事，坡上长的是杂树，川哥送的羊毛察尔瓦也厚，只不过滚了一身雪而已。吉木日木又给大家分了树枝，说探一探再走。

要再找这样的平地有些难了，金雨生建议分组安置，坡陡分散较远的村组采用集中安置，平地有人户较多的村组则采用原地分散安置。林修问大家的意见。

罗春早说："按政策集中异地安置和分散原地安置，补助不一样，村民能接受吗？如果一个组有人想集中安置，有人想异地安置，又怎么处理？"

林修说："靠我们做工作，接下来的事更多了，你不是本村的人，村民们也不会认为你有私心。从目前来看，吉木日木和阿果，你们要异地集中安置，而李芒可能是分散安置。希望你们首先要带好头。"

吉木日木说："无论怎么安置，我都服从大局。"

阿果却没有说话，她不想离开她的家，那是她和李玉普一起开出来的家园。林修也知道她不舍，他没急着劝她。阿果一路上都没说话，大家也小心翼翼，生怕惹了她，只听得雪地里嚓嚓的声音。

默默走了好一段路，林修说："北京的冬天也下雪。下得密时，雪把脏的旧的都盖了，一切看起来都很美。住在琉璃厂拥挤民居里的太爷爷会像孩子一样去踩雪，专捡没有人走过的小路，在迷宫一样错落杂乱的民居里绕圈圈，他说以前这里没有房子，只有树和雪。现在房子密密地挤满了空间，这房子成了谁的家园？太爷爷的，他的孩子们的。孩子的孩子长大了，离开琉璃厂。必须离开呀，外面的天地阔得多，生活方便得多。太爷爷还住在那儿，他舍不得，快一百年了。他记得很多东西，一棵雪地里的松，一块纹路像树一样的石头，这些都在他记忆里，但是它们都不在了，现在是房子，是住了人的房子，他甚至想有一天这些房子都没了，还是他少年时看过的空地该多好。政府要进行棚户区改造，还那里一片绿地。太爷爷却想不通了，家没了他不想活了。一切都明白的太爷爷却不明白变才是永恒。"

"他现在想通了吗？"阿果问。

林修想起给太爷爷的那句话，却是不能对阿果说的，只说："想通了，他少年时记忆那里是一片有树的空地，也希望新的少年记忆里那里是有树的绿地。什么也拖不住时光，人总是一代一代往前去的，生活也会越来越方便美好，车能开到门前，开门就有乡亲，不好吗？你的记忆很美，难说在别处孩子的记忆不美。"

金雨生开始以为林修只是在讲故事，现在明白林修在给阿果做工作。他说："阿果，等安置方案图出来，你会喜欢的。"

阿果说："林书记，金书记，我给你们添麻烦了。"

金雨生说："阿若的成绩怎么样，能考上高中吗？"

"金书记，还没谢谢你呢，阿若说她经常问你题。"

"该谢林书记李书记，有的数学题我也不会做，请教他们的。"

吉木日木："阿果，我们遇上好时代了，让阿若好好读书，考到北京去。"

"阿若现在读书有劲儿，说她要考个好高中，然后去北京上大学。"阿果说。

"告诉她，她到了北京读书，来找我，我就是她的家乡人。"林修说。

"林书记，可以问你一个事吗，你结婚了吗？"李芒笑问。

"你看李芒她还在问可以问吗，却问出来了。我没结婚，不过等你们住上了新房，我就回北京结婚。"

金雨生来了兴趣，闹着要看看他女朋友的照片。林修说他还不知道她长什么样。金雨生不信，说这个时代哪个不拍张美照发朋友圈。林修说她可能很丑。金雨生说很丑的人也敢说是咱们修哥的女朋友。他要看林修的手机，林修跑，金雨生在后面追，两个人都抓了雪打。其他几个人在后面笑着，李克也加入进去，其他人见了也打起了雪仗。嘻嘻哈哈的笑声落在雪地里。忽然听到前面也有吵闹声，他们才停了打闹，看见一群人围着一堆枯树枝，鬼针草坐在雪地里，手里拿了一把菜刀，脸色铁青。王太因在劝他，说："树和人一样，砍了也不能再活过来。"

鬼针草的眼睛要喷出火来，看见林修他们，鬼针草说："领导来了，正好，我等着你们为民做主，帮我找到偷树的杂种，要不然我会杀人。"

林修心里也痛惜。林修蹲在鬼针草身边，让他先放了刀，鬼针草不放。林修说："刚进村曲别大叔就告诉我，以后我会遇见三棵树。我遇见了它们，一是曲别拉根家的核桃树，二是黑松林的柏树，三就是这棵栎子树。它们是雪鹤村的地标。这么大一棵树要砍倒，肯定有人知道，鬼针草，我给你承诺，我们会调查清楚的。"林修边说边掰开鬼针草的手，鬼针草大叫一声："妈……"

吉木日木赶紧把林修推到身后，鬼针草冷笑，放下手里的菜刀，说："我不会伤害林书记。"

吉木日木问大家知道些什么情况，有人说昨晚他们是听到了声音，但是下雪又冷，没起来看。王太因说她早上起来梳头，以往会看到镜子里有树丫，今天怎么没了，以为是眼神不好了，就想走拢看看，边走心里就打鼓，那么大一棵树，咋就没了呢？她揉眼睛，其他小树也看得清楚，还以为是遇鬼了。先去了鬼针草家说树没了，鬼针草懒，说冷不想出门，也说她遇鬼了，昨天他还在树下看过呢，怎么可能没了？我打他起来看，谁知道这树真的没了，树身被偷走，就留这些没用的小枝小丫了。

大家你一言我一语，都说这树的好，是个地标，夏天好乘凉。林修问王太因："你们来的时候，有没有脚印或者车印？"

王太因说："我们来的时候。这枝上都是雪，周围的也没有痕迹。"林修说小偷知道雪鹤村下雪了，他不会是很远的人。他们本来要赶回村委会吃饭，出了这事，也就分头行动，调查是谁砍了树。村民说："这么大的树去各家搜搜不就知道了吗？"

林修说："无端去家里搜对大家不尊重。"

王太因说："林书记，我同意就去家里搜，先去我家吧。"

林修说："谢谢王奶奶，我们不会去各家搜树，但我们可能去各家问问有没有人知道树的线索。"

新砍的树有树香味，一走进家里就知道有没有树，附近每一家都走过了，没见树的影子。难道还有其他地方专门来偷树的？吉木日木说有些地方有偷树的，是把树当成风景，一整棵偷走。栎子树木质好，做家具是上等木材，也许有人就是看中这点偷了的。

第一天没结果。

第二天仍然没有结果。

第三天，鬼针草来村委会，看到林修他们都在写材料、填表，就问树找得怎么样了。林修说还在找。

金雨生让他别急，说材料明天就要上报。他们正忙着呢。

鬼针草火了，说："我知道你们在敷衍我。不就是棵树吗？连人死了都没人管，还树呢?"

罗春早劝他，鬼针草拂了他的袖子，气冲冲走了。

"这鬼针草火气也太大了，林书记，你是不是太将就他了?"罗春早说。

林修说:"他就是那样的人。"

罗春早说:"那树是他的吗，离他家有段距离?"

"村民没反对，那就是他的。"

"一棵树真那么重要吗?"罗春早说。

"村民的事无小事。再说小偷着实可恶，树值多少钱，而树活着是无价之宝。"林修说。

李克说:"如果抓住了，又怎么处罚小偷呢?"

林修没想过，这些天也是凭了自己的喜好，觉得要抓住偷树者，以泄愤。李克说他已经查过了，这棵栎子树不是国家保护树种，就算是偷了，也构不成犯罪，只能算触犯治安管理条例，承担赔偿责任。

林修想李克平日不声不响的，做事倒是牢靠，想得也周全，心里却气愤，可恶的小偷有什么难过的坎，非要偷树卖!

晚间，吉木日木来，说在修路的工地找到了栎子树。

"工地?"大家都有些意外，吉木日木说他去工地查看，见到护路基的木材是新的，请教了一些老者说是栎子树。他不放心，拿一块和那棵剩下的栎子树材质做了比对，的确是栎子树。问了工人，工人说他们也不知道，反正今天早上这些木头就在工地了。

"晚间工地没人值班吗?"

"有啊，天冷，他们吃了火锅，喝多了酒，也没注意是谁把木头运来的。"

"有意思，这偷树的人明着是耍我们。"金雨生说。

"这其中肯定有问题，个人偷了，可以说是和鬼针草的私人矛盾，堂而皇之出现在工地上，鬼针草怎么看我们，群众怎么看我们?"林修说。

"报派出所吧。"罗春早说，他给乡派出所的人打了电话。第二天派出所就给出了答案，是常宽荣叫人砍了栎子树，原因是路快铺到这一段，护坡路需要把这棵树砍掉，因为明说鬼针草不会同意，所以就晚上动了手。

常宽荣得意地说："我可是帮你们干部解决了一个钉子户。"

噎得众人说不出话来。林修问吉木日木："护坡路真的需要砍掉这棵树吗?"

吉木日木看了看常宽荣，又看了看林修，说："原则上是需要。"

"可是我见过这样的路，为了让一棵树，路都绕行。"林修说。

大家知道林修对树的感情，都没有说话。

常宽荣说："还有这棵树根本就不是鬼针草的，是集体的。只不过他妈吊死在栎子树上。"吉木日木说："你不给鬼针草说，至少你应该请示我们。"

常宽荣哈哈一笑："请示你？你别忘了我才是修护坡路的承包人。"

林修说："常宽荣，吉木日木是村委会主任，你理当向他请示。"

常宽荣见林修说话了，也不敢太放肆，说了句："我又没要一分钱，偷、盗的帽子都扣不上。"想要走，金雨生说："站住。你心里怎么想的，别以为我们不知道。你也知道鬼针草的性子，他就是个光棍，六十多岁了，你呢才四十出头吧。有些话我们不说透，自己琢磨去。想通了，你在外面等我们。"

林修很生气，但他克制了自己，要大家讨论怎么处置这件事。吉木日木说如果常宽荣真是为修路着想，砍了这棵树，他也说得过去。李克说弄清楚这树是属于谁的更重要。罗春早说在乡村要真说哪一棵树属于谁，很不好鉴定。他在乡上的时候就遇到过这样的问题，大集体时种了一些树，分产到户，有些地分给农民，但地边的树却没分，属于谁？农民说地边的就是他的，砍树的人说是集体的。金雨生说现在就算树不是鬼针草的，但他已经认定树是他的，那么我们要解决的是鬼针草会提出什么要求，怎么化解这个矛盾。林修说："我知道大家怕和鬼针草扯不清，他也真如他的名字就是株鬼针草，从他旁边过都要沾你一身，何况出了这事。我们一起去看看他吧。"

金雨生说带上常宽荣，把这事一次给解决了。出了门看常宽荣在外面蹲着，说对不起，他就是想报复选举时鬼针草给他刁难。

林修想踢他一脚，但是他记着自己的身份，只得忍了，说："好你个常宽荣，还是个党员，你合格吗？你知道一棵树要长多少年才能长那样高，你报复就把树砍了，简直是个混蛋。"金雨生拉住了林修，说："常宽荣，你这叫破坏安定团结，你要写一份检查，在全村党员会上做检讨。"

到达鬼针草门口，林修的怒气才平息了一些，他必须做好面对鬼针草的心理准备，他让常宽荣先在外面等。

鬼针草其实已经知道是常宽荣砍了他的树，他先是祖宗八代地骂过了，然后开始磨刀，林修带着一帮人到他家，他也不理，还是霍霍地磨刀。

林修附在吉木日木耳旁说了句话，吉木日木离开了。林修又让李克去带常宽荣来。

罗春早说："老伯……"

鬼针草说："鬼针草。"

罗春早说："看你比我爹还大，我怎么能这么叫你！"

"我就喜欢鬼针草。"

林修说："鬼针草这名字有杀伤力啊，像小李飞刀鬼见愁、鬼谷藏龙太息公、刀无极、刀无形、刀无我、刀无心……"

"停停停，把我头都吵晕了。"鬼针草说。

"停停停，磨得我心惊又胆战。"林修指着他的刀说。

鬼针草说："我要砍了常宽荣的手。"

吉木日木提了一只鸡进来，说砍吧。鬼针草一刀就砍下了鸡头。

林修说："我们知道你的心里特别难受。你知道我喜欢树，我也特别难受。可你天天听收音机，知道常宽荣构不成犯罪。树没了，人还活着。听听收音机，山里转一转，开春以后房子修过，宽敞的路又经过你门前，日子是会越来越美地过。如果你砍伤了他，这一切就化了泡影，你只能待在一个小屋子里，不见天不见地的，等你将来，你怎么去见你母亲？"

鬼针草刀是放下了，说："我不会放过常宽荣。我也要让他难受。"

金雨生把常宽荣叫了进来。常宽荣对鬼针草说："对不起！"

鬼针草脸气得发白，他冲到常宽荣面前，想打，看看林修，他忍住了。常宽荣说："我应该先给你说一声，栎子树挡道，要砍。我们赔你钱吧，按每立方计价，赔你。"

"那树是能按立方计价的吗？我要活树。你给找一根同样大的树栽活。"鬼针草说。

金雨生说："鬼针草，我们今天来就是给你们解问题的，世上没有相同的两片叶子，何况是相同的树。"

林修说："就算有差不多的树，可这棵还是那棵吗？"

鬼针草说他已经打听过了，邻村有棵老树卖到城里五万，他只要三万。常宽荣跳起来："不可能，你想钱想疯了吧！你那树最多值两千。如果是修路挡道也就赔你几百元。"

两个人争来争去，林修和金雨生看他们可能一时半会争执不下来，如果不处理好，他们还得闹，村里还有很多事又等着他们。吉木日木说："常宽荣都是你惹下的事，你们各自退一步，一万五，如果不愿意，你们自己打官司去。"

常宽荣和鬼针草齐声说不可能，罗春早说："你们还是接受调解吧，鬼针草，你不知道林书记为你的树，这些天饭都吃不下，他和你一样难受，可树已经砍了，总要找个法子解决嘛。"吉木日木说："我们走了，你们爱怎么吵就怎么吵，动刀也行，反正国家有的是法律治你们。"

常宽荣和鬼针草都不让步。

林修说："鬼针草，依我说三万都太少了，那棵树吸山川日月精华，快百年了吧，可能很多乡亲会说，家离栎子树不远，树已经成了一个地名。三万太侮辱树了。"

鬼针草说："是啊是啊，就你是个明白人。"

金雨生他们都望着林修，不知道他葫芦里卖什么药。

常宽荣说："林书记，你这样处理事不公平。"

林修说："你砍树的时候，我姑且说你是砍树，而不用其他字眼，你自己明白的，怎么不想到这对鬼针草不公平，对乡亲不公平，对树不公平？"

常宽荣不敢再说了。

林修又说："所以啊，鬼针草，这棵树就是无法用钱来衡量的。常宽荣把它砍了，以名正言顺的理由，树影响新修的道路。在常宽荣心里，栎子树就是这山里成千上万棵树中的一棵，没什么特别。我看了雪鹤村多数屋子都是木质的，也就是说都是砍树来修造的，包括你或你的祖先，也砍了树。我记得曲别拉根说过，原来这里全是大棵大棵的柏树，现在都成了你们的房子。栎子树也是同样的命运，好在它参与修路，也是千秋功业的事啊。"

常宽荣说："林书记说得对。"

林修说："好啦，你们心里都有憋屈，都不情愿，但是事已至此，我看吉木主任的主意不错，你们考虑一下吧。我们也不要你们马上表态，各自站在对方的立场想一想。"

林修他们走了，两天后，吉木日木说常宽荣的祖坟被挖了半边，常宽荣怀疑是鬼针草干的，跑去找鬼针草，听到他在家里磨刀，自认了倒霉，和鬼针草达成协议，赔了他一万五。金雨生笑说："鬼针草真不是省油的灯。"

林修说："我们进村做了很多务实的事情，对于基层党组织的建设抓得不够，常宽荣的事就给了我们教训，要防患于未然。"

287

24

罗春早分析了村里党员的结构，多数是在大集体的时候入的党，近年来，党组织发展的人很少，通知大家来开会，重温党章，党员们当成麻烦事。罗春早不知道常宽林在任时，每次开党员会还要给大家发钱，他没发，下次再通知开会时，竟有几个党员没来。罗春早对林修说农村党员的荣誉感和责任感严重缺失。

怎么给党员们找回荣誉感呢？三个第一书记和罗春早商议，在小学校专门布置了一间党员会议室，整个一面墙是党旗。在微信群里发通知后，四个书记又一一给每个党员打电话，请他们务必来开会。党员们来到新修的小学，书记们带他们参观，学校修得很漂亮，桌椅板凳都有了，还有一间数字化教室正在配备，说是将来学生们可以坐在这间教室里听北京的老师上课，党员们不相信。林修说："今天，就请党员们体会一下当学生的感觉，请大家找位置坐好。"

党员们知道要学习了，各自坐下，窗帘拉上了，屋子里漆黑一片，李克给大家放了一部电影——《建党伟业》，2 小时 11 分钟，党员们认真地看着，拉开窗帘的瞬间，大家都还沉浸在电影之中。林修也没说话，把大家带到党旗室，让罗春早带着大家重温入党誓词："我志愿加入中国共产党，拥护党的纲领，遵守党的章程，履行党员义务，执行党的决定，严守党的纪律，保守党的秘密，对党忠诚，积极工作，为共产主义奋斗终生，随时准备为党和人民牺牲一切，永不叛党。"

党员们一下想到电影里那些先烈，在这一刻有了一种庄严感。林修宣布散会时，党员们觉得意外，问会完了吗？林修说完了。阿果说："林书记，你教我们唱电影里的歌吧。"

林修说："真不好意思，我也不会唱。下次我们找人教你们。"

党员们三三两两走了，常宽荣找到林修，说："林书记，对不起，我给你们添了麻烦。"林修拍了拍常宽荣的肩说："你是党员，无论如何也比一般的百姓多一个身份，做什么事时，都要想一想对得起党员这个身份不。"

常宽荣说："大哥犯事遭了，全体村民都在看我们常家的笑话。我甚至自己也不好意思出门。无论如何，这些年我常宽荣也算是这村子里面有头有脸的人物，那鬼针草一点面子都不给我，所以……"

"看来你还是没认识到你的错误。"

"林书记，我赔了他钱，是不想让你们为难，但我心里仍有疙瘩，我就是不安逸他鬼针草，我也不能把他怎么样，反正他得比我早死。算是天帮我惩罚他。"常宽荣说。

"如果你是这样的思维，电影里那些抛妻别子，为我们今天的安宁日子牺牲的先烈，太不值了。"

"我不是那个意思!"

"你是哪个意思? 你是党员，先锋模范带头作用，是怎么做的? 你自己想想。"

"那我退党。"常宽荣开始耍赖了。

"常宽荣，说话要过脑子。但是我可以明确告诉你《中国共产党章程》第九条规定，党员有退党的自由。你回家想通了就写检讨，如果还想退党你也可以提出申请。"林修严厉地说。

常宽荣耷拉着脑壳，闷了好一阵。林修马上和大家讨论，把常宽荣的情况做了通报，说有些党员组织观念极其淡漠，要想办法加强学习。

常宽荣的事让大家心里搁了石头，但党员开会的形式，很快在村子里传开了，李芒在微信里说，电影可不可以让村民们都看看? 很多村民就在群里吵嚷开了，说要看电影。阿约尤其积极。林修说那让村民们一起看。李克说教室太小了，村民们坐不下，可坝子里又太冷。吉木日木说，就在坝子中间烧一堆火。金雨生说这个主意好，反正快过春节了，不如借放电影契机，过个有意

290

思的乡村节日。大家商议好了，就在党员群里说了计划：拔河、掰手腕比赛加晚上的电影和篝火烤羊，AA制，想吃的报名。很多党员都积极地参与工作。林修让罗春早给每个党员都布置了任务，最老的党员也让他们当个监督员，但常宽荣例外。李芒和阿约问他们可不可以来帮忙，林修说当然可以。

时间暂定在大寒那天，人们就像期待节日一样，说日子多了一个盼头。恰巧拉迪打电话来说："燕露春老板唐宛要进马边来，问你欢不欢迎。"

林修说："怎么不欢迎？贵客呢。"

拉迪说："她大寒那天到。"

"为什么选择大寒？"林修想到村民们的盼头。

拉迪说："她有她的讲究，大寒怎么啦？"

林修说了村里有村民比赛和放电影的事，怕照顾不周。拉迪笑说："我当你回北京相亲呢。她正爱这些。"

林修笑了，问要不要帮她订宾馆。拉迪说不用，唐宛说了要体会一下山里的夜晚，就住他家。林修说："你们家那么宽，倒是可以搞民俗旅游。"

拉迪笑说："林书记，你进入角色太深了吧。"林修想起印梅也说过这样的话，就给印梅发了个微信，讲村里开展党建活动，问她要不要来采访，写篇稿子。印梅说她们编的杂志正好缺这类文章，她来。

金雨生说："这下热闹。互为风景了。"

林修说："你不是和田甜熟悉吗？有次开会听她唱过歌，问她会不会唱《有一天》。"

"《有一天》？"

"《建党伟业》里的主题歌啊。"

"哦。你问不是更好吗？人家听到你的声音就愉快的。"

"别开玩笑了，会唱的话，让她教教党员。"

"修哥，田甜喜欢你是她的权利。你不喜欢她也是你的权利。"李克郑重地说。

林修说："克哥，你什么时候学会灌鸡汤了？"

李克笑说："田甜自己说的。"

金雨生说："田甜倒是蛮可爱蛮自信的女子。"

林修说："拜托，任凭弱水三千，我只取一瓢饮。你俩可别帮倒忙，误了她，徒增我罪。"

金雨生说好，他来联系。

大寒前一夜，山里又下了雪，雪把山野覆盖了，人们的热情却未减。早早地，阿约就在山头喊："今——晚——放——电——影——!"他的身后跟着阿尔布和阿朵等一帮小孩子，他们一起喊："今晚放电影!"阿尔布脱下他的察尔瓦向上抛，察尔瓦挂在树枝上，他跳起来一拉，滚落在雪地，滚一身的雪，滚一山的笑。

另一边山头阿果接力，"今——晚——有——电——影——!"

欢快的极具穿透力的声音震落树上的雪。听到的都回应，北边的、南边的、坡地的、山坳的，"晚上放电影"的声音传遍雪鹤村，曲别拉根说："山都喊醒了。"

喊醒的山里，拉迪带着三个女人回到雪鹤村，拉迪站在核桃树下，也吼了一句："今晚看电影！"

唐宛说："没想到你功率这么大。"

拉迪说："在茶庄里，我放开声音怕把你那些杯子震碎。"

唐宛说："你可能把风起的玻璃心震碎了。"

叫风起的女人说："我的心是泥做的，碎成片还是泥。"

拉迪说："在城里，大声说话，会被人瞧不起，而在山里，人们习惯大声说话，你们看喊山本身就是个节目呢。"

你们试试，唐宛喊了一声，风起也喊了一声，但声音都没放开。拉迪指着戴白帽穿黑色羽绒服的女子说："你敢不敢喊一下？"

女子说，怎么不敢！她大叫一声："森林，我来啦！"声音真大，拉迪他们都笑了。风起说："是个独行侠的风采。"

唐宛说："羡慕，如果再年轻十岁，我也要浪迹天涯。"

风起说："十年前就听你这样说，十年后估计还要听你这样说。"

拉迪带她们进屋，曲别拉根的火塘正旺，拉迪把她们向拉根做了介绍。介绍女子时，拉迪问："还是路人甲吗？"

女子笑说："路人甲比我的真名好听。"

拉迪也不勉强，他们是在候车室里认识的，女子背了个大包，让拉迪给她看着，她要上卫生间，拉迪很感激女子的信任。上车的时候都是到马边，恰好女子又坐在他身边，拉迪觉得她不像马边人，问她去马边出公差吗，女子说不，去看森林。拉迪转身对唐宛和风起说："她要去看森林！"唐宛和风起都笑，说他遇见同类了。拉迪问女子是不是受村上春树《挪威的森林》的影响，想去森林遇见爱。女子笑，露出一口整齐的牙，说她正是这样想的。大家哈哈大笑。他们聊《挪威的森林》，一路谈得欢畅。女子问拉迪的家在哪里，拉迪说雪鹤村。女子怔了一下，说好名字，问他有没有森林，拉迪说森林有的是，只是没有她要找的爱。女子说万一呢，拉迪邀请女子同去，女子爽快地答应了。拉迪问她叫什么名字，女子想了想说路人甲。拉迪就叫她路人甲。进村时唐宛和风起说拉迪本事大，这么个漂亮女子就让你拐来了。但路人甲透明不娇作的性格她们喜欢，短短一段路，像是认识了多少年似的。

　　曲别拉根见拉迪都不知道人家的名字就往家里带，心里有些反感，他没起身。拉迪笑说："毕摩同志，林书记说你家可以做民俗旅游，路人甲是你的第一个客人。"

　　曲别拉根说："林书记，果真这样说过？"

　　拉迪说："毕摩同志，我怎么敢骗你？那小子肯定也听到了我的声音，估计很快就来了。"

"你还是叫他林书记吧。"曲别拉根说。

"大叔，叫我什么都行。我只是不能叫拉迪是叔，怕把他喊老了。"林修和金雨生还没进屋，声音就飘了进来。

曲别大叔见林修进来了，赶紧起身。路人甲也站了起来，看着林修，眼睛更生动起来。林修和金雨生与唐宛握手，说这么冷的天，进山不容易。唐宛把风起介绍给林修，林修说："见过的嘛。只是不知道是诗人。"唐宛开玩笑说："我那儿来的多是些闲人。"

"有闲情的人。"金雨生说。

路人甲亮晶晶的眼睛一直跟着林修转，看得林修有些不自在，问唐宛："这位是童书作家吧?"

唐宛笑说："让拉迪介绍更准确些。"

拉迪说："她说她叫路人甲，她还说她来看森林。"

林修注意地看她一眼，路人甲点头，眼睛里满是笑意。

风起说："我发现林书记最有眼光，他说路人甲是个童书作家，我看呢就是像，你看她笑得像童话。"

林修脑子里闪过渊哥，把眼光从路人甲身上移开，说下午有活动，上午去看茶园。他们一行六人去了村子里新开的茶山，唐宛爬到高处，说地选得不错，但是茶陇垄太密了点，不利于茶生长，她也抓了一把土揉捏，说就种马边绿吧，保险点。然后说大寒下雪，看来明年是个丰收年。

林修又带他们去了阿果家，阿果听说是成都来的茶叶公司老板，让李玉普把他最好的茶拿出来。

李玉普在家准备水，他们踩着雪，去了森林中间一块一块的地。雪盖着茶树，唐宛的红棉袄衬着看很养眼。拉迪拍照，说唐总亲自到茶农家考察。唐宛说等等要戴墨镜。风起说："你可不可以换个造型？"唐宛说："这等美景有皱纹辜负了。"拉迪说："墨镜加丝巾，中国大妈经典造型，不能少。"

大家说笑间，路人甲要金雨生帮她拍照。金雨生说林修技术好。路人甲说："我要和林书记一起照。"

路人甲拉了林修站在一起，她让林修蹲下，她在他身后做了个展翅的动作，大家都说美。林修说："我希望你不要发朋友圈。"

路人甲问为什么，林修沉下脸说："没有为什么，希望你不要发。"路人甲反而笑得更开心了，她问林修："森林里有什么？"

林修不想招惹她，但路人甲的眼睛让他有无处躲的感觉。他走到唐宛身边，问这地方种茶怎么样，唐宛拿出手机测了一下海拔1300米，说："好地方，植物多样，可间种云雾茶和黄金芽。"

阿果说："听说黄金芽不好种，而且制茶工艺很讲究。"

唐宛很惊讶地说："你也知道黄金芽，还懂制茶？"

林修说："在成都给你讲过，说给你介绍个制茶师傅，就是她老公李玉普。我们回去喝喝他的茶，你比较一下与你的茶有何区别。"

李玉普已经摆好茶盘，唐宛又说没想到，虽说茶盘不咋地，但是陶土的杯子却是她喜欢的，她先嗅了嗅，抿了一小口，看风起，风起伸出拇指。唐宛问："全过程都是你做的?"

李玉普说是的，带她们去看他的作坊，外行看不出个究竟，唐宛这个时候像个专家了，说："高手在民间啊。"

回到火塘边，唐宛要一撮生茶，闻了闻，问："泡茶的水是深井水还是泉水?"

李玉普说："取森林里的雪。"

唐宛笑说："多美，可惜森林雪已经被马边森林茶叶公司注册了。"

风起说："这一趟回去有说的了，森林人家，取雪泡茶，公子佳人，红炉闲话。"

拉迪打趣说："公子佳人不会是指我和你吧?"

风起指着路人甲和林修说："他们是应景人儿呀。"

拉迪说："路人甲，这名字别扭。小丫头，你有男朋友吗?"

路人甲说："我想是见着了。"

大家就笑，看林修怎么开口，金雨生说："这长得帅也麻烦啊。"

"林书记，你有女朋友吗?"路人甲问。

林修坚定地说："有啊。她叫渊哥。"

路人甲说："她美吗?"

林修说:"在我心中她很美。"

路人甲笑得很开心。其实大家都注意到了,路人甲就是个爱笑的女孩子。拉迪问她找到爱了。路人甲说当然。拉迪大笑。林修不知道他笑什么。他收到马格的微信,竟然是他和路人甲刚才雪地里的照片,他恍然大悟,路人甲原来就是渊哥!

林修的心又开始乱跳了,他抬起头看她,眼光里是惊喜。这回轮到渊哥低头了。金雨生伸出手在他眼前晃了晃,林修挡开他的手,对渊哥笑了笑,渊哥伸出食指放在嘴唇上。轮到林修的眼光粘着渊哥了。

林修问:"你在森林里找到他了吗?"

渊哥说:"找到了,只是他没穿草鞋。"大家听不懂他们打的哑语,金雨生觉得再坐下去,怕是阿果和李玉普都会看出点什么,影响不好,就说他们先告辞了,让阿果和李玉普下午早点到。

回程的路上,林修和渊哥走在一起,故意与众人拉开了距离。风起说:"难不成一句公子佳人围炉闲话就成全了他们?"

金雨生说:"林修不是这样的人,这其中肯定有什么秘密,说不定这女孩是个志愿者,林修是志愿者,他们谈得来。"

拉迪说:"这世上多情公子多了去。"

唐宛说:"我看他们挺般配。"

金雨生想为林修辩解,回头看他们,女孩的头快挨着林修的肩了。金雨生给林修发了微信:"修哥,注意影响。"

林修说："必须告诉他们了。我是书记总不能让大家误会了。"

林修带着渊哥跑到大家面前，说："她就是渊哥，我女朋友。"

金雨生和拉迪同声说："不会吧？"

唐宛说："好端端一个女孩子叫什么哥！"

"我叫渊歌，歌声的歌。"

"原来是歌声的歌，你把我都蒙了。"林修说。

风起说："我就觉得她有什么目的。你们是网友吗？"

唐宛说："这是唱戏吗？你们之前没见过照片？"

金雨生也问："没加微信？"

林修说："问完没有？正儿八经的相亲，我姑妈相中的。表哥马格是介绍人，马格就是个不按常规出牌的人，他没发照片给我，知道我看照片就会生反感，因为姑妈介绍了几个女孩，大多是美若天仙，可是见光死呀。雨哥，你记得我那两套运动服不？她寄来的。"

金雨生捶了林修一拳，说新鲜，对渊歌说："这个年代还能这样相逢，美谈美谈。"

渊歌说："多亏了拉迪他们。在候车的时候听两位姐姐叫他拉迪，林修说过有个叫拉迪的诗人，他住在他家里。我就编了理由跟着他们了。对了，也是要考察一下林修，如果他看见美女就动心，那我就以路人甲的身份走了。"

拉迪说："好啊，原来自以为聪明的我们竟然当了你的道具。

你俩当着这青山白雪亲一下，要不然我饶不了林修。"

大家起哄，林修只是看着渊歌，渊歌快步走了，金雨生推了林修一把："还不快追！"

林修他们还没吃饭，就有村民陆续来到村委会的院坝前，其中党员居多，林修把渊歌郑重托付给唐宛和风起，与村民们一起掰手腕、拔河，他今天情绪特别高。印梅和田甜到来时，看到他正与阿约掰手腕，脸上憋得通红。印梅拍了一张照片，林修与她们握手，说拉迪和风起在村子里，印梅说她读过他们的诗。田甜说她也认识拉迪。印梅说村子里就像在过年似的。林修说等明年路通了，房子修好了，村里组织一次雪鹤村春晚，请她上台读诗，田甜表演唱歌。田甜说："唱歌不是我强项，是你请我，无论如何都要扎起。对了，那首《那一天》真好听，我才学会的。"

林修说谢谢。

田甜说："能为你做点事，是我的荣幸。"

印梅对林修眨一下眼，林修说："田甜，谢谢你，我也会记着的。"

又对印梅说："她来啦。"

印梅问："谁？白衣胜雪的那个？"

林修说："对，白衣胜雪。"

印梅问在哪里，林修说在拉迪家里，等会儿她们要来的。"怪不得，你眼睛里发光呢。"林修嘴里说哪里，心却像藏了宝物，等着展示一样喜悦。

参加活动的村民们也热情很高，惹革儿也和曲别拉根掰了手腕，王太因纵容杨豆豆和鬼针草比，老伴杨德炳说："你还让他丢人。"

王太因倔劲上来，说："丢什么人，谁不知道杨豆豆就是个憨子！"

杨德炳火气上来，说回去了。王太因任他走，杨德炳这段时间变得有些怪，要么只做事不说话，要么一说话就和王太因怒怼。王太因也生气，更加鼓励杨豆豆和鬼针草比比。鬼针草和杨豆豆的比赛吸引了很多人围观，杨豆豆不像是有病的了，鬼针草松，他就松，鬼针草用力他也用力，僵持了好一阵，引来众人喝彩。印梅忙着拍照片。没想到杨豆豆还掰赢了，阿约发给他一包纸巾，杨豆豆笑得很开心，这可能是他这一生获得的第一次奖励。林修对王太因说，杨豆豆的情况也越来越好了。王太因抹了一把泪。鬼针草说："婶，你这是为啥呢？杨豆豆赢了。"

王太因的眼泪越发多了。林修双手按在王太因肩上，说："王奶奶是幸福的泪。"

王太因右手搭在林修手上，说："林书记，我王太因这生能见到从北京来的你已经是福了。"

王太因的话引来一些村民附和，都说林书记金书记李书记进村以后，是真心为他们着想。罗春早说："我会向他们学习的。"

村民们鼓掌。

这时拉迪带着唐宛、风起和渊歌来到村委会。林修向大家做介绍，拉迪说："我们就不要介绍了，你好好向大家介绍一下路人甲吧。"

林修说："拉迪，我们不用介绍了，他的大名，黑松林的大柏树都知道。这个是唐宛唐总，我们请她来看看我们茶山，以后的茶叶，唐总都会来收，当然也会委派人来监督。怎么来经营我们的茶山？经过村委会讨论，我们准备成立雪鹤村自己的合作社，由阿果来承包，每一个村民都可以入股。具体措施我们还在研讨。这个是印梅，她是我们乐山市纪委做宣传的，通过她的笔，我们雪鹤村在外面有点名气了。这位是田甜，她是杨树坪村的第一书记。今晚她要教我们唱歌。这位是风起，她是个诗人，诗人离我们远了点。"

金雨生说："还有一位呢，大家等着。"

林修搔头，走到渊歌身边，说："这位是渊歌，她从北京来我们雪鹤村看森林。"

阿果说："不对，我都知道了，她是你女朋友。"

阿约说："哇，林书记，你女朋友真漂亮。"阿尔布和阿朵、阿母一帮小孩子围着渊歌喊新娘子，把渊歌喊得不好意思了。

吉木日木说："天色晚了，由我们北京来的客人点火吧。"

林修说："不，我们选党龄最长的党员来点火，好不好？"众人说好。一个和王太因年纪差不多的党员来到大家面前，激动地说："这些年，我都快要忘记我是党员了，从现在开始，我要记得我是一名中国共产党党员。"林修和金雨生、李克都鼓掌。

印梅说有意思，走到渊歌身边，说早就听说你了。渊歌问他怎么说的。"他说你白衣胜雪。"渊歌扑哧一声笑起来，"没说身怀绝技吗？"轮到印梅笑了。渊歌问："他这个第一书记做得好吗？"

"好啊，你没看村民们都喜欢他呢。"印梅说。

"看着他们这么开心，让他们知道外面的世界真的好吗？"

"至少要给他们一个公平的机会，有所选择的生活和没有选择的生活是不一样的。"

"现在我有些担心，林修他们能改变什么？"

"你见了拉迪的房子，是诗意栖居的样子，你也见了阿果的房子，就是栖身的棚，你看见了，山高林密，出行不便。有很多和阿果家一样的房子，甚至远不如阿果家的房子散居在大山各处，木窗木墙加木楼，墙角堆着木柴，在外来者的眼里有一种古朴的诗意，但夏天屋漏无干处，冬天寒风四伏。我走过很多这样的房子，总会想岁月是不是把这样的村子忘了。"

"他怎么才能让他们富起来呢？"

"个人的力量有限，但国家是强大的，林修他们来了，在村民的心里他们就代表着党，表示党和国家没有放弃他们。"

"听你一席话，倒是打破了我的一种习惯思维，认为女公务员特别是漂亮的女公务员是花瓶。"

印梅笑起来。

林修走过去，问他们聊什么呢，这么开心。

印梅说："不告诉你。"

林修说："你不准说我坏话。"

渊歌看抬来好几只羊，问吃得完吗？林修说村民都 AA 制出了钱，反正快过年了嘛，大家开心一下。火燃得大了，阿哈当起了烤羊师，指挥几个人往羊身上涂香料。哈木对吉克乌乌说："你看我阿哈兄弟还是有用的。"吉克乌乌说："就吃的行。"哈木说："床上也行吧。"吉克乌乌追着阿哈打。大家笑闹。李克用手机接通蓝牙音箱，放了一首彝民族歌曲："*阿老表哎＼阿佬妹哎挺直你的背呀＼阿老表哎＼阿老妹哎＼扬起你的眉哟＼人穷骨头不呀不在软嘎＼铁下心鼓足劲拼上它一回……*"彝族人围着火堆跳，阿果把渊歌拖进去，渊歌拉了印梅，圈起的人越来越多，不管是彝族还是汉族都围着火堆跳了起来。同在一片土地生长，彝族人就是比汉族人跳得好。阿哈一边翻烤羊肉，一边摇头晃脑的。等羊烤好，一人分得一份，林修让罗春早讲话。罗春早说还是你讲吧。林修说："总有一天你要独自担起这副担子。"

罗春早对吉木日木说请他补充。其实罗春早不是怕村民们，而是因为有印梅和渊歌她们在，他心里有些怯。他站在台上说："村民们，马上就要过年了，今天村里又来几位远客，让我们用掌

304

声表达我们的热情。同时我代表村委会全体班子成员向村民们祝福新年。村里组织党员看了《建党伟业》，好些村民说他们也想看，今天趁这个热闹平和的日子，我们来看看我们的先辈们是怎么做的，我们又该怎么做。现在开始放电影，电影完后，党员们留下来学唱歌。"

阿约问："我们不能学吗?"

林修说："这样吧，愿意唱的都跟着学。我们先用掌声请出杨树坪的田书记，她来教大家。请大家记住今天的安宁，今天我们能和你们在一起，是无数革命先辈用生命为大家换来的。"

田甜大方站在台上，说她是来向雪鹤村的三个第一书记学习的，她很愿意和大家一起学。她先唱一遍，李克给她放了伴音:

总有一天

炊烟回到村庄

那隐约是稻谷　晚来香

总有一天

天使安心梦乡

在妈妈的怀里　轻轻晃

我的祖国　再不忧伤

我的祖国　到处是安详

留一片云

当作是我的纪念

我从此去了　就不回来

我只想要　炊烟回到村庄

那隐约是稻谷　晚来香

我只想要　天使安心梦乡

在妈妈的怀里　轻轻晃

我的祖国　再不忧伤

我的祖国到处是安详

留一片云

当作是我的纪念

我从此去了

就不回来

你如果想我就看看天。

　　轻缓抒情的音乐响起，欢乐就转了场，大家学唱起来。电影是激情的，奔跑与呐喊，流血与牺牲，前赴后继，在所不惜，革命为了什么？刚刚在红船上诞生的党为了什么？让村庄升起炊烟，天使安心入梦。音乐一下走心了。

　　大山、夜晚、雪地、火堆与歌声，忽然间有想流泪的感觉，渊歌悄悄牵了林修的手，林修紧紧地握住了。每一个人都感动着，电影完了，大家仍然静静的。阿约又哼起"总有一天，炊烟回到村庄",大家又唱了一遍,印梅说:"真让人感动,比读文件更有效果。"

阿约说:"林书记,我可不可以要求加入共产党?"

林修说:"当然可以。你学会多少字了?先当入党积极分子,等你能写入党申请书了,才批准你加入。"

李芒说:"生在那个时代,我也会做英雄。"

林修说:"生这个时代,你也可以做英模。"

李芒问:"怎么做?"

林修说:"脱贫,带着乡亲们奔好生活,就像歌里唱的,让祖国不再忧伤,让祖国到处安详。"

拉迪拍着林修:"兄弟,真有两把刷子。听起来高大上的口号,到你嘴里听着入耳了。对党员的教育就是要有高度也要有温度,从人的内心出发。"

林修笑,火光映着他的脸,他就像那些举起手说"全世界无产者联合起来"中的一员。渊歌望着他,眼神里满是崇拜。田甜见了,对印梅说:"我想他们了。"

印梅说:"就看看天吧。"

天上有寒星,还有下弦月,田甜望着,望出泪来。

25

"你也要走吗?"林修送唐宛和风起的时候,看见渊歌也背着包。

渊歌说她本来是到成都处理一些业务,过程让她很烦,她说成都表面看起来现代化,实质上工作生态并不好,大多还讲关系。公司那边却不理解,还拼命催。她是抱着辞职的心态来找林修的。可是看到林修的工作状态,每个人都在拼,她也必须拼,所以回去继续工作。

"知道这世上有这样一个你,也知道我在你心中。我,去工作了。"渊歌对林修说。

林修真想抱一抱她,但几双眼睛看着,他克制了自己。他没想到她要走,昨晚电影散场后,林修问她是和印梅田甜一起去城里住,还是和唐宛风起去拉迪家。渊歌说拉迪家,离他近点。他送她们一起去拉迪家,拉迪请他烤火,再说说话。林修说太迟了,没想到渊歌要走，早知道一定要去说说话或者约她到雪地里走走也好。

她们已经走远了，林修还在望，拉迪打趣说："羞不羞哦，像个情窦初开的少年。"林修收了眼光，看着拉迪傻笑。拉迪摇了摇头。林修说："拉迪，美好，我从来没有感受过这样的美好。"

拉迪说他回家写诗了。林修往村委会走，遇见草，他说好，遇见树他单跳起来，摸一下树枝。胸中源源不断流出一股幸福感，他哼起了昨晚的歌："总有一天，炊烟回到村庄，那隐约是稻谷晚来香……"哼着哼着，他的心才平静下来。

回到村委会，金雨生和李克都问："你怎么回来了？"

林修说她要回去工作。金雨生说："昨天来，今天就走，这么急？"

李克说："聚少离多，本来是军人的特权，现在扶贫干部也是这样了。"

金雨生说："好在通信发达，现在的分别不像以前了，锥心刺骨的。我进藏的那一年，女朋友追着汽车跑的情景，我还记得很清楚。"

林修说不要再谈他的事了，难为情，趁着党员们的热情，把党员的先锋模范性做透，形成常规。金雨生说他和李克刚才也在议这事，他们开会讨论怎么做。由三个第一书记和罗春早一起分别带着党员去贫困户家里送温暖。

林修带着几个党员买了一些腊肉和香肠去王太因家。没想到进门的时候王太因和杨德炳正在争执。

"你骨头都敲得响了，还想去打工？"王太因的声音很大。

"你也差不多，我去总比你方便。"杨德炳闷声说。

"那常宽荣昨晚是不是睡在磨子上想转了？"

"可能是看我们可怜吧。"

"我不爱听这话，谁可怜？"

"你就是嘴硬。"

林修进去问怎么回事，杨德炳要说话，被王太因打断了，说一大早的，常宽荣来说过年要找个人看修路的工地，他给杨德炳争取到了。"林书记，常宽荣这人歪心眼挺多的，他是不是想笼络人心？"

杨德炳说："我看你是受鬼针草那浑小子的影响，你值得人家来巴结？"

王太因说："我就是说说嘛，以往这些事，别人要巴结他，他才给的。"

林修说："大过年的，守工地又冷，是好事吗？"

杨德炳说："还算是吧，我们又没劳力，出去打工别人也不要我们了，能在家门口找个事做不容易啊。"

王太因说："之前我们就找过他，说想去工地找个事做，他都以我们年龄大推了。"

林修说:"真是难为你们了。王奶奶,快过年了,我们党员来看看你们,有什么需要我们做的吗?"

王太因说:"太谢谢了!你们来看我们就是最大的欢喜。我给你们炒南瓜子去。"

党员们帮助打扫房子里的烟尘,疏通房前屋后的阴沟,然后围着火堆说些家常,扳着指头说还要去看谁,王太因说:"可惜我老得没用了。"

林修说:"王奶奶,你的用处大着呢,你可是杨大爷和杨豆豆的主心骨。"

"真想和你们一起去,给杨豆豆积点德,等我们走了,大家能帮我看着杨豆豆。"王太因说着说着又抹泪。杨德炳说:"真是没用了,活着活着倒像是刚结婚的那阵,动不动就哭。"

有人问杨德炳,还记得结婚是哪一年。杨德炳说是 1948 年。林修问他家的房子是好久修的。杨德炳说他记事的时候,房子就这样了。

林修说:"那你知道村子里那些木房子大概是好久修的?"

杨德炳说:"多数是 1958 年以前修的。那个时候到处都是盆口大小的柏树,只要有劳力修个房子不费事。但是 1958 年大炼钢铁,大树都砍了。人都饿着,哪还有心思建房。再说山也荒了。"

王太因说:"那个时候,树来不及长大,就被大家锯回家当柴烧。"

"现在植被这么好，还有好多成片的柳杉林，是什么时候栽的？"

"砍了以后就种上了。"杨德炳和王太因一起说。林修说："你们觉得是有树好呢，还是砍光了树好？"

还用说吗？当然有树好了。大家都发表了意见。林修说："总书记说绿水青山就是金山银山，很好理解了吧？我们要脱贫要发展，同时也要保护我们的生态环境，等十年二十年后，你们的子孙还能拥有绿水青山。"

"林书记这是给我们上课呢。"有个党员说。林修说共同学习。他们与王奶奶告别，去别的家。

王太因问她一起去可以不。林修说欢迎。

他们去看得了肝病的人。离王太因家很近的鬼针草本来在家等着林修他们来慰问，看他们经过他的房子却去了别处，他不甘心。他像一个特工那样，以多条路线接近那户人家，看王太因都在帮那个病人家里扫地，他悄悄地退了回去。守在家里烤火喝酒，喝到身上暖和了，他又出去，要做出无意间碰到他们的样子。可惜他们待的时间长，鬼针草的计划一次一次落了空，他心里就憋了火。等到林修他们出来，他没好气地说："林书记，我孤苦一人就不是你们党员关心的对象？"

王太因说："鬼针草，你哪根筋又搭错了？"

"嘀嘀，婶，你什么时候成了入党积极分子了？"

王太因说："有这个说法吗？如果有，我当个积极分子。"

林修抱拳，对鬼针草说："提前祝你新春快乐！"几个党员也纷纷祝福。

鬼针草说："这话，收音机里随便开个节目，他们都会说快过年了，提前祝听众朋友们新春快乐，我才不要虚的。"

林修笑了，问他想要什么，鬼针草说："你们也该给我做个大扫除。"林修对大家说："大家可怜可怜这孤苦之人，他手不能动了，脚也迈不动了，脑子也出了问题，我们先把他抬回家再说。"几个人嘻嘻哈哈生生地把鬼针草按住抬起来，鬼针草自己笑得不行，求他们把他放下。林修问："你自己能走？"鬼针草理理衣服，说："算你狠。"林修说："鬼针草，能自己做的，最好自己做。你看你体力不错，打扫个卫生把自己家收拾好了，再美美喝口酒，日子不是很巴适嘛！"

王太因哈哈大笑，说："鬼针草，有人能治你了。"

鬼针草说："北京娃娃，你等着，不战几个回合，你不知道我是鬼针草。"

林修笑说："好吧，等我从北京回来。"

26

除夕前一天，林修回到北京。他没告诉马格，他想体会一下一个外地人进京的感觉，刚下飞机，他看到的都是涌出北京的人，个个脸上都是归心似箭的表情。他拖着行李去坐地铁，地铁也是空空的，他一个人坐了一节车厢。那个人多得像蚂蚁一样的北京，这个时候空了。林修想着自己跻身地铁，在北京的地下穿来穿去的情景，隔了马边的山水竟然很远了一样。这个时候上来一个农民工，身上有些污渍，他把工具箱放在地下，就蹲在工具箱旁边。林修问他，有这么多座位，为什么不坐。民工说他身上脏。林修拍拍身旁的位置，让他坐下，然后给他一包纸，说你下车的时候擦擦就行了。民工对他笑了一下，坐下了。民工说看见座位擦得这么干净，不忍心弄脏了。林修听他口音不像北京人，问为什么不回家过年，民工说大家都回家过年了，下水道堵了也要找人啊，这个时候生意更好呢。民工下车的时候擦干净了座位，把擦过的纸放进包里。

林修看着他离开，说了声："新年好!"民工回头，笑得很灿烂，说："新年好!"

林修揣着一团从胸中升起的暖意，推开门，看见父亲在看电视，他拥抱了父亲，说新年好。林德觉得这个儿子有些不像原来的林修了。林修跑去看太爷爷，太爷爷在看书，林修更紧地抱着太爷爷，说新年好。太爷爷是听不见的，林修还是说新年好。太爷爷看着林修，说修啊，我在等你。林德说："你不是说要三十才回家吗？你妈和你姑妈都去商场买年货了。"

家里暖气真足，林修给马格打了电话，说他回家了。马格问："渊歌接你回家的?"

林修说："渊歌陪她父母去三亚了。"

马格说过年一点都不好玩，每个人都回到家庭。林修说他都当董事长了，还像个负气的少年。马格让他等着，说过来接他。林修对父亲林德说，他会会马格去。林德说马格当啥子董事长了，你再等两年回来，马格要甩你一条长安街了。林修以往会说林德钻钱眼去了，现在他只是笑，他觉得他们的任性都是亲的。

马格接着林修，对他看了又看，说："走时还是水做的，半年光景咋就像个水泥做的了。我有上好面膜，你晚上敷敷。"林修捶了马格一拳，说："我才不要你那些东西。"

马格说："我知道，渊歌的功劳，她向来不喜欢男生化妆。说

315

实话，你觉得渊歌怎么样？"

林修说："其实对她我也不是很了解。"

"爱情就是要不很了解，了解就变成过日子了。"

"你的道理一箩一箩的。她怎么样？"

"你是说锦茵还是渊歌？"

"当然是锦茵。"

"她也和家人一起去了三亚，她父亲在三亚买了房。修，你说，我们也去买一套放在那儿怎么样？过年不是有几天吗？我们一起去考察考察。"

"你是富人，你可以去买，我到时来看你。"

"我是说真话，要是把太爷爷接到海边住住，也不枉活了这一世。"

"太爷爷的海都在心中。"

"你上次说了什么让太爷爷回心转意的？"

"你猜。"

"猜不着。"

"琉璃厂的老房子拆没有，我们去看看。"

马格开车到琉璃厂，店铺差不多都关了，两个人穿过空旷的街道绕到后面的棚户区，每个房子前都画了一个鲜红的拆字。房子里面已经没有人住了，大白天走在寂静的小道上，有走错了时光的感觉。林修推开太爷爷住过的小门，屋子里的角落堆着一堆杂物，林修捡起一个装各种剪报的大信封，里面又有一个小信封，抽出里面一张发黄的宣纸：心远地自偏。没有落款，笔法故意模仿朴拙。林修折起来，拿走了。马格说这些东西不值钱。林修说是的，但它必有一段和太爷爷的故事。太爷爷活了近一百年，经历了那么多，少年时候风流倜傥，赏花吟月，青年时经历战乱流离，老年看着国家巨变，我很早就想给太爷爷写一本自传，可惜我没有时间。马格说他找人写。林修说算了，别人写的也没那份感情。"如果太爷爷能等我从马边回来，我一定给太爷爷写一本书。"

"修，你真的变了。"

"也许吧，离了亲人的呵护，要独自去面对那么多事，还要成为很多人的依靠，必须学着长大呀。"

"修，回家了，你就再当一回孩子。"

林修想啊，除夕夜一大家人在姑妈家吃饭的时候，他就成了这个家庭最小的了。除太爷爷，好像每个人都在关爱他，给他夹菜，好像他去马边受了多少苦似的。姑妈问："有人欺负你吗?"

林修说："姑妈，我是第一书记呀。"

林德说："如果亲戚问你去马边做什么，你别说你在村里当第一书记，至少说个镇嘛。"

姑妈说："村里当第一书记，咋啦? 别人想去还没这个资格呢。"

林德说："姐，就你宠着他。别说镇的书记，就是个县委书记，在咱北京人眼里也不过是个乡下人。一个村的书记，听起来有点丢林家人脸面。"

母亲那云曲说："你的嘴就是贱，你长了林家人多大面子？"

林德嘿嘿一笑。

姑妈说："我看林修比他老子林德靠谱得多，林家以后靠林修光耀门楣。"

林修说："姑妈，马格已经光耀了。"

马格说："别，我是马家人。我光耀也是马家。"

姑父说："马家是小户人家，从来就没辉煌过，何来光耀？马格，我郑重提醒你，违法的事情你不能做。白瑞特能做，你也不能做。"

马格说："爸，我知道，你对白瑞特他父亲有意见。但是他位高权重，你不说去巴结他们，也不要去得罪他们。"

姑父说："无欲则刚。"

姑妈的脸色不好看，眼看着要数落姑父。马格说林修说说你们村的趣事。村里的趣事，他脑子里迅速闪过毕摩曲别拉根、惹革儿、阿约、阿鲁、阿衣、李芒、阿果和王太因，想到鬼针草说不战几个回合，不知道他是鬼针草的话，自己先笑了。林修讲起了他们，好像每一个都是他的亲人，他们机智、勤劳、有趣。林德说他不相信大山里有那样的人。林修说父亲的话就像山里人不知道北京有傻子一样。马格说他去马边半年不正常了。林修说才半年啊，我觉得我一直在那儿一样。林德问他是不是石头里蹦出来的。林修和马格交换了一下眼神，两个人就说饱了，要溜。太爷爷叫住林修，说他一直在想世界是如何规范的。

林修手机输入几个字："找到答案了?"

太爷爷说："一个字，缘。"

"缘?"

太爷爷摸出一块如墨玉一样的石头，说："就像这块物件，它因为与我的缘，经历了地震、火山，几万年之后到了我的手里。"

林修又输入一句话："谁安排这缘? 太爷爷，您慢慢思考。"

马格说太爷爷最喜欢给林修说些玄事，这下好了，你俩慢慢想吧。我要给员工们发红包了。林修闹着让马格在林家人微信群里发大红包。马格说："现在知道经济基础决定上层建筑了?"

林修说："穷则独善其身，比如太爷爷，达则兼济天下，比如马格。"

马格说："你不用整那么好听的，我知道你的那点工资，贴补你的村民差不多了。你不是在我公司存了钱吗? 你可把利息都取了。"

姑妈说："听说现在农村有些贫困人口，又懒又赖，等着国家扶贫，靠着大家扶持，甚至伸手要扶贫。不能助长这种习气。"

马格说："有什么稀奇，各有各的道。他们要那一点算什么!

有人身居要位，随便一伸手，别说一个村就是一个县的扶贫款都没了。"

一直没怎么说话的姑父说："总有一天会清算的。"

"爸，我说你怎么还像个有理想的少年呢？"

姑父叹口气，进了书房再不出来。林德说："姐夫也是，活得那么累做啥？我一个黄包车夫，不去想那么多，下顿有酒喝，唱上一段小曲，晚上有房子住，这日子过得顺气。那云曲来一段《苏三起解》，给过年助助兴。"

林修也要母亲唱，那云曲脸红着，不唱。姑妈摇着她的手，你就唱一段嘛，你唱了我也唱。

马格拍着手说："好，我们今晚就来个林家春晚。我负责发奖。"

一家人一起包饺子，一边听母亲唱《苏三起解》，父亲偶尔插一句话，姑妈也唱歌，轮到林修时，林修又唱了"总有一天炊烟回到村庄，那隐约是稻谷晚来香，总有一天天使安心入梦，在妈妈的怀里轻轻晃……"姑妈说好听，林修说这是一部电影里的歌，姑妈说她知道，她认识那个作曲的人。

林修要姑妈转达马边一个叫雪鹤村的所有党员的敬意。姑妈说好，他会高兴的。林修想这就是北京吧，小巷子里也能碰见一个响当当的人物。

姑父意外地出来了，说："有个词叫家国情怀，我今天算是见

320

识了。我们家也像一个社会，性格鲜明，各自对号入座。惭愧的是我不是有担当的人，只能算清醒却麻木者，但我喜欢身边有林修这样的人，有你们在，这个国家希望就在。"

马格说："爸，恐怕这是您一年说话最多的一次。"

太爷爷听不见大家说话，他只能看着大家的表情，他的心又停留岁月的哪一处呢？林修把那幅"心远地自偏"的字给太爷爷看。太爷爷摸着字，沉入岁月深处。他想起 1937 年的北京，那一年他刚进入燕京大学学历史。日本人占领北平，中国人在自己的地盘上要看日本人的脸色行事，原来兴旺的北平百业凋敝。街上热闹的不再是商业，此消彼长的是游行。国共两党也临时合作共同御辱，燕大校园里，到处是热血青年。他跟着他们一起上街游行，和同学约好年底一起去太行山打游击。谁知道他临走前一夜，找大伯拿钱，被来找大伯的日本大佐知道，把他软禁起来，威逼在故宫当差的父亲窃取一件文物来换他自由。父亲说故宫文物均已南迁。大佐说不可能。限父亲二天之内以物换人。父亲是个谨慎胆小之人，但是要他窃取国家文物，他也是宁可玉碎的名士。万般无助之时，故宫同事说可托人找司徒雷登，他本是燕大学生，司徒雷登是校长。在政府担任官职的二伯通过他人牵线搭上司徒雷登这条线，他才得救。父亲怕他惹事，把他关在家里，那一年除夕，父亲倒了酒与他同喝，讲了许多话，说这个国家需要抛头颅洒热血者，也需要一门心思做学问者，要不然把日本人赶出去了，谁来做建设者，谁来当大学的老师。还说人类的文明都是潜心做学问的人留下来的。他不能完全同意父亲的说法，但也想如果学生都游行去了，谁来学习。再说他的同学已经出发了，把他视为胆小鬼排除在他们之外。他回到学校读书，有时候教授只为他一个人上课，为了安抚老师，他只有更加认真地听。他一头扎进历史故纸堆，发现打打杀杀不过是人类一直在重复的事情。好不容易抗战结束，谁知内乱又生，他厌倦人世混乱，在一个个静物身上觅得宇宙开阔，过上清逸的生活。他写了一幅"心远地自偏"挂在书房。这幅字以前收着，后来不知道放哪了，林修却找到了，也是缘啦。

太爷爷眼泪横流，说："那个时候好年轻啊。"

"太爷爷，你后悔你的选择吗？"

"一切都是缘，你这一生注定会成为什么样的人，会有来自各方的外因促成你成为现在的自己。看似一件小事改变的人生，其实藏着玄机，你没得选择。"

"太爷爷，其实我们可以做主的，在一个可以选择的社会为我们提供了多种路径，走哪一条，我们自己在做主。"

"在同一时间里你只能走一条，所以你无论怎么选，最终遇上的还是缘定的。"

林修还想输入文字与太爷爷讨论，姑妈说，你们累不累？听起来头晕。我赞成爷爷的话，缘定。好好包饺子吧，外面有放炮的了。

守到十二点，太爷爷象征性给每一位孙儿孙女重孙都发了压岁钱，大家又一起吃了饺子才离开。

路上那云曲说，好久没有过过这么隆重的年了。林修想想也是，以往他和马格都会跑出去和朋友们在大街上闲逛，留下大人们在家包饺子。林修提议明天带太爷爷一起去地坛看庙会。母亲说好，但父亲说没意思，太爷爷又走不动。林修说用轮椅推着。

林修想陪亲人过一个真正的北京年。大年初一，阳光朗照，但风割人，林修给太爷爷戴上帽子围上围巾出发时，一直说不去的父亲跟着出了门。到了地坛公园，的确还是那样，只不过今年树上的灯笼挂得多一些，舞狮踩高跷，冰糖葫芦吹糖人，一园子花团锦簇。父亲吃过了这又尝那，说小时候跟着他的父亲赶庙会，只能看着别人吃。后来偷偷捡了别人没吃完的糖葫芦，父亲用衣袖给他擦了擦，说等他挣了钱，一定给他买根整串，哪知道父亲还没实现他的愿望就走了。林修问爷爷为什么那么年轻就走了。林德说你问太爷爷。林修看看太爷爷一脸的喜色，没问，他想起和马格一起看银杏落叶的情景，又想到了成都散花楼前的落叶，再想到渊歌。要说人世间最自由的是什么，怕就是思想了，时空无论多久远，只是一念之间就去了。他拍了张图发给渊歌，渊歌说还去看庙会呀。林修看庙会不过是个由头，找个机会一家人在一起。"中国那么多节日，只有这个春节是属于家人的。"

"我妈说这个春节能陪着他们，怕是最后一个了。"

"为啥？"

"因为有了你呀，我妈想着把我嫁出去了。"

"你爸妈知道我了呀？"

"我告诉他们了，免得天天催我相亲。"

"那你可以嫁给我了。"

"才见你一面，差不多就像个传说。"

"你多久回北京？"

"父母不想走，非要我陪着他们过完节。你能来吗？我们一起看海。"

林修看看太爷爷，他的眼光专注地盯住前方，他不忍心，怕这样一去了，永不再见。他用纸巾擦擦太爷爷的眼睛，问他是不是倦了。太爷爷点点头，他给太爷爷捶背，有个人对着他拍照。林修请那个拍照的人，给他们全家照了一张。

太爷爷说："她走了，刚才还对我笑呢。她和一个穿灰长衫围驼色围巾的人在一起，她说那个人是我，可我在这儿。"

"回去回去，你太爷爷又出现幻觉了。"林德说。林修不相信，他想太爷爷是老眼昏花了，他们把太爷爷送到家。林修想去三亚见渊歌，但林修说不出那个字来。马格打来电话，说他想明天飞三亚，问林修去不去。林修说不去，他去陪太爷爷说话，他把字输在电脑上，太爷爷看着与他对话。林修问他是不是想念太奶奶了。太爷爷笑说，他想念年轻时候的自己。林修说他自私，太爷爷说，那个时候的太奶奶是他生命的一部分。爱是什么感觉呢？太爷爷说，周遭不见了，只有她发着光。林修想起在马边初见渊歌的样子，如是。太爷爷问他是不是恋爱了。林修把渊歌的照片给太爷爷看。太爷爷说："去见她。"

林修说："我想多陪你。"

太爷爷只说："去见她。"

"她远在海边呢。"

"莫等千山暮雪，只影向谁去。"

林修说："好。我去。"林修给马格打电话，说他要去三亚。

北方的帽子围巾，到南方的 T 恤短裤，冬天与夏天只隔了一趟飞机的距离。三亚的海滩密密麻麻多是说东北话的人。浓情蜜意的两对人儿想拍张照片到处都有人当背景。他们下到海里，马格说："海水肯定涨了。"林修问为什么。"这么多人，一人一泡尿，也是一条河。"渊歌本来在潜水，一下抬起头，说："你肯定拉尿了。"林修和锦茵回过神来，都追着马格，把他按在水里，笑闹一阵。马格抱着锦茵说："这么多人的海边，完全没有深情的仪式感。我们经常见的，你看修，牵手都不好意思呢。"

锦茵笑盈盈地看着渊歌，渊歌说，你那狐媚的眼还是看马格吧。

林修提议沿海边走，到人少的地方去，安安静静地晒太阳也

325

好。马格说和你这样想的人多了去。渊歌说万一呢。他们一起沿海边走，仍然到处是小孩、中年男人肥硕的肚子和大妈们飘来飘去的纱巾，只是口音有些改变，好像各个省的人都赶着来了。渊歌说昨天海边就有很多人了，她和锦茵约好回北京的，没想到你们来了。马格说，你们看海边全是房子，没有一处沙滩是安静的了。林修说："我们去儋州吧。"

儋州？三个人一起问。林修说："问汝平生功业，黄州惠州儋州。"

"这话怎么这么熟呢？"渊歌说。

"苏东坡贬海南，居儋州。这海边人挤人没什么意思，我们去看看苏东坡生活过的儋州，说不定那地方安静得很。"

马格说好，他就喜欢荒一点的地方，顺便看看海南哪个地方的房子有价值。他们租了车，沿环岛公路去儋州。公路一边是海，一边是崭新的楼房。马格说房子像狗皮膏药，贴得到处都是。到了儋州，发现这个城市和中国大多数城市一样，高楼、商场与跳舞唱歌的人群，一派安居富足的样子。马格说这不是他想的。林修说："反过来想也是好的，人民生活富裕了，而且这么多人富裕了，他们才来买房子。只是目前国家发展还不均衡，特别是老少边地区，人们的生活还处在原始的阶段。就说马边吧，阴冷彻骨的冬天没有暖气，村民都守在火塘边，如果有海边能让他们来度假，那该是多么美好的事。"

马格说他又进入角色了。锦茵和渊歌说林修说得对。

马格说："我说他进入角色，没有对与错。看修拍的好些照片，像个风景区嘛。渊歌你什么时候带我和锦茵一起去看看?"

四个人说笑着，到了位于儋州市中和镇的东坡书院。近黄昏的天光，天空仍然蓝得深不见底，只是有些暗了，便有了一种忧伤的色彩。乡村，牵牛暮归的老人，和门可罗雀的东坡书院，恰好让这种忧伤变得绵长，嘻嘻闹闹的四个年轻人，安静了。林修在手机上查阅东坡在儋州的资料，抬头就见到头戴斗笠，身穿粗布衣，脚蹬草鞋，一手撩衣一手握书，目光远眺，神情怡然的苏东坡。他怔了片刻，说遇见苏东坡了。他想起柳卫桌子上几本关于苏东坡的书，拍了苏东坡的像发给柳卫。

渊歌说她知道苏东坡的把酒问青天，也知道大江东去，可毕竟是浪淘尽千古风流人物，对他平生真不了解。

锦茵说她也是，让林修讲讲苏东坡。林修说他讲不好，因为去扶贫的乐山市和苏东坡的出生地眉山市山水相连，听马边的领导柳卫讲过他最佩服的人是苏东坡，还说等他退休了，要沿着苏东坡的足迹走一遭。没想到他先来了。林修说刚查了资料现炒现卖，贬到儋州的苏东坡，已经六十二岁，就是说已过我们退休年龄，初来乍到，看水把村庄分成一块一块的荒野，感叹"幽绝无四邻"。生活也是"食无肉，病无药，居无室，出无友，冬无炭，夏无寒泉"。但是他没有气馁，没有沉沦，教百姓农耕、掘井，亲尝百草，兴教育，岛上从此"书声琅琅，弦歌四起"。最有趣的是东坡是个美食家，发现一种生蚝最新吃法，边吃边对儿子说不要对岛外人说起。儿子不解，苏东坡说"恐北方君子闻之，争欲为东坡所为，求谪海南，分我此美也"。

大家都笑起来，再抬眼看东坡，好像他也听见了，脸上露出顽皮的神色来。马格说："说冬无炭嘛，没什么，儋州的冬天不冷，说夏无寒泉，这老头倒是个真会享受的人了。一个老了还有趣的人，我很想知道他年轻时候是什么样子。"

林修说："到眉山去看吧，那里是他求学与恋爱之地。"

马格问："修，你是北京人吗？"

渊歌和锦茵知道马格在下套，就说："他是四川人。"

大家又笑，林修说："说起这哪儿人，我再告诉你们，苏东坡到儋州三年，临别时他竟然说：'我本儋耳人，寄生西蜀州。忽然跨海去，譬如事远游。平生生死梦，三者无劣优。知君不再见，欲去且少留。'"

马格说："对啊，苏东坡三年可以说是儋州人，你去马边两年，自然也是马边人了。"

林修站起来，对苏东坡说："我要向你学习，成为马边人。"

马格问渊歌："你愿意嫁给林修吗，无论生老病死，无论北京马边？"

渊歌很郑重地说："我愿意。"眼里林修已经是发光的那个，锦茵说："这不是教堂，看你小样儿。"

马格连喷喷了几声，他们一一与东坡道再见，在书院里闲走，在院子里见到两棵枝繁叶茂的杧果树，看一棵挂了身份牌，清朝种下的了，时间给了树荣光，树站在苏东坡的院子里，也尊贵了。林修想起雪鹤村的栎子树，他给大家讲了鬼针草和树的故事。

马格说林修的心已经回到马边了。

林修没否认，在马边半年，他的心竟然装了那么多的山，那么多的人。

与渊歌告别时说："我回马边了。"

渊歌问他多久回北京，他说了一个字，等。

27

　　林修踏上雪鹤村的土地，遇见的村民都说："林书记，你回来了。"林修喜欢这个词：回来。年不过是时间向前滑时，人为地画了个节点，千百年来，人们赋予这个节点太多的含义，人们自觉或不自觉让年承载许多的意义。人们遵从年的仪式感，也从年里找到新生，旧年过去了，下一年做更新的自己，好像植物一样重新破土而出。林修也怀着这样的好心情，盘桓在山间小路上，发现枯黄的草地发出新绿，树叶儿发芽。林修想世间万物总是尽了可能让生命美丽炫目。每棵树每株草每朵花都是在多么努力地活出精彩。林修有时候会想到苏东坡，如果当年他到了这个地方，又会用什么语言来赞美这片土地。晚间他和金雨生李克做完一天的工作，在山村道路散步的时候，孩子们跟在他们身后，有的会从包里掏出一两个板栗给他们，有的会唱一些山歌，他总要想起苏东坡喝了酒，几个黎族孩子对着他吹响葱叶，东坡作诗"莫作天涯万里意，溪边自有舞雩风"。他和孩子们玩游戏，边玩边讲苏东坡的故事给孩子们听。晚间来找林修的孩子多了起来，林修、金雨生和李克就轮流给孩子们讲故事。

阿约接到去参加中纪委在成都举办培训班的通知，他带着阿尔布和阿朵来找林修道谢。说他已经认识很多字了，指着阿朵说这个教师教得不错，然后托林修去做父亲惹革儿的工作，一定要阿尔布上学。

林修问阿尔布愿不愿意上学，阿尔布回头看阿朵，说不愿意，一下就像泥鳅一样从阿约手中溜了。阿约要去追。阿朵说："我去帮你追。"

"你去，等于放狗撵羊。"阿约是真的生气了，阿尔布虽是大哥的孩子，但大哥老实，父亲太强势，大哥在父亲面前大气都不敢出。阿约只大阿尔布九岁，叔侄俩倒像是兄弟俩，阿约已经吃了没有文化的亏，再不想阿尔布像他一样了。林修上次劝过惹革儿，看他没有反对，以为阿尔布上学了，没想到这孩子还满山野着。"阿朵教我认字，阿尔布在旁边看，我发现他认得比我还快。"阿约说。

林修说首先必须让阿尔布喜欢读书，让阿约晚一点回家，说晚上等孩子们来了，让阿尔布和读书的孩子们一起感受一下。

晚上有几个孩子来到村委会，甚至有同学拿了作业本在村委会做，遇到难题还请教林修他们。林修把几个孩子召集起来，让每个孩子讲一件学校里最有趣的事。阿尔布听着，脸上露出鄙夷的神色，说没意思。他讲去黑松林打野猪，讲得绘声绘色的，反把孩子们吸引了。阿约向林修使了个眼色，这招对阿尔布无用。

阿尔布问："北京哥哥，阿尔玛上学吗？"

其他孩子不知道他问的什么意思，阿尔布就得意了。林修看着阿尔布狡猾的样子，拿出《万物的签名》，对金雨生说，今晚我们的读书会扩大了。

金雨生对林修使了个眼色，林修走到外面，金雨生说："你确信下面的内容都是孩子们能读的？"

林修说："不确信，但我想要引导孩子们从读书中找到乐趣，让他们读比我们讲更好。"

金雨生说："那就读我们看过的，安全的。"

林修想阿尔玛在长大，谁知道她青春期会遇到什么样的迷惘，现在这些孩子还小。林修告诉孩子们，勇敢狡猾的亨利有一个女儿叫阿尔玛。阿尔玛长得并不漂亮，但她意志力超强，她父母给她捡回一个小妹妹，叫普鲁斯登。谁先来读书，告诉阿尔布阿尔玛和普鲁斯登上学没。阿朵说我来，然后故意撞了阿尔布一下。

> "全世界所有的锻炼都不足以弥补学术理念上的真正差距，而阿尔玛的才智却不是普鲁斯登所企及。阿尔玛对文字有超强的记忆力，对算术具有先天的才华。她热爱语言训练、考试、公式、定理，对阿尔玛而言，阅读过一次，就等于一

辈子归自己所有。她能够剖析论证，就像优秀的军人拆除步枪——在黑暗中，半睡半醒间也可以拆得很漂亮。微积分令她心醉神迷。文法是个老朋友，可能由于从小就能同时说多种语言。她还热爱自己的显微镜，感觉就像她自己的右眼神奇地延伸出去，让她能直窥造物主本身的喉咙……

一个孩子接着读。

阿尔玛一天比一天热爱植物学，她爱的不是植物之美，而是这些植物的神奇规律。这女孩对系统、层序、归类和索引热情高涨，而植物学为她提供了沉浸于这些乐趣的充分机会。她体会到，一旦你将植物按正确的分类顺序排列，便从此秩序井然。而植物的对称美，本身已具有严肃的数学规则，阿尔玛在这些规则中找到平静与崇敬……阿尔玛有一些古怪的幻想，她希望住在自然科学兵营里，在黎明之际被号角声唤醒，和其他年轻的科学家列队前进，身穿制服，整天在树林、溪流和实验室里劳动……"

林修问好不好听。孩子们听得不很明白，正是这种不明白，让他们好奇，说比语文课好听。林修说："好，现在我来提问，答对了，奖励一朵金叔叔签名的小红花，下次带小红花来有奖品。阿尔玛的志向是什么？"

"植物老师。"

林修纠正说："她的志向是成为一名植物专家。"

阿尔布抢先问："植物是啥？"

林修问孩子们有没有人能告诉阿尔布，植物是什么？

"山上的树和草。"阿朵说。

林修说："树和草是植物。世界上的物种分为三类，一类是植物，一类是动物，还有一类是真菌。"

阿朵问："山里的菌子是植物吗？"

林修问金雨生是吗，金雨生查了百度说是真菌。

阿尔布说："还有你不知道的呀。"

林修掐着手指尖说："我知道的只有这么一点点儿。"

阿尔布说："那要读好厚的书才能知道这点点儿？"

林修说："这个世界大有天，小有我们看不见的菌，要想知道这个世界多么有趣，就要读书，将来去做各方面的研究，也许世界上有一扇关着的门正等着你去打开呢。"

孩子们的眼光里充满了向往，阿朵说："能读书真好。"

阿约摸着阿朵的头说："你能认这么多字，我好羡慕你了。"

阿朵神色不安，说她要回去了。阿约带着阿尔布与林修告别。林修说在修路，路上不平注意安全。阿约说路铺好了半边，好走多了。"对了，我阿爸要我问问，路基怎么只铺到黑松林就没往上铺了。"

林修说："阿约，如果让你搬到山下来，你愿意吗？"

阿约说："我当然愿意啦，但是阿爸他决不会同意的。"

334

林修想起曲别拉根说过别让惹革儿离开黑松林的话，没有再说下去，让他出去好好学。阿约说："我知道没上过学，比不上别人，但是我手上的活不差，放心，林书记，我不会给你丢脸的。我也会趁机多识字，回来就可以向你交入党申请了。"

　　林修看着阿约的摩托车划破黑夜，慢慢消失在路的尽头。他一个人沿着新路走进夜里，慢慢地看清山的轮廓，脚下是平坦的路，再也不怕走进坑里。他给王川打电话，谢谢他的察尔瓦，让他在冬天里也感受到春天。现在山里的春天也来了，请川哥好久来山里踏春。川哥说他还在路上跑，又是一条路要通车了，他先跑跑试试。林修说等村路修好了，也要请川哥来跑跑。王川说他最喜欢的就是跑新路了，特别是在没路的山野开出的新路。王川开玩笑说："路就是我的情人。"林修说："川哥，可不可以再申请把路修到黑松林上面，那里有一个组？"王川说："原先是这样设计的，但是居民安置点做了调整，路也做了调整。现在各个地方都在要求修路，资金缺口也很大。希望你理解。"

　　林修是理解，但他的任务不是自己理解，要让惹革儿他们都理解。林修在心里反复想着，从哪里切入做惹革儿的工作，没想到走得更远了。王川又打来电话说："省交通厅的凌厅长调乐山当市委书记了，等几天他要进来看峨马路的马边段。"林修问他来看路不。王川说如果有时间就来。林修刚挂了电话，金雨生电话就来，问他在哪里。他说在路上，话说完就听到天边滚过一阵雷声。

春雷来得这么早，天空下起细雨来，也不知阿约他们到家没有。他往回走，雷声越来越近，雨点也越来越大，他看见一束光向自己走来，是金雨生，他给林修送了伞来。林修接过伞，却不撑开，而是钻到金雨生伞下，说雨夜与雨哥共伞最好。惊蛰打雷，山里有好多东西正在醒来，雨催花开，春天就要来了。他们又说到路，按目前这个速度5月就可以全线通车了。林修说他刚才问了王川，到黑松林上面那一段路恐怕难修了。金雨生也说，黑松林上面只有九户人家，而且在外打工的多，常住的就是惹革儿他们一大家人，按上面的要求，异地集中安置，只要做通惹革儿的工作就行。金雨生说："修路的成本远大于异地安置费。"林修说："黑松林上面的风景，有高山草场的味道。即使居民点搬下来，路能修到那里，也可以发展牛羊养殖和旅游。"金雨生说："那等川哥来了，我们再去看看。"

"哎呀，我这脑袋真迟钝，川哥说峨马路，峨边到马边的公路从哪里到哪里，黑松林的公路能不能接外乡的村路，村路能不能汇到峨马路？"

"是啊，如果这样就有可能。"金雨生也欣喜地说。

"明天我们就去黑松林。"林修说。

"不等川哥来？"

"我们先去看看，拍照再把可行性报告写好，川哥来了我们也好递交呀。"林修高兴起来。

从惊蛰前几天开始，每晚雨来报到，早晨又晴好。下过雨的山更加葱翠了，山间有淡雾缭绕，把个山头扮得像仙境。林修，金雨生和李克三人共骑一辆摩托车去黑松林，到了惹革儿家，他们一家人正准备送阿约出门。惹革儿对阿约出去学什么技术，并不特别赞成，只不过他现在约束不了阿约。他怕林修他们是来劝阿尔布去读书，故意说了句彝语，阿尔布吹一声口哨，带着一群羊出去了。惹革儿眼睛里好像没他们似的，把阿约的行李捆在摩托车后座上，让阿尔布父亲送阿约去城里。金雨生说："老伯，你看阿约出门多不方便，如果在山下，出门就是公路。"

惹革儿说："你们不是说过村村通组组通吗？"

金雨生说："是组组通啊，你们组有二十多户在黑松林下面，只有九户在黑松林上面。公路是通到黑松林下面了。"

惹革儿脸黑下来，指着阿约说："我不会搬的，骨灰都不会让他搬下去。"

阿约不说话。林修问："老伯，这个村你最信任的人是不是曲别拉根？"

惹革儿问："怎么啦？"

林修说："曲别拉根大叔说了，不要劝你离开黑松林，所以我不会劝你。哪怕阿约他们下去了，我也不会劝你。这是你的家园，你想住多久就住多久。"

惹革儿说："还算有个明白的。"

"但是阿尔布他有上学的权利，你要给他选择的机会。"

"我刚才问他了，是愿意读书还是放羊，你们看见了，他去放羊了。"

阿约摇头。惹革儿用他的烟杆敲了敲阿约，说："你有本事，去北京都行。"

"就是你没让我读书，我才没去北京的机会呀。"阿约知道大家在，父亲也不至于打他，硬着头皮说。

惹革儿说："你给老子滚，不要再回来了。"

林修说阿约，出门，别惹你父亲不高兴。金雨生说："老伯，林书记反复说黑松林风景好，他也在为你们争取路能修到这儿来。这不，我们来就是想问问，这个高山牧场离邻近的村子有多远，邻村还有多少人家住在上面。"

惹革儿脸色稍好了点。林修说："我们只是争取，你想想，国家有多少这样的村子，每个人都不想离开自己的家园，都想公路通到家门口，可事实上是做不到的。如果这条路价值大，也许可能。"

惹革儿说沿着树林外的小路可以走到另一个村。小路是土路，牛踩过，摩托车颠得厉害。他们就走路去，黑松林并不远，没骑多久，树就变成了阔叶混交林，甚至有一段全是竹子，慢慢下行到了另一个山头。山头下面居住人家也不多。问他们怎么出行，那些人指着村前一条浓荫遮蔽的小路说，这条路可出山。他们拍了照片，记了访问记录，晚上三个人加班把报告写了出来，明天三八节，王川说他要进来。

晚间还是下了雨，晨起还是有雾，天是一样的天，山不一样了，有更多的叶发出来。虽是春天了，山里仍然冷，上午十点，王川就给林修打了电话，说他已经进马边了，要去考察的路还是原始森林无人区，路上没吃的，他们自带了干粮，他调侃说又去野餐了。林修说这段时间野餐还是有点儿冷。王川说是的，他穿得少了点。林修说："要不要把察尔瓦给你带来？"

王川笑说："车里有空调。下车走路也不会冷。"

"川哥……"林修不知道为什么心里不踏实，想起去年王川说再会的背影，莫名地有些心慌。

王川问他怎么啦，林修说："惊蛰了，山里的大虫小虫都醒了，注意安全。"

王川一阵爽朗的笑，说所有农历节气，他最不在意的就是惊蛰。林修说："黑松林……"王川打断他的话："等我考察回来，我们见见，再聊聊黑松林。"

林修说："我们三个第一书记一起来，大家都想你了。"

林修他们又把报告重新校正了一下，等着去见王川。

还有残雪的原始森林，散发着腐殖质的味道，没有路蹚出路，林修仿佛看见王川和一队人在树林里走。

有消息来，说马边塌方了。林修他们不惊诧，马边的山经常不安分。

又有消息来，说有车出事了。林修他们祈祷，但愿没有伤着人。

消息来，说是公路局的车。没伤着人吧？林修他们想。

消息来，两个车同时埋在垮塌的山体中。人呢？林修他们问。

消息来，一行七人全部遇难。苍天，你为什么不睁眼？林修几乎要喊了，七个人，今晚有多少人夜不能眠。

消息来，王川和公路局同人七人永远地倒在他们修的路上。

林修说："川哥……"

金雨生说："川哥……"

李克说："川哥……"

川哥再也不会来了。没有雨，没有雷，风虽然还是冷浸浸的，但是已经透着柔软了，山怎么动了呢？风在吹，天空下起了小雨，该发的叶还在发，该开的花还在开，可是那七个人没了，这苍苍茫茫的小凉山啊，你知不知道有七个男儿又增添了你山的高度？

"川哥，你冷吗？"林修披着察尔瓦，往山里小路走，他去找曲别拉根，他说要给川哥带个信，说他把察尔带给他，那边冷。曲别拉根尊了他的心意，他点燃了青枝，青烟在雨中袅袅，曲别拉根说："亡者是替很多人去赴难了。"林修看一眼曲别拉根，觉得他这句话最慰他心。林修点燃了察尔瓦。

"川哥你放心，等村路通了，我一定通知你。"

28

一夜之间，山里开满白花，仿佛是在为川哥一行七人送行，林修他们避开提川哥。不说，他就在另外的地方活着。他们去路上看路，去茶山种茶，去村民家里解决问题，他们不想停下来，停下来就会想起川哥。但是那些花太招摇了，它们开得像雪一样白，在风里舞着，李花开了，梨花又来，加上微微细雨，整个大山都是伤春的了。

吉木日木告诉林修，总工听到川哥遇难的消息，病倒了。施工现场没了总工，他又不懂，不踏实。林修买了一本《道路与桥梁工程现场细部施工做法》恶补。他带着书到筑路工地上，他是带着王川在看。川哥说过他跑在路上，必定坐前排，别人看风景，他是看路，任何不光滑，都是他眼里的刺，一路行来，他总会打多个电话，谁谁路边护栏坏了，谁谁路有坑洼了，谁谁路边排水沟堵了。现在林修带着川哥的眼睛，对路的完美近乎苛刻。

"重来"，这些天是林修在工地说得最多的这一句话，他是用不容置疑的口气说的，工人们只得重来。连吉木日木都说他有些过了。他没有笑脸，随手翻开手中厚厚的某一页，指给吉木日木看，吉木日木说没想到他几天就把自己变成了专家。"川哥走了，我们是做他未竟的事业，他看着呢。"林修指了指天。

让常宽荣重来几次后，常宽荣说林修是在故意整他，他不干了。林修不理他，对吉木日木说："吉木主任，你马上重新招人。"

常宽荣赶紧给吉木日木递了一支烟，说："别，别。我就是发句牢骚而已。"

林修说："你有什么资格发牢骚？没合格在先，要不要查查你之前修的是否有不合格之处？"

常宽荣说："林书记，我知道退党的事错了。我的检讨书都写好了。"

"完全是两回事，现在你是作为乙方承包人，道路修建过程中有失误。如果你不服从甲方指导，自然要另聘他人。"

常宽荣说："我改，我改还不行吗？林书记，我向你保证，一定完全按照施工图纸完成任务。"

林修丢下他，又去看其他处了。常宽荣对吉木日木说："没想到林书记这么厉害。"吉木日木说："如果他早到雪鹤村，这条路哪会重修！才两年的路，你走在路上不惭愧吗？"

常宽荣不敢接话，又给吉木日木递烟。吉木日木把先前没点着的那根一起还给常宽荣说："吃人嘴软。"

总工回到工地后，林修的精力才从路上转移出来，投入彝区安置摸底调查。比第一次走访贫困户更难，工作量更大。林修和金雨生、李克商量，先召开党员会，向党员们宣传国家对搬迁群众的安置政策。

罗春早问通知常宽荣开会不。林修说不通知。金雨生说："还是给他一次机会吧。"

林修说不通知他，但是要让他知道开党员大会。

金雨生说，如果他不来呢？林修说，不来就开除他党籍。"你是不是也夹了私心，因为你喜欢树，而他砍了那棵树？"

林修说："我最恨动不动就撂挑子的人，张口就说退党，不干。入党时候的誓言是什么？签合同的时候的承诺，说过就忘了，是谁助长他这种习气？"

金雨生说："他说是说了，又没真的写退党的申请来，再说过年的时候他也让杨豆豆的父亲去守工地，听说给的钱也不少。相当于间接扶贫。"

李克说："我觉得不能放弃他。"

林修沉默，也许是川哥走了，心里一直不好受。扶贫是一场浩大的战争，上至中央下至第一书记，甚至各个领导，他们都有对口扶贫家庭。他们离别妻儿家乡到贫困地区，为的是让大家都过上美好生活，川哥在这场无硝烟的战争中献出了生命。许许多多的偶然与未知的风险在路上，但他们仍然不分白天黑夜，在这条路上忙碌着、奔走着。林修觉得川哥是替所有在路上的扶贫战士去牺牲了。如果说私心，那么是觉得常宽荣对不起已经走了的川哥，对不起所有的扶贫人。但是作为第一书记，他是不能放弃他的党员的，林修说："好吧，我接受批评。通知他。但他必须在会上做两个检讨，一是砍树的事，二是说退党的事，如果认识深刻，我们欢迎他回来。"

金雨生和李克相互看看，给了林修一个拇指。

也是个微雨天，党员们来到村委会，有人抱怨天天下雨，有人说春雨贵如油。有人说早就不靠天吃饭了，靠谁？靠党啊。这话不全对，党为我们指了路，路还得我们自己去走。林修说得好。党员们问林修今天开会讲什么，林修说等会儿就知道了。林修看常宽荣来了，林修没有给他笑脸，但搁在心里那块石头落下了。

会议由罗春早主持，金雨生讲了大小凉山综合扶贫开发政策，特别是安置政策，要党员们带好头，并深入群众中做工作。党员们积极性很高，说是利民好事，相信群众会积极配合。党小组又分了工，每个人负责几户。最后林修说："大家还有什么疑问，尽管提出来，我不希望去追究谁会上不说，会后乱说的责任。"

党员们今天看林修和以往不同，他说这句话的时候也没有笑脸。阿果说："林书记，我想国家这么费神为我们着想，我表个态，为了下一代有更好的发展，我愿意从山上搬下来。"林修带头给阿果掌声。

"共产党员要起先锋模范作用，面对纠纷、利益，先想一想群众的眼睛看着我们，我们该如何取舍。"

常宽荣站起来说他错了。罗春早趁势说："我们欢迎常宽荣回来。"

常宽荣给大家鞠躬，就砍了栎子树和说退党的事做了检讨。临走时他对林修说："林书记，对不起，给你添麻烦了。"

林修说："是给你自己添堵了。"

"林书记，我会认真给我负责的几户人家做工作。"

林修点了点头。他知道村里很快就会炸锅，这不党员会一完，村民微信群里就讨论开了，说什么的都有，疑问也很多，诸如选址、安置方式、补贴多少，等等。

林修他们把国家安置政策一一上墙公开，又召开村民大会。关系到每个人切身利益，在城里打工的村民都回来参加大会。

吉木日木读了关于安置的有关文件。林修说，这是一个利在千秋的大工程，每个村民都有发言的权利，都可以充分表达你们的意愿。相信村民们有很多要问，我们采取提问的方式，我和金书记能够回答你们的尽量回答你们，李书记做记录，所有我们说的话是可以算数的。

曲别拉根磕了磕烟杆，问："每个人都有自己的家，习惯了屋前的树，屋后的山，搬迁的目是什么?"

林修说:"统一规划，整齐美观，造就一个邻里和美的居住地。一来降低政府对自然环境恶劣地区基础设施建设的投入，比如黑松林的道路问题，修一条路的投入大于村民下山安置费用。二来利于村民教育、就医、文化生活。更重要的是有条件培育和发展后续产业，为贫困群众增产增收，加快脱贫致富步伐。搬迁后不再砍柴烧饭、取暖，利于迁出区域的生态恢复。一个青山绿水的家园相信是大家愿意看到的。"

一个外出打工的人问:"每个村民都符合扶贫搬迁吗?"

金雨生说:"根据文件，1. 生活在自然条件差、生存环境恶劣地区，无法就地脱贫，且具备搬迁和安置条件的农村贫困人口。2. 生活在生态位置重要、生态环境脆弱地区，亟须搬迁且具备搬迁和安置条件的农村贫困人口。3. 遭受滑坡、泥石流等地质灾害和洪涝灾害严重威胁，亟须避险搬迁且具备搬迁和安置条件的农村贫困人口。4. 遭受地方病严重威胁，亟须搬迁且具备搬迁和安置条件的农村贫困人口。"

惹革儿说:"刚才听林书记读文件，好像安置方式有几种，我们有选择权吧?"

林修说:"安置方式分为集中安置、分散安置、其他安置。大小凉山彝区，大多属高寒山区或深山峡谷区，公共服务配套成本较高，根据资源环境承载能力，尽可能采取集中安置的方式。"

王太因说："这个安置就是给大家修房子，国家不是要拿出很多钱来么？"

金雨生说："王奶奶，你说得好。国家替群众着想，想改善大家的生活，但是国家是我们大家的，靠我们每一个人奋斗。按现行易地扶贫搬迁政策，工程建设能兑现到搬迁户建房的国家补助资金一般为每户0.8万—1万元，搬迁户建房资金缺口大。像我们雪鹤村属深山河谷地区，可供安置的用地资源极少，搬迁安置土地调整难度大。安置地原住农民因为大多不愿转让土地，客观上增加了易地安置土地的调整难度。就算搬迁了后续产业发展还有个过程。"

王太因说："辛苦你们了。谢谢你们。"

鬼针草说："婶，这是国家政策。我想问，这搬迁费用大吧，谁来建房，谁来监管？"

林修笑说："鬼针草，你既然熟知国家政策，当然知道党和国家有的是监管手段。至少在我们村，会通过每一个项目公告公示、不定期检查、审计等方式，扩大监督范围。上级部门也会通过交叉检查、重点抽查、随机抽查、工程检查、财务检查等多种检查方式，加强对项目计划执行和资金管理情况的检查。严格按资金管理规定拨付资金，杜绝挤占、挪用、截留项目资金现象。"

"老百姓怎么知道上面拨了多少钱？"

"会公示。"

"我们又怎么相信你们公示的是真的？"

"鬼针草，你相信有三个来自中央纪委、省纪委和市纪委的第一书记在雪鹤村吗？"

"相信。"

大家就笑，说鬼针草就是想出风头，王太因说鬼针草没名堂。鬼针草说："老百姓就是好糊弄，稍给点好处就感恩，殊不知是该得的。"王太因说："人要懂得知足。""婶，如果让你搬房，只给了两万，你能拿出四万来修房吗？我反正是没有的。我不搬也不修。"

王太因说："看看吧，林书记他们会管的。"

"他又不会造钱。"

"你知道他不会造钱，还处处与他作对。"

鬼针草打着哈哈，说王太因天真。

林修他们就目前的几个选址向村民做了公示。公示期间，村路已经通车，村民们成群结队在路上走，甚至脱了光脚，说再不怕石头和刺。他们一起去看公路两旁选取的新家地址，站在野地想象将来，说出门再不怕把鞋打湿了。公示完后，林修他们带着安置方案去向柳卫做了汇报。柳卫问公路什么时候剪彩。林修说："6月18号。"

"是个吉利数字。雨沥副市长说公路剪彩的时候要来，还要一起去看看安置点。"

林修说："6月18号是吉利数字，也是对川哥的纪念，正好是他百日祭。"

柳卫问林修儋州东坡书院可看的多不。林修说："去儋州书院以前，我不理解你说要跟着东坡被贬路线走的意义，现在我明白了，但愿将来有机会跟着你出去走。"

柳卫说："真喜欢苏东坡，你可看看林语堂写的《苏东坡传》。"

林修说好，回到雪鹤村收到网上寄来的一本书，是渊歌买的。渊歌说苏东坡传有多种版本，她问过老师和同学，都给她推荐林语堂这本，书已经买回来好久了，一直忙着，现在才寄出来，希望他空闲的时候读读，将来讲给她听。林修说来得太好了，我正想买呢。有书读，而且能读书，是一种本事，李克说他羡慕林修吃饭都能看进书里去。林修说："东坡是世间难得之人，眼里有星空，眉间有家国，生性放达敞亮，又率真有趣，交友、美食、山水，他都做到极致。"

金雨生说我知道苏东坡不仅是文学家，还是政治家，但对其生平不了解，等你看完了我看看。李克建议读书会上读。他们想起好些天没读书了，都在忙着各种事，特别是有关搬迁的资料多，为了让群众清楚明白，他们都扎进资料堆里了。这偶尔读到闲书，倒像在电脑前工作久了，抬眼看见青山一样怡然。现在也没有时间读，要准备公路剪彩的诸多事宜，所以林修只能在吃饭的时候看几眼《苏东坡传》。

6月18日，新修的公路在太阳光的照射下，像落了一层雪，公路上彩旗飘飘，村民们把摩托车都骑来，整齐地放在一旁。到马边检查精准扶贫的凌书记来了，雨沥副市长和柳卫及公路局的领导们也来了，他们和一些村民拉家常。印梅和田甜也帮林修他们招呼着客人。村民们脸上都是喜悦，都说想不到路真的通了，这么宽敞，这么平整。曲别大叔穿戴整齐，他以他的方式告诉这片土地，告诉这片土地上的祖先，路通了。路让山里村民的生活从不知唐宋元明清的亘古不变一下跨越千年。

林修发言说："路在这儿了，它在深山里伸进伸出，路连接的是村民们的家园。路又不仅仅是连接这里和那里，路在雪鹤村的意义还在于连接的是久远的过去与现代文明的今天。从今天开始，雪鹤村的村民们将与过去的出行方式说再见，村民将在这条路上过与祖先们不一样的人生。"

一直在家里闭门写作的曲别拉迪使劲儿拍手。印梅向林修比了个胜利的手势。李芒说："我们也知道这路的意义，只能说好，好，好。可林书记咋就能说得这么美呢？"

"今天我们为路庆生的日子，我们要记着一个人，他叫王川，他为了让小凉山多一条路，永远倒在马边的路上，成为一块永恒的石头，铺在进山的路上。今天正好是他百日祭，我们告诉他一声：川哥，路通了。"

凌书记说："这小林有情怀。"

雨沥笑，像是表扬了她自家兄弟一样。柳卫说："这才是北大才子风采。"

凌书记发言："刚才林书记的发言可以说是为路写了一篇好文章。我是一个筑路人，特别知道，没有路的地方多出一条路来，对于村民对于筑路人的意义。有人牺牲了有人奋斗着，共产党人前赴后继了几十年，为什么？就是为了人民能有安康幸福的生活，希望这路通以后，为脱贫和乡村的发展起到推动作用。"

凌书记亲自为公路剪彩。一排小车过后，村民们的摩托出发了，最后走路的人也出发了。李芒说以后运鸡蛋出山方便多了。吉克乌乌问李芒好卖不。李芒告诉她林书记他们专门在城里找了代销点，有多少要多少。吉克乌乌说："我也想喂鸡，你可以教我不？"

李芒说："可以啊。我今天就去帮你看看。"

吉克乌乌说："我还要问问阿衣，钱都是她寄回来的。"

李芒说："阿哈还在赌没？"

"赌，他自己都说想砍了手，可是又忍不住。我怕他拿了阿衣的钱去赌。阿衣挣的钱，我得给她留着当嫁妆呢。"

"阿衣和阿鲁的事定了？"

"还没，阿鲁家拿不出钱来。阿哈逼他，林书记本来派阿鲁去学习，回来当老师，可是为了给阿衣定亲，他只读了三个月，就跑去打工了，说要挣钱娶阿衣。"

"林书记知道吗？"

"听阿衣说，阿鲁不敢告诉他。"

"这怎么行！今年9月村里学校就开课了，阿鲁是回来当老师的呀。"

"你别告诉林书记，他为我们家很操心了。"

"你忘了，我也是妇女干部呀，这必须告诉林书记的。好啦，说句不该说的话，阿哈这样的人，要来何用？"

"他不赌的时候，有时候也会弄好吃的。"

李芒哈哈笑起来，引得大家的眼睛盯着她看。李芒蒙着嘴，悄声说："他这叫优点啊？你养鸡吧，我帮你收拾他。"

吉克乌乌看着比她矮一截的李芒，想不出会怎么收拾阿哈。

另外一边雨沥正在问林修，说当初那个要离婚的人家，现在怎么样了。林修说现在还是一家人。那个男人叫阿哈对吧，他还是那样？林修说改了一点，但是仍然好赌好吃。雨沥说等凌书记走了，我们再去看看，不能放弃一个兄弟。

林修把有关安置点的资料给凌书记看，海拔、植被、水源，以及多少生地熟地分别属于谁、有无意向转让都清楚地标明。凌书记说这是他看过的最为翔实的资料，充分肯定和表扬了三个第一书记的工作，说按目前安置点方案，尽快拿出设计图，多比几家，看哪个设计更合理。"不一定全部上马，成熟一个安置点，就先动工一个安置点。"

三个第一书记向凌书记表态，保证完成任务。凌书记说他还要去别的乡考察，与大家道别，与林修握手时，凌书记用了力，说："谢谢你记得王川!"

林修说："必须的。"

雨沥一行到吉克乌乌家时，李芒正带着吉克乌乌和阿哈在屋后打木桩，说是要围一片山放跑山鸡。

阿哈说李芒送了他小鸡。

吉克乌乌说："等鸡长大卖了钱，要还给李芒小鸡钱。"

雨沥感谢李芒。李芒又笑得山响，说："感谢我啥呀！我还不是林书记金书记李书记他们扶上墙的。"

雨沥笑说："扶得上墙也是本事呢。阿哈也是要上墙了，这次不会把小鸡烤了吃吧?"

"领导，你别笑我了，这次不会了，李芒说每天她要过来数呢。"

大家笑起来，雨沥说："阿哈，等你鸡养大了，我来买。"

阿哈说："领导，有李芒这个养鸡专业户帮忙，我发誓 定把鸡养大。"

雨沥说："你要是再发誓不赌了，更好。"

"领导这个都知道啊！不赌不赌。现在李芒把我们家的钱都管上了，我们要用钱得经她同意。"

李芒说："林书记，这不犯法吧？"

金雨生说："也只有李芒才想得出这样的办法，他们两口子吵架，岂不是你都要管着了？""那当然，我是妇女干部嘛，保护妇女儿童的合法权益是我的职责，阿哈以后要是欺负乌乌，我打你，打不过你也咬你。"

大家笑了，李芒大笑的样子，又让大家哈哈而笑。

29

　　李芒笑够了，悄悄把林修拉到一边，说阿鲁没去读书了。林修说怎么可能？雨沥她们走后，林修给阿鲁打电话，说手机欠费停机。林修心急火燎去了阿鲁家。阿鲁的爷爷和奶奶在，他们说汉语有障碍，林修也问不出个所以然。他打电话问阿衣，阿衣在电话里哭，说他好几天就打不通阿鲁的电话了。林修打电话给印梅，让她找时间去学校看看，印梅说管辍学儿童，还管辍学青年。

　　印梅回话说，定点培训班学员没有通过高考，不能颁发毕业证。学校让同学们参加成人高考。这批人文化底子都差，听说要考试就打了退堂鼓，出来后见了世面，又感到前途渺茫，觉得与其学完后找不到工作，不如现在就去打工。阿鲁坚持了一个月，分到正规班里，可能因为文化基础差，跟不上进度，也离开了学校。

　　阿鲁不应该呀，读与不读至少应该告诉他嘛。林修掩饰不住失望。晚上他去曲别拉根家，拉迪迎了出来，说："林大书记驾临，有失远迎。"

林修没笑，说："我不懂阿鲁。"

曲别拉迪看他脸色不像在开玩笑，就问怎么啦。林修说阿鲁的情况，还说是拉迪出的主意，你看现在两个多月后就开学了，阿鲁他却这样。

曲别拉迪说："看阿鲁那孩子不应该，也许遇到什么事了呢。"

"有什么事，他打电话给我呀。"

"越是谦恭之人越不想麻烦别人。"

"学校开学，如果真招不到老师，怎么办呢?"

"没关系，我先给你代着。"

"你? 当小学老师?"

"我不合格吗? 我的长篇写得差不多了。到时候正可以和孩子们一起，再过过当老师的瘾。"

"谢谢拉迪!"

"你们也可以在网上招人，现在国内国外都有志愿者愿意到贫困山村教书。"

"对啊，我可以发朋友圈试试。"

"你现在要做的工作是，开学了要有学生。"

"本来在乡中学和邻村上学的孩子都可以回到村子里来读书了。"

"路修通了，乡上学校师资力量强，家长也不一定要他们回来读书。"

"不管他们在哪读，只要适龄儿童都上学就好。"

曲别拉迪说，"我很认真地叫你一声林书记，谢谢你为我的乡亲们做的一切。"

"别，别，你这样说话，让我不自然。"林修说。曲别拉根说："拉迪说得对，乡亲们心里明镜似的。因为你们，希望与信任又回来了。"

林修跑着回到村委会，金雨生看他脸露喜色，以为阿鲁有消息了。林修说拉迪愿意当老师。金雨生说，他当老师，我都要去听他的课了。

几天后阿衣打电话来，说她找到阿鲁了，他在医院。"怎么啦?"

"他被刀刺了。"

"谁刺的?"

"他不说。"

林修说他要去看看阿鲁。金雨生说去乐山那么远，加上不知道是什么情况。李克说等周末回乐山去看。林修想起在乐山广场，那一帮穿黑衣文身的小青年，说："我有点担心，怕阿鲁混到他们中去了。"李克说："这种情况你更不应该去，听说乐山城里有一帮彝族小青年又偷又抢，还吸毒。"

林修说："那就更要拉一把阿鲁。"

林修打了个拼车，睡了一觉就到乐山了。林修问阿衣在哪个医院，阿衣说在中医院。"林书记，阿鲁说他没脸见你，你不要来。"林修到中医院外一科病房，先去问了阿鲁的伤势，医生说没伤到内脏。林修问病人说了为什么受伤吗？一个高个前额发亮的医生说："我们只问他什么时候受的伤，是刀伤还是钝器所伤。"另一个剪平头写病历的医生说："这个可以问警察。"

高个医生说："人家没报案。"

林修说："谢谢你们，给你们添麻烦了！"

高个医生说："客气了，这是我们应该做的。"剪平头的医生站起来鞠了一躬，说："大主任说得好，这是我们应该做的。"

被称为主任的医生，扑哧一声笑起来说，"颤灵子，还没站够的样子。"林修也笑了，主任亲自把林修带去了阿鲁病房。

阿鲁看见林修，想要从床上坐起来，林修把他按下了。阿鲁带着哭腔说："林书记，对不起！"医生说："肚子流着血来医院，都没见你哭，现在怎么啦？没事，没伤着内脏。等两天就可以回家了。"

阿鲁不说话了。林修也不问他，问阿衣的工作。阿衣说她已经很熟悉了，还说她经常跑到厨房去，看师傅怎么做鱼。林书记，下次我回来，请你和金书记李书记来吃鱼。林修说阿衣以后自己开个小饭馆，我们天天来吃。阿鲁还是闷声不语，林修便给阿衣使了个眼色，阿衣说她出去买水果回来。"你可以说了吧。""林书记，你能不告诉阿衣吗？""看是什么事了。"阿鲁说他向阿衣家里提亲，阿哈要他拿六万出来。父母给他凑了四万，他去向朋友借，就是在广场看见过的那帮朋友，他们要他一起去做一件事，说做成了，就借钱给他。他不知道他们去偷钱。临到偷的时候，他喊了一声警察来了。朋友发现上了当，给了他一刀。

"你怎么那么傻呢？报警啊。"

"林书记，他们不犯大错，逮进去，很快就会出来，我不想给自己惹麻烦。他们也不是真想杀我，要不然，那刀可不是只进去一点点。我住院后他们还来看我，还凑了一万块钱借给我。"

"你要了？"

"没有，林书记，如果我要了钱，以后就别想安生了。"

"你什么打算？还回学校读书吗？"

"不回去了，我跟不上，很多时候都不知道老师在讲什么，我这种水平回去当老师，不配。村里的娃娃读成我这样没意思。林书记，我想去当兵。"

"当兵？"

"当兵。我考不上大学了，这样回去在村里没面子，以后也没面子。再说我只有去当兵，才能避免他们来找我，等我当兵回来，练就一身本事，也不怕他们找我了。"

"当兵只是为了面子？你还是别去了。"

"林书记，我说不出什么大道理，只是去当兵能让我与原来不一样。"

"你和阿衣的婚事呢？"

"阿衣说，她会等我回来。"

"好吧，阿鲁，这是你自己选择的。现在已经在做征兵宣传了，你想好了，就回来报名。"

林修等阿衣回来，与他们道别。他又去了医生办公室，只有一个年轻医生在，医生问他找谁，林修说主任。医生说他上急诊手术了。林修想起主任说那个平头医生还没站够的话，想他们可能是刚下手术台又上了，就顺口说了句辛苦，医生说辛苦没关系，只要你们能理解就行了。林修笑笑，问医生认不认识龚兰，医生说不认识。林修想起李想，平日偶有微信联系，不如去看看她。他到了妇科病房，护士说李想刚收了新病人，让他在办公室稍候。女医生的办公室，摆满了绿萝和鲜花，有人坐在电脑前写病历，他走进去，写病历的人都没抬头看他一眼。他安静地坐着，只听到敲击键盘的声音。李想拿着病历风风火火走进办公室，看到林修，面露喜色，问谁又病了。林修笑说医生眼里都是病人啊。李想说抱歉，不生病的人不往医院走。林修问她认识龚兰不。李想说认识，你们的村医嘛。她在妇科进修过，勤快，肯学。林修问她现在哪科。李想已坐在电脑前开始下医嘱，说不知道，医院科室太多了。林修说不打扰你了。李想笑了下，说对不起哈，护士站等着医嘱。

　　林修离开医院，每个人都在忙着。渊歌也忙着，说她快崩溃了，问这种生活真是人应该过的吗？林修也多么想过那种闲云野鹤的生活，可他能停下吗？他又叫拼车回马边，印梅知道他来乐山了，说晚上回去不安全。他也知道路上随时都有突发的危险，但川哥不是明知有危险仍然在路上跑着吗？

　　林修回到村子里时，夜已经深了，金雨生和李克还在做报表。金雨生伸了伸腰，说我们去路上走走，李克说坐得太久了，走走。林修和他们一起在新修的路上散步，村里真安静，散落在大山里的人家都没了灯光，人睡了，山也睡了，只有天上的星星，他们抬头望，星星越看越多，浩瀚、邈远，直到把自己看得没了。

　　睡在床上闭了眼还是满天的星空，林修做了个梦，星空低垂，星星伸手可触，他摘下星星当围棋，与渊歌对弈。早上醒来手上好像还留有星星滑润而微烫的感觉。他破天荒在床上躺着不想起来。金雨生问他怎么啦。林修说："起床梦就碎了。"

　　"你梦见渊歌了?"

　　"雨哥，你说梦是谁给的?"

　　金雨生说："去梦里问吧，我给你下面条。要辣椒油不?"

　　林修一下从床上蹦起来，说要辣辣的。金雨生说，你成四川人了。林修一边洗漱，一边说今天安置房设计的人要进村，宣传部写标语的人要进村，通信与电力维护的人要进村，还有畜牧局的专家要进村。他们三个人分了工，希望把这些事做完之后，去各组找村民签订同意建房合同书。

阿鲁从医院回来，报了名已顺利通过体检，等入伍通知的日子，成了村委会义务打工者。三个第一书记，不分白天黑夜一户一户做工作，让村民在同意建房合同上签字，村民先是同意，但是听说同意建房就要把现在的房子拆掉，很多人就打了退堂鼓，他们要做很多解释，村民才同意签字。有时走了很远的路，主人不在。主人在呢，要不年纪大，说不清楚，要不不会汉语。为了提高工作效率，林修带着阿鲁一起去村民家里。阿鲁已经收到入伍通知，心里美滋滋的，走路把背挺得笔直，仿佛他要去做一件大事一样。林修问："你知不知道彝族有个神话故事，支格阿鲁的传说里面的主角也叫阿鲁？"

阿鲁说："知道啊。"

林修说："支格阿鲁是勇敢、英俊、勤劳的代名词。你也叫阿鲁，你要对得起你的名字哦。"

阿鲁一副雄心勃勃的样子，说："林书记，我一定在部队好好干。向英雄阿鲁学习。"

林修说："金书记和李书记都是军人出身，你看他们行如风，坐如钟，穿着扮相也像他们的被子一样棱角分明，我羡慕他们得很。我小时候大多在我姑妈家里，姑父身着军装英姿勃勃，对军人我是又崇敬又害怕，觉得他们与常人不一样。两年以后你回来，我们已经离开雪鹤村了，但是我想看到你与现在的阿鲁不一样。"

"林书记，说实话，去当兵我很得意，但是离开你，我又舍不得。"

"阿鲁，你去当兵，如果只是为了面子和回来不怕与人打架，那可真是走错了路，两年要做好多事，就是去打工，你也可以挣够娶阿衣的钱了。"

阿鲁说："阿衣她去船上打工，眼光高了，说她不喜欢一个碌碌无为的男人。"

"所以你要想清楚为什么去当兵。当你面对军旗宣誓，成为一名中国人民解放军军人时，你要做好英勇顽强不怕牺牲的准备，做好时刻准备战斗誓死保卫祖国的准备。你准备好了吗?"

"林书记，我没想那么多，现在当兵不会打仗吧?"

"我给你唱首歌：

这是一个晴朗的早晨

鸽哨声伴着起床号音

但是这世界并不安宁

和平年代也有激荡的风云

准备好了吗

士兵兄弟们

当那一天真的来临

放心吧祖国，放心吧亲人

为了胜利我要勇敢前进……"

阿鲁停下不走了。

林修说这是他大学军训的时候每天早晨醒来听见的歌。

阿鲁说："林书记，我现在还没穿军装，但我给你敬个礼。放心吧，亲人。"

林修捶他一下："像你的祖先支格阿鲁那样，做个勇敢的人。"

阿鲁目光坚毅："林书记，我会记着你今天说的话。你教我唱这首歌吧。"

林修把这首歌发给阿鲁，让他回家慢慢学。林修说阿鲁当兵了，以后听不到他唱歌了，让他来首情歌，阿鲁笑说这是他拿手的，扯开嗓子唱起了山歌："阿桑阿桑别走开/走开了阿哥会伤心/如果阿哥伤心了/心里的话儿向谁说/月亮月亮别躲开/躲开了阿哥会孤单/如果阿哥孤单了/动情的情歌哪里找……"

在地里劳作的村民们听了，有人欢笑，有人和唱，山歌从各个角落里发出来，此起彼伏。林修忽然觉得分散安置更有乡村韵味。

30

　　设计图已经拿出来了，有人是联排设计，有人是四合小院设计，还有人是分散设计。图纸挂在村委会前，来看的村民纷纷怀疑，说这会是我们的家园吗？草坪绿地、鲜花广场，还有雕像，像城里的房子。

　　三个第一书记和罗春早都站在旁边听取意见，做记录，也给村民做一些解释。

　　林修问他们愿意住在什么样的房子里，大家都指着四合小院说，几辈子人都想着把房子圆满了。林修解释按国家政策，安置房一般不超过六十平方米，四合小院是四家人一个院子。村民就打了退堂鼓，说都想住正房，分房会麻烦。大家还是选了联排设计，说大家一样好。

　　沙马哈木也来看设计图，他不会搬家，他的房子加上院子差不多二百多平方米，让他去住六十平方米，不可能。但他又听说建房有几万补贴，他在动脑筋通过什么办法拿到补贴。看到曲别拉根来看图纸，他就兴奋了，曲别拉根也许有办法。沙马哈木问："大叔哪种好？"

曲别拉根说："每种都好。"

"你选哪种？"

"在的那种。"曲别拉根显然不想多说，转身就走了。

沙马哈木望着他背影说："切，还以为只有他才能通天。"

一个汉族村民听了，问："你不信毕摩了？"

哈木说："不过就是个形式，什么信不信的。你们清明节要给祖先烧钱，你信他们能收到？"

村民只是笑。

晚饭后曲别拉根和拉迪一起来到村委会，要找林修。林修和金雨生李克去乡上开会还未回来。吉木日木问他们什么事。曲别拉根递交了一份声明，他们不会再建房，也不会要建房补助款。

吉木日木说："我做不了主，上面强调统一建房是为了规整划一，便于管理。"

拉迪说："面子好看。"

罗春早说："拉迪老师，面子好看，里子也好看啊，你想……"

拉迪说："小朋友，我想的你都不知道。"

吉木日木说："拉迪，罗书记年纪小，但他是雪鹤村党支部书记。"

拉迪哈哈一笑，"吉木主任，我知道他是书记，但这个事他做得了主吗？你们这是曲解上级意思，建设美丽乡村，什么叫美丽？难道只有整齐划一？"

罗春早说："拉迪老师，我们自然是说不过你，等林书记他们回来，你和他们说吧。"

曲别拉根说那我们就在这儿等。

林修他们回来，看到曲别拉根和拉迪在，林修说兄弟都上阵，看来事不小。罗春早把他们的声明递给林修。林修看了，说："曲别拉根是村里的毕摩，曲别拉迪又是远近闻名的诗人作家，我们正好讨论一下，对于坡缓、平地多的地方是集中安置好？还是分散安置好？"

吉木日木说："我认为还是集中安置好。五六七三个组相对坡缓，平地多，但是也有住在深山里出行不方便的吉克乌乌和阿果等十多家，再说李芒现在带动几家在养鸡，鸡粪污染山上水源，住在下面的群众饮水基本是取山上来水。集中安置后专门划地养鸡，可能会好点。"

罗春早说他赞成吉木主任意见。

金雨生说："我认为可以采取两种方式，集中安置一部分，分散安置一部分。至于养鸡污染的问题，环保部门已经去过李芒家，已经在采取措施。"

李克说："我赞成金书记意见，可在污染源上面接水管，将水直接引到山下供村民用水。但是上面要求要么集中安置，要么分散安置。"

曲别拉迪和曲别拉根都说金雨生的建议好。大家都看着林修，林修说他早就有这个想法，但是这个事很大，他们必须逐级向上面汇报。

拉迪说："你这个上面，上到哪个层面？"

林修说："不知道。"

拉迪说："岂不是城堡，最终都到不了？"

林修说："和城堡不一样，能到，只是不知道哪一级能担当。"

"如果只是担当，你们这一级就可以担当啊。"

"诗人，我们担不起。你们回去吧，我们去争取。"

曲别他们走了，吉木日木才问，你说的什么城堡呀，打谜语似的。林修也不解释，只说："我们现在写报告吧。"吉木日木说："任务本来就重，如果不按上面意思来，写了报告等审批，不知搁好久。别等你们都走了，事没办下来，我们哪有能力去做工作哦。"

罗春早说："是啊，是啊，想着你们还有一年就走了，我这心就慌。"

林修说："你们不说，我还觉得要很久似的。时间再紧，我们也要替村民想好了，寻一种最好的方式，他们是一辈子甚至是几辈子的事，我们又怎么能随便呢?"他们又加班重新做了方案。林修把报告给中纪委扶贫办发了一份，说他明天送一份去乡里和县里，让李克亲自回市里汇报。金雨生回成都向省纪委有关领导汇报。

如林修想的一样，乡里做不了主，县里很谨慎，说马边是国家扶贫开发工作重点县、大小凉山综合扶贫开发县、乌蒙山片区区域扶贫开发县，中央纪委和省纪委、省投资促进局、省电力公司定点帮扶县，四川省扩权强县试点县，马边头上戴了太多的帽子，一切都要按上面精神办。市里表示支持，但说要取得省上同意。

等。他们只能等。等的时候，他们的工作依然在推进，劝惹革儿下山成了难题。林修拿着设计图去黑松林每一户人家宣传，惹革儿做他的事，不发言。林修带着大家去选址看地，惹革儿不去，说地里忙。大家也是受够了出行不便的苦，都签了易地建房合同，只有惹革儿一家了。在成都学习的阿约周末回家，惹革儿知道他回家的用意，但他闭口不谈搬迁的事。阿约知道父亲是个老顽固，说动他不容易，也不谈。他讲他在外学习的情况，说他虽然识字不多，但手上活来得快，只是可惜了。这话把惹革儿的情绪吊了起来，问怎么啦。"爸，成都一家大企业来招人，见我活做得漂亮，要招我，你知道多少钱一个月? 四千多呢。可是听说我没读过书，他们就像见到怪物似的，问现在还有没读过书的吗?

我只能回马边了。"

"马边人回马边有啥不好？"

"爸，你不羡慕曲别大叔吗？你看他家的子女，再看看你，你们这一辈都在山里，没什么差别，可我们这一辈差别大了，再往后就更不在一个台面上比了。"阿约看着妻子渐渐大起来的肚子，坚定地说："我要让我的儿子像曲别大叔的儿子一样，走出去。"

惹革儿吧嗒吧嗒抽着烟，阿约的大哥在旁边看着，也抽着烟。阿约说："你看大哥，他的生活和你有什么差别。"

大哥没想到会说他，他怔了片刻，说："说我干什么，爸说了算。"

"爸，我想好了，你可以留在黑松林，我要搬下山去。"

惹革儿磕了一下烟杆，下地了。阿约问大哥搬不。大哥怔了一怔，说阿约搬他就搬。"大哥，村里的小学就要开学了，让阿尔布读书。"

阿约签了建房合同，阿约的大哥也签了建房合同，按规定签约以后的房子要拆掉还生态。惹革儿想着好好的四合小院要拆掉三分之二，当着林修、金雨生的面说如果拆他的房子，就让老房子埋了他。

林修没说话，说实话，这么一个燕子衔泥一样筑就的四合小院，拆掉了真的很可惜。但这是国家政策，一个小院如此，加起来有更多的小院，如果不拆又怎么还自然一个原生态？

易地搬迁安置已经开始动工，原来居住在青岗坪的村民房子要先拆，便于统一规划，有的分散在农家，有的住进暂时搭建的帐篷。大家聚在一起说的都是房子，鬼针草到处打听个人出多少钱，国家补贴多少钱，贫困户和非贫困户有什么差别。乡亲让他直接去村委会看，墙上都公开了。鬼针草说不相信。乡亲不理他，他在纳闷，为什么林修他们没来找他签合同，他跑去问王太因，王太因说也没找她，但是她相信国家会管他们的。鬼针草哼哼两声，问她："你找得到国家吗？"

王太因说："就你花花肠子多，你别找林书记他们麻烦了。你看他们都是些年轻娃娃，大老远跑我们这儿来，天天都在忙。林书记刚来的时候白生生的，现在黑得像山里人了，父母不知道多心疼。"

鬼针草说："谁叫他们代表上面呢。告诉你一个秘密，他们呀回家是要提拔当官的。"

"不给你扯了，我回去做玉麦粑粑，给林书记他们送点去。"

王太因把新鲜苞谷捣碎，加了鸡蛋和糯米粉，煎成金黄色的饼给林修他们送去。林修他们见了，要给王太因钱。王太因说自家地里产的，收钱不是埋汰么。林修说："王奶奶，我们知道你的心意，但是你替我们想想，你有这个心意，其他村民也有心意，都来送吃的，没有心意的看你们送了，也会来送。有人就会说我们吃群众拿群众了。你肯定不想我们背这个名吧？"

金雨生说："是啊，王奶奶，林书记说得对，我们干干净净地来，也干干净净地离开。林书记他住在曲别拉根家里时，都出了伙食费的。大叔也理解他。"

王太因说："好吧，我还做生意了。"

"王奶奶，你的玉米饼做得真好吃，你如果再做呢，我们还买。"金雨生把钱塞到王太因手里。

王太因离开后，林修说："她家的房子位置好，只是烂了点。要是能保持木结构就更好了。"

金雨生说省纪委对他们的报告很重视，会联合有关部门来村里看看。林修说要选几家有代表性的，王太因算一家。

林修没想到中央纪委领导也要来。林修又激动又紧张，想起临走时碰洒领导的酒，领导说下去历练历练期待两年后的林修，一年了，他变了吗？

8月是苞谷成熟的季节，风送过来苞谷叶子的沙沙声和混着草叶烘烤的青苦味，站在树下的林修看了看时间，快到了，他擦了擦头上的汗，其实不热的，山里天气看着火热，但是只要在阴凉的地方，有风习习。他抬头看了看天，像小山一样的白云堆在青翠的峰顶，天作美，他想对金雨生说，金雨生的眼光望着路的远处，很多乡亲的眼光都望着路的远处：北京的客人要来！

他们来啦，当他们一个个从车里下来时，村民们不知道他们谁是谁，村民们只知道国家来人了，知道国家在关心他们。一个身材高大穿蓝色 T 恤的领导，走到曲别拉根大叔面前，与他握手，说谢谢他穿得这么隆重。曲别拉根说："正衣冠迎远客。"领导开心地笑起来，说："仓廪实而知礼节。喜欢远客这两字。"林修向领导介绍说曲别拉根是毕摩，领导说怪不得，说话不一样，对曲别拉根说："共产党人信仰科学信仰马克思主义，但是尊重各民族的宗教信仰，脱贫了，有些生活习惯也要改变，还希望毕摩能在村民们中倡导道德礼仪文明新风。"

曲别拉根说："共产党真心为民，我们这代人看到了。"

领导和吉克乌乌握手时，吉克乌乌哭了，只说得出两个字："亲人。"

来客们与大家拉家常，鼓励大家早日脱离贫困过上好日子。围观的村民拍起了手。像过节，山村沉醉在喜悦之中，盼望着远方来的客人能走过自家的门前，老屋也能生辉。

座谈会就在村委会开，但是人太多了，坐不下，大家就站在太阳底下。林修对村子做了一些基本介绍，并对他们来村的工作做了汇报。金雨生把资料分发给每位领导，领导们翻着资料，表扬金雨生他们的工作做得踏实。

他们先去了李芒家，看她的养鸡场，李芒特别穿了内增高的鞋子，让自己不至于太矮，她悄悄对林修说："紧张。"林修说："我也紧张呢。"李芒想笑，又突然捂了嘴。客人问一句，李芒答一句，慢慢她就放松了，客人问一句，她答两句了。她的话把客人也逗笑了。林修说李芒脱贫致富，还带领乡亲致富。领导说好啊，要大力宣传这样的人物，还要给予物质奖励，鼓励大家向她学习，变要我富为我要富。

李芒说："我已经交了入党申请书。"

领导握着她的手说："欢迎你，同志。"

李芒高兴得什么似的，让小女儿跳个舞给大家看，客人问孩子上学没有。李芒说就要去读书了。林修说村里小学 9 月开学，只是老师还没招齐。客人说："阻挡代际贫困传递是脱贫很重要的一环。可以采取多种方式招聘老师。"

林修说他已经在微信圈里发了消息，想来的人很多，但是他怕他们只是来扶贫镀金，一天两天就走，误了孩子。

"扶贫镀金？"

林修说："扶贫是党和国家的一件大事，有人趁这个大事，来到山区拍几张照片，发到网上成网红，赚点击量谋取利益。所以我说叫扶贫镀金。"

领导说："林修，你不一样了。"

别人不知道这句话的含义，林修知道，他弯腰说了声谢谢。

在路的另一边，王太因站在自家门前望，看着一行人下车往她家来，她快速跑回家，说来啦来啦。

杨德炳手足无措似的，拿起扫把要扫地，王太因说她早就扫干净了。杨豆豆咬着手，王太因打了他一下。看着一群人进来，杨豆豆喊着林书记、林书记，跑到林修面前拉他的手。杨德炳拉开杨豆豆，把他往房子里推。王太因说："得罪了得罪了。"林修向领导介绍了王太因家的情况，指着墙上的二维码说，只要打开手机一扫，这家人的情况就清楚了，同行的人都来扫二维码。领导打开门让杨豆豆出来，说二维码设计有新意，一是尊重了贫困户家庭的隐私，二是内容更丰富。林修说是市纪委下派第一书记李克设计的。领导问王太因第一书记到他们家里来过没有。王太因说："他们来过很多次，我那个憨儿子都认识林书记呢。"

"年纪这么大，还耳聪目明，福气好啊。"

"哪来的福气！不过是天看着杨豆豆可怜，让我多照顾他几年罢了。"

领导说王太因会说话，又问杨德炳的身体情况。杨德炳一一作答。大家站在院坝里，无论从哪个方向看出去都开阔，远处峰峦叠嶂，近处苞谷成林，柴门连接断墙，房间很旧但结构大气，领导说："这院子不错嘛。"

杨德炳沮丧地说："家到了我手上，很背很败。"

领导安慰说："国家会帮助你的。"

领导对林修他们说："搬迁安置不要什么都搞一刀切，像这样的房子很有特色，可以翻新，修旧如旧。"

王太因听了客人的话，说："房子只要不漏就行。我们也不要修什么新房子，要是能把修房的钱给杨豆豆存起来，等我们走了，有钱养他。让他还活着，就是我们最大的心愿了。"

领导说："你放心，国家有福利院。"

王太因牵着杨豆豆的手用了力，心里也放下一块石头，说："豆豆，我们就是走了，也有国家来养你。"

去鬼针草家的路上，林修有些紧张，不知道鬼针草又会说什么。之前他们没打算让领导们去鬼针草家。但领导提出要听听不同的声音，他们都想到了鬼针草。

到鬼针草家时，门开着，林修叫了几声老伯，没人。领导转身离开时，鬼针草头戴防蜂头罩从屋后走了出来，说："鬼针草率三万扶贫蜜蜂前来报到。"

领导笑。金雨生捅了鬼针草一下，悄声说："老伯，北京来的领导，来看你。"

"我不叫老伯，我的名字叫鬼针草。领导，谢谢你大老远地来看我。我没说错，林书记给我买了十个蜂箱，一个蜂箱算三千，十个蜂箱不就三万吗？哈哈……"鬼针草满得意。

领导说："柴门不闭南山坳，蜜蜂将帅鬼针草。"

鬼针草说高人。他让领导进了他的房间，屋子实在是太烂，洗脸的毛巾已经看不出颜色，喝过的酒瓶堆了一个墙角，灶门前的干柴跑到睡觉的床前。鬼针草说："领导，我绝不做假，生活本身就是这个样子。"

领导笑不出来了，问鬼针草："是不是林修他们做得不好？"

鬼针草自知没面子，说："这和林修他们没关系吧。"

领导说："有关系，他们来扶贫，是为了让大家过上美好的生活。所谓美好的生活最简单的一条至少是干净、清洁。罚林修给你扫地。"

大家就看着林修扫地，鬼针草脸上有愧色，说："领导，我保证你下一次来，我地上是干净的。"

领导说："老乡，林修可以帮你扫一次，甚至两次，但他不可能天天给你扫。房子旧了可以修新的，但是新房子里如果还这样，就不好了。"

鬼针草连连说是。

领导离开鬼针草家，对同行的省市领导说："扶贫，国家可以修路，可以建房，但生活习惯也要靠老百姓自己改变。"

一个市上的领导讲了个笑话，说某人在某边区县当书记，想改变当地人的生活习惯，把有些村民轮番接到他家里住十天半月，在他家还行，可回去又恢复到以前。领导对林修说："责任重哦。"

林修点了点头，脑子里闪过许多家庭，刚去走访时很脏，可后来慢慢也改变了卫生习惯，他相信反复给大家灌输，还是可以改变的。何况可以从孩子们着手。

领导们调研以后，开了现场办公会，同意林修他们送的方案，分散安置与集中安置并选，村民可自己选择。

村民们也很配合，大多签了合同。王太因的房子就地安置，但是修成水泥砖瓦房还是木质房，他们老两口发生了分歧。杨德炳说大家都住水泥砖瓦房，偏自家住木屋，他想和大家一样。王太因说，本来就和大家不一样，她喜欢那些比她更老的老木头的味道，香。他们争执不下，让林修帮他们出主意。林修心里支持木质结构，但是他不能随便做主。他带着王太因和杨德炳去看了村里修水泥房的人家，又去曲别拉根家。王太因看曲别拉根的房子，很羡慕，说："风水轮回啊，记得我带着杨豆豆来你们家，不过就是三间房子，现在四合院了。"

曲别拉根说："要是拉迪不出去，还是修不了这样的房子。这是他拿钱回来修的。"

"你爸爸后来就一直没消息？"

"我爸要是活着，和你们年纪差不多，只可惜他没等到今天，他知天知地就是不知道今天会发生这么大的变化。"

"我记得他的样子，很俊的一个人。"

"可惜那个时候穷，连一张照片都没有留下。我只记得那年山里下了好大的雪，他一个人出去，不要我们跟着，说天冷，让我们等着他带好吃的回来。"

"想穿了，人来这世上走一趟，走的时间越长，遇到的泥路和刺就越多。把自己走到我们这白发鸡皮样，倒不如像你爸那样，留给世人好模样的念想。"

"老婶婶，想穿了还想着明天要做什么，这是没想穿啊。"

王太因想了想，说："是啊，这不，还来看你的房子，想的都是明天，明天的明天呢。"

林修默默记下他们的话，问曲别拉根，拉迪回成都了吗？

曲别拉根说拉迪带着写的书去找出版社了。

王太因对杨德炳说："这房子里坐着，不想挪窝。"

杨德炳说："我知道你的意思，我们回吧，别影响了林书记。"

林修送他们出来，说等他拿了合同，一起去找鬼针草。王太因问："鬼针草还没签？"

林修说："李克书记找过他，他不签。金雨生书记也找过他，他还是不签。"

"这个鬼针草，早就闹着说要修房子，现在又不签了，有病哦。"杨德炳说。

林修说："可能等着我去吧。"

31

　　林修想对了，鬼针草的确等着他。李克和金雨生来，他只给他们说了两个字，不签，不说什么原因不签。林修去找他时，鬼针草正取蜂蜜，他没戴头罩。林修问他不怕被蜂蛰吗？鬼针草说蜂认识他。林修问他那天戴着头罩为什么，鬼针草说出风头呀，我要把你送我蜂箱的事，说给他们听嘛。林修说不是他买的，是国家给予的扶贫帮助，他只是执行人。林修看他刮蜂蜜，也帮他刮，问他为什么不买个离蜜机。鬼针草说这个你都知道，帮买呀。林修说，你怎么不让我帮你喝酒呢？

　　鬼针草笑着捏了一下鼻子，想继续刮，他看见林修瞪着他的手，嘿嘿笑了两声，去洗了手要重新开始刮蜜。林修说："不忙刮，你把这建房合同签了。"

　　鬼针草说："我还以为你就是来看刮蜜的。我还没想好。"

　　"你想什么呢？好几家的房子开始建了，你早签早建早享受啊。"

"我在想国家既然要给我们修房子，那就别让我出钱，我穷呀。"

"你觉得可行吗？国家政策你比谁都懂。"

"国家要我们脱贫，我现在去刮蜜了，等着致富呢。"

鬼针草又开始刮蜜，还哼起"嗡嗡嗡，我是一只快乐的小蜜蜂"来。林修知道他在置气，他坐下等，在手机里回复一些村民的提问。他在微信圈里发了一个山区招聘老师的广告，有很多人报名，只是多数是想来体验生活的。林修在群里又发了一条消息：开学在即，诚招山区小学老师，至少工作一年以上，非诚勿扰。

在樟木教书的希尔打了电话来，说他愿意来。林修说："太好了！"希尔说："能与你一起工作，我很期待。"

鬼针草的蜜已经刮完，林修问他想通没有。鬼针草说："早就想通了，出钱我就不修。"

林修进他屋子里看了看，地上不像领导来的那天那么脏了，说："你还是能配合的嘛。"

鬼针草开始抽烟，林修向他读了国家关于安置建房的补偿文件，说他们必须严格按照国家政策来。鬼针草说："易地搬迁安置补助就多点，就地安置就少点，这不公平嘛。"

"你可以选择易地集中安置嘛，就像阿果他们家一样。"

"我不搬，可不可以按易地集中安置补助？"

"不可能。"

"那，我不签。"

林修不想再跟他磨下去，说："那，你就看着别人住新房吧。"

鬼针草嘿嘿阴笑。

林修觉得那笑声瘆人，回头看，鬼针草说："你还会来的。"林修又气又笑。他去在建的工地看了看，在路上遇见乡党委书记和乡长，他们刚去青岗坪的集中安置点。黄乡长说工地进展较慢，住在棚户里的群众太热了。他们晚上睡在野地，要注意防蛇咬。书记说，另一个村的村民就是因为睡在外面被蛇咬后，送医院抢救才活过来，一定要重视。林修去找曲别拉根，问他有没有防蛇靠近的植物。曲别拉根说他去找，让林修先包一些雄黄撒在帐篷周围。

林修去了青冈坪，看见金雨生和李克对照着图纸，看工人施工。金雨生说他在部队的时候听说过一件奇葩的事，修建新营房，施工人员把本来朝南的房间修成朝北。西藏那地方，南北差别很大呢。李克问结果呢？金雨生说重建呀。林修说这个没问题吧。金雨生说放心，他和李克反复对照了。

"鬼针草签了吗？"金雨生问。

"没有，他说出钱就不签。"

"等，靠，要，他倒是占全了。"

"他自己也知道是在胡搅蛮缠，他说如果按易地安置给他补偿，他就签。"

"茅坑里的石头，又臭又硬。"金雨生说。

"不会给他开先例吧?"李克问。

"当然不会。他知道我们不会放弃他，和我们耗，比的是耐心了。暂时不管他，一个月以后再去。"

"我老家大巴山区也在搞拆迁安置。我给我爸说，千万别为难第一书记。我爸说怎么会为难呢，国家对大家这么好，哪一代人遇到过这样的好事。鬼针草他怎么就想不明白呢?"

"他这是另一种出风头。"李克说。

"不说他，告诉大家一个好消息吧，希尔会来村里教书。"林修说。

金雨生也很高兴，说他正好补补英语。又问希尔的汉语说得怎么样呢? 林修说到了你就知道了。

开学的前一天黄昏，希尔一走进村里，听过拉迪讲传教士故事的村民们孩子们揉揉眼，地说传教士回来了。他们有人跑去问拉迪，那个传教士叫什么名字，拉迪说叫密龙。

"密龙回来了!"村民说。拉迪说他眼花了，村民拉着他去村小学。拉迪看见林修、金雨生和希尔谈得眉飞色舞的。林修看见拉迪，给他们做了介绍，说今后村小仰仗二位带带新老师。拉迪打着哈哈，说:"果真是'密龙'回来啦。"

希尔不解，林修给希尔讲了密龙的故事。希尔说他祖上就是传教士。

拉迪说："今天外籍教师在中国也不是新鲜事，但是对于自愿到山区教书的外籍教师，我还是心存敬意。我在想他们与他们的祖辈一样，放弃熟悉的乡邻故土，到山区蛮荒之地，从事教育，带着一种什么样的使命呢？"

林修说："希尔，解惑。"

希尔长着一双清澈的蓝眼睛，和一张典型的西方人的脸，说："我可没祖上把上帝的爱带给子民的理想。想要的不过是自由、爱和有趣。人来这个世界，能够有机会选择自己的生存方式，是一种至高的幸福。祖上去传教的地方多是深山地区，我的生命基因里有山，所以我来了。过几年我想要的生活，然后再回去过父母想要我过的生活。"

金雨生说："我们是先过父母想要我们过的生活，然后老了才能过自己想过的生活。"

拉迪："自由、爱和有趣。哈哈，有趣有趣。你的爱在哪？"

"孩子呀，他们每一个都是天使。"希尔说，拿出手机让大家看他和孩子们在一起的照片，他蹲在地上，三个孩子往他身上爬。林修说，代表雪鹤村的孩子谢谢他。

林修在村民群里，分别介绍了拉迪和希尔，说他们将在村里教书。群里热闹起来，好多在犹豫的村民第二天也领着孩子到学校来了。拉迪、希尔加上来教育扶贫的老师和三个刚从职业学院毕业的大学生，根据学生报名的情况开办了三个班，希尔担任了高年级的班主任。

林修看过学生花名册，阿尔布没有来上学。林修和金雨生一起去青冈坪的工地看了看，金雨生留下，林修又去找惹革儿。惹革儿看见林修来，背个背篓出门了，林修跟着，惹革儿摘苞谷林里的豇豆，林修也帮着摘。惹革儿说："把时间耗在我这儿，没用。人活一世，图啥？不就是有个房子，结婚生子吗？房子有了，结婚生子还不是顺理成章的事。"

"大叔，你去大医院看过病没有？"

"我身体好着呢。"

"阿约妻子生孩子，总要去医院吧？"

"怎么啦？"

"如果阿约不识字，你也不识字，你们一家人都不识字，找哪个科？怎么走？现在医院像迷宫，你得识字，自己去找啊。"

"总有识字的人。"

"你也寄希望总有识字的人，都像你一样怎么办呢？"

"几千年都过来了，现在不能过了？"

"四十九年以前，彝区走出去的人有多少？走进来的汉人有多少？现在有多少？你看阿约都去成都了。"

惹革儿不说话了，他起身回家，林修也跟着，惹革儿问吃饭吗？林修笑了笑说，吃。问阿尔布在哪里。惹革儿不情愿地给林修指了一下。林修看见草地上有人，就高喊一声阿尔布。阿尔布跑过来，说爷爷说了，他今年放的羊，卖了钱都归他自己。

"小小年纪，你拿钱做什么？"

"存钱，讨老婆啊。"

林修哈哈大笑，笑得阿尔布脸红了。他悄悄问："阿尔玛有喜欢的人没？"林修笑说："你小子，是不是喜欢上谁了？"

阿尔布说："不说给你听。"

"你去读书，比存钱更让你喜欢的人高兴。"

"才不呢，她最需要钱了。"

林修想，即使做通了惹革儿的工作，如果阿尔布不想上学也不行，现在得反过来让阿尔布自己想读书，阿尔布去争取惹革儿可能更有效。林修说："阿尔布，你不是想知道阿尔玛有没有喜欢的人吗？和我一起去学校看看，不是让你去读书，只是让你看看。好吧？"阿尔布说带上阿朵。

"阿朵不是在中心校上学吗？"

阿尔布说，阿朵她妈又跑啦，不要阿朵和阿母了。林修想起和安老师一起去看阿朵的情景，阿朵母亲早就不像能在山里守生活的样子了。还有阿约带着阿尔布和阿朵来村委会辞行时，林修问阿尔布读书不，阿尔布回头看阿朵，是不是那个时候阿朵就没上学了？林修自责自己迟钝。他牵着阿尔布的手去阿朵家。发现十一岁的阿朵正在煮饭，六岁的阿母在烧锅。林修看阿朵和阿母一张黑乎乎的小脸，阿母的眼睛被烟熏得流泪，林修很心疼，他把阿母抱在怀里，问阿朵还想读书不。阿朵说想，但没人照顾阿母。林修说阿母也该上学了。林修带着三个孩子来到学校，让阿朵先去希尔班上课。把阿尔布和阿母交给拉迪，说要去和金雨生他们商量。金雨生、罗春早和吉木日木都在青岗坪工地，林修去另一个工地带上李克一起去了青岗坪，他们就在工地开了个小会，关于阿朵和阿母读书的事。李克说建房签字的时候，阿朵的母亲还在家，两个孩子这么小，真忍心。金雨生担心以后，说还是要做做阿朵母亲的工作。李克说他找阿朵母亲签过字，让他试试。李克马上给阿朵的母亲打电话，电话通了，没听李克说完，那头就挂了电话。大家决定让阿朵带着阿母住校读书，以后的扶贫款项不再打给阿朵母亲银行卡，直接发给阿朵。

　　林修回到学校，发现阿尔布和阿母都坐到教室里。林修说拉迪有办法，拉迪说："你别忘了，我是老师出身。"

　　下课后，林修找到阿朵说了村里的决定，阿朵抱着阿母哭，对林修说："北京哥哥，等我长大了，我也要当第一书记。"

　　林修说："阿朵妹妹，你要好好读书。哥哥向你承诺，如果你能考上大学，我就供你读完大学，如果你能考上研究生，我也供你读。"

　　阿朵说："我一定好好学习。"。

　　阿尔布说："我也要和阿朵一起读书。"

　　林修附在阿尔布耳边，悄悄说："现在最重要的是赶快做你爷爷的工作，你读书了，加油学，如果进步快可以跳级，到时候就能和阿朵一班了。"

阿尔布点头。林修说："这是我们俩的秘密哈。"阿尔布更兴奋了，他回来就一天，惹革儿就同意他来上学了。林修问他用什么办法，阿尔布说："我一直给爷爷说，一直说，不让他做活路，不让他吃饭，不让他睡觉，一直说，我要读书，我要读书，他烦了就同意了。"小家伙一脸得意。

林修抱着阿尔布转圈，唱起："小嘛小儿郎，背着书包上学堂，不怕那太阳晒呢，也不怕那风雨狂……"

阿尔布开心，林修更开心，他给渊歌发微信，又攻下一个山头。渊歌回说她在同事心中她都成扶贫干部了。家属嘛。林修说。渊歌说吃饭的时候，她是雪鹤村的新闻发言人，总给大家讲村里的事，没想到大家爱听。遥远的、森林覆盖的、终日云来云去的、空气清甜的雪鹤村，还有一群可爱的人，天天坐在电脑前的同事们，当神话一样听。林修说可能我给你说得太多了。渊歌说必须的。

林修对村里有孩子的家庭，都一一打电话问学习情况，村里也没有辍学和失学儿童。拉迪给林修建议，为鼓励学生好好读书，村里拿出一部分钱，对考上初中、高中、大学的家庭给予不同程度的奖励。村委会讨论之后，觉得这个建议好，把这个消息在村民群里公布，村民们都积极赞成。上面有领导来视察，问及家里孩子上学情况，村民都自豪地说：上学呢。

32

有一个家，一个天空下可以遮风挡雨的屋顶，屋顶下有着血脉相承的亲人，对于雪鹤村村民来说，这样一个家是他们祖祖辈辈最大的梦想。安土重迁是一项繁复的工作，各个组的安置建房大面积铺开，三个第一书记加上罗春早和吉木日木分别在各工地查看，随时解决突发问题。县乡两级领导经常来看，指示一定要按期保质完工。

临近中秋，林修说得去看看鬼针草了。这次三个第一书记一起去了鬼针草家。金雨生拿着同意建房合同，林修拿着放弃建房承诺书。去时鬼针草啃着卤猪脚在喝酒。林修用川话说："日子过得安逸嘛。"

鬼针草说："只许你们大块吃肉，还不许我塞塞牙缝？"

"你是大象牙缝呀，塞得下猪脚。"

鬼针草嘿嘿笑说，我说过你会来的嘛。金雨生说："鬼针草，我们忙着呢，哪有闲工夫和你磨牙。"

林修说："在危房里气定神闲喝酒，也只有鬼针草才有这样的气度。"

鬼针草抢过话说："这是你说的，危房，对吧？"

林修指了指已经淋垮了的半垛墙，说："危房。"

鬼针草狡黠地一笑，指着林修说："你，中纪委下派的'第一书记'，让你的贫困户住在危房里。"

金雨生笑说："所以给你建新房啊。"

鬼针草白了金雨生一眼，说："不满足我的条件，不建。"

"我们能违背国家政策吗？"林修说。

"不是让你们因地制宜，因人而异吗？"鬼针草说。

"你特殊在哪？"

"孤寡五保户。"

"好，你签个放弃建房承诺书，我送你去民政局办的养老院，天天塞牙缝。"林修把放弃建房承诺书展开在他面前。鬼针草不看，说："我不签，你忘了你的领导让你扫地的事了，我就住在这个烂房子里，等你的领导来。"

金雨生把建房同意书给他，说签这个吧。鬼针草还是不签，喝了口酒，笑说："你们呢，做得好，回去升官儿，做得不好，等着挨板子吧。"

李克说："就算我们挨板子，你也是个不好的典型。"鬼针草又喝了一大口酒说："我怕什么典型，早就刀枪不入了，一个人无牵无挂的，你们文化人说的今朝有酒今朝醉，醉死也没球得人烧个纸，我怕什么，怕什么！"说完呜呜哭开了。

金雨生说鬼针草喝醉了。林修给大家使了一下眼色，说工地上还有事儿，先去看看。三个人出来，金雨生说鬼针草很清楚，不可能给他单例政策，偏这么执拗，到底是为什么呢？李克说，他又不是真没钱，常宽荣赔他一万五，加上我们帮他推销的蜂蜜，多的都有了，怎么就想不通，老都老了，能在新房里住住，不是很好吗？林修说他不是没钱，他在斗气。金雨生问跟谁斗气。林修让金雨生和李克去工地，说鬼针草的事由他来解决。金雨生说一个难啃的骨头。林修说他牙好。

林修想如果知道鬼针草流那么多眼泪的含义，就能了解他的心结。林修去找王太因老奶奶。王太因的房子在重建，他们一家三口住在常宽荣的房子里。林修去时，常宽荣正要出门，林修谢谢他愿意让王奶奶一家人暂住。常宽荣说："林书记，你们都给了我改正的机会，还能在我哥没权的时候，给我承包村里的广场修建，我感激。再说王奶奶他们也乡里乡亲的，应该帮。"

"广场的水泥标号要用够哦。"

"放心啦，林书记。"

王太因说："林书记，你们进村以后，这村里的人情都好了。"林修说鬼针草人情好吗？王太因说他就是耍嘴巴，人也是个好人。

"他来看过你新房没有?"

"来呀,还说窗子要雕花,地上要铺防潮什么的。"

"他为什么不答应建房呢?"

"他在等。"

"等什么?"

"等国家一句话。"王太因说。

林修不解,王太因讲起了鬼针草的过去,杨德炳偶尔插几句,林修大致知道了鬼针草名字的来历。鬼针草的大名叫许慕远,他妈叫他慕远,大家也跟着叫慕远。慕远他妈祖上是这山里的人,祖上开了个铜矿,后来被国民党收了,他们一家人就离开山里去了外地。他妈也算是大户人家的小姐,嫁了人有了小孩子,解放了,她妈带着还是小娃娃的慕远回到山里,修了那么个小房子住下。那个年代到处乱,也没人追究他妈的来历,日子就那么过着。谁知道到慕远长到十二三岁时,在村里管砍树的工作队在山里逮住一个偷生产队苞谷的人。工作队队长把那人押去了慕远家,绑在柱子上,说是慕远的爸爸。工作队的人用黄荆条子打他,让他交代是不是国民党留下的特务。那人不说话,头发又长又脏,脸上的胡子也深,像个野人。慕远觉得他像小人书里的特务,也拿了条子打。他妈却哭着让他别打。工作队的人散了,慕远母亲拿一件棉袄披在那人身上。那人才抬起头望她一眼,说对不起他们。后来调查清楚了,慕远他父亲是个国民党军官,参加过远征军,

392

随部队投诚到共产党后，他脱下军装，一直在找慕远他们，好不容易找到了，怕影响他们，他就在他们不远的山里藏着。听说他父亲的事上面调查了一阵，不是特务，却没人给个结果，被乡下人仍然当了特务看。队里开会时电杆儿的堂伯总要让他父亲戴着特务的纸帽子斗争一盘，有人说是电杆儿的堂伯看上慕远他妈，巴不得把他父亲斗死。慕远父亲身体好得很，斗争的次数多了，他也当成家常饭，不需要民兵来抓，他自己就去了会场。电杆儿的堂伯看他不低头，说他对人民不满，挑起大家对他拳打脚踢，他父亲就这样活活给斗死了。慕远上学的资格没了，他一个人低头来来去去，从没有站直过，被生产队派到没人的山上养蜂。大家都快把他给忘了的时候，他下山来把自己收拾光鲜了，才发现他还有几分人才，有人上门给他说媳妇，他却一个都不看，谁知道他竟然和常家的女儿常小秋好上了。这下不得了，常家把小秋关起来，给她说了门亲事，嫁去另一个组。可有人在养蜂的山上发现他和常小秋光赤赤地在一起，他被当成流氓，像他父亲一样被大绑了大家打骂吐口水。他妈没骂他，给他擦干了泪，把他所有的衣服都洗干净，该补的都补好，去栎子树上吊死了。他把他妈埋了，一个人去山上养蜂，等包产到户，他下山来，房子周围长满了鬼针草，他也不打整，进进出出，身上沾满鬼针草。也不知道是谁先叫他鬼针草，还是他自己喜欢鬼针草这个名字，他从许慕远变成鬼针草以后，也不怕人了，见了谁他都要弯酸几句。

给他说过人家，他也不要，他一直在养蜂，按理说也不穷，只是还牵挂着常小秋，常小秋生了肺病，他的钱可能拿去帮衬她了。常小秋病死以后，鬼针草就再也没说过结婚的事。

王太因用世事无常结了尾，说鬼针草不想别人提到他的过去，但过去的事对他而言过不去。林修说国家动荡不安时，个人命运又怎么能置身事外。王太因说："我会劝他早点签的。"

鬼针草的事压得林修心里沉沉的，他在网上买了一台离蜜机。货送来时，他专门去乡上买了一瓶酒和卤鸭子，带着离蜜机去了鬼针草家里。鬼针草看见离蜜机，就摆弄开了，说有这个方便，问多少钱。林修问你要给我吗。鬼针草说便宜就给，贵了不给。林修只是笑，说："刚进村的时候喝醉了，发誓不再喝酒，但今天为了许慕远，我开戒。"鬼针草说："许慕远死了。"吃饭的小桌子缺了一条腿，鬼针草搬进来一个蜂箱，林修垫了一张报纸。鬼针草淘米煮饭，他就帮着烧火。林修讲了一个故事，说在一个炎热的中午，原野荒无人烟，一个流浪少年在树下睡着了，一个达官贵人经过树下，看少年睡了脸上还笑盈盈的，就和他的管家商量要不要把少年带回家当儿子。管家看看少年，说少年骨骼清奇，脸相俊美，一看就是富贵命。达官贵人等着少年醒来，带他回家。可少年在梦里梦见一个贵人，带他见了好多他不曾见过的东西，他不愿意醒来。达官贵人看少年睡得这么甜美，不忍心惊扰他，就和管家离开了。少年醒来，原野还是荒无人烟，太阳还是炎热，和他睡前一样，他继续流浪。鬼针草说："编的吧？"

"编的也可能是真的。如果你是那少年，愿意醒来被带走，还是继续过流浪的生活？"

"我要醒来告诉他，想继续流浪。"

"人的命运很偶然，因为一件极小的事，比如睡着了，命运就会发生改变。何况整个国家都在历经劫难时，个人的命运自己做不了主。比如你父亲母亲。"

"你知道了？"

"知道了。"

鬼针草不再说话，林修也不说。等两杯酒下肚，鬼针草忍不住了，说起了他的父亲母亲，一把鼻涕一把泪的，说他的名字就没改好，慕远，这不是一个山里人应该有的名字，他连眼前都过不好，还慕什么远，他一听到这个名字就像是个讽刺。林修等他说完了，举起酒杯向他的父母敬杯酒，鬼针草跪了下去，说："妈，是儿子不孝。"

林修拉起他，说："你母亲如果活着，和王太因奶奶差不多年纪吧。你想一想，她愿意看到他的儿了过一种什么样的生活。而现在的生活，你是可以做主的。"

鬼针草说："我已经为自己做主了，常小秋你知道吧？"

"你后悔过吗？"

"没有。"

"这就对了，得恭喜你，说句文艺的话，爱过，铭心刻骨，这可不是每个人都拥有过的。"

　　鬼针草说："你不认为那有罪？"

　　"真正的爱都是高贵的。"

　　鬼针草端起酒杯说："林书记，我敬你。"

　　林修问："你相信来世吗？"

　　鬼针草说不信，林修说："那就对了，这一世爱过，也好好地活。你的父母就是因为那个时候国家法律不健全，才有那样的悲剧，现在我们必须有法可依，我们只能遵照国家法律行事。"

　　鬼针草说他明白，很早就明白，但他不愿意写下许慕远三个字，所以跟自己较劲。林修走了，鬼针草跟着出来，问合同带来没有，他签字。林修说："罗春早会来找你签字，希望你以后能支持他的工作。"

　　鬼针草目送林修走远，几十年过去了，没有人和他这么认真地谈过父母，更没有和谁谈过常小秋，而这个年轻人倾听了，他没有笑他，而是把他当成一个人赞美了他。

　　许慕远在这个黄昏活过来。

33

又一个国庆节到了，柳卫原本和林修约好，带他去眉山的三苏祠。但是雪鹤村大面积建房已经铺开，各种问题层出不穷，林修无法离开。节日第一天，柳卫组织县里相关人员来村里把关建房过程中重大政策问题。黄乡长与施工队进行技术交底。罗春早去青岗坪建房集中点上蹲守。金雨生协调建房过程中群众纠纷。吉木日木跟进散户施工进度。李克在李子坪督促临时棚建的供电。林修先去王太因家看房子的改造进度。王太因也在，看工人们把房子改造得结结实实，王太因说："这房子修得这么好，真想再活几十年。"林修说："王奶奶，你身体好，活一百多岁没问题。"

王太因说："明天能不能醒来，还不知道呢。林书记，我们的钱全用来建房了，如果我和老伴走了，杨豆豆要是还住在这里就好了。只可惜他……"

林修说："也许杨豆豆可以一直住在这里。王奶奶，我有个想法，也许你这个房子我们可以做成村里的养老院。至于怎么做，我们要开会商量一下。"王太因说，只要杨豆豆的生活有保障，她同意。

离开的时候天下起小雨，王奶奶把她穿的鞋脱了。林修说天冷了，脱鞋可能感冒。再说现在村里搞修建，难免不落个钉子什么的，也怕伤了脚。王奶奶说农村人不娇气。林修拗不过王奶奶，他去看鬼针草。鬼针草正要出门，说是要去喂蜂。他的房子要拆了重建，蜂箱已经搬到常小秋的坟地旁，那地方避风。林修看他的脚也光着，问他冷不。鬼针草说冷是冷，但是免得洗鞋。林修问："想没想过将来房子让谁继承？"

"没想过。"

"如果有一种方式，比如预先把房子的所有权卖给村里，你的地基占其中多少，来抵每年的租房钱，抵完以后你每年再出钱。"

"我知道你说的是房子养老。"

"这个你都知道？"

"收音机里听的。"

"你愿意吗？"

"当然愿意，趁我还跑得动，我还想拿着钱出去看看呢。"

林修说等他和大家商量后再给答复。林修趁县乡两级领导都在村里，他通知村委会的人在安置点开会，提出大胆的想法，扩建王太因的房子，围成一个真正的四合院，以后可作村里养老院，鬼针草的房子也可抵给村里。吉木日木说第一条简单，他同意。可第二条——好不容易让鬼针草签字了，现在又做这样的打算，只怕鬼针草以后不给钱，惹麻烦。罗春早也说没有这样的先例。林修说他征求过当事者的意见，他们同意。金雨生说不妨试试，他们两家的确比较特殊。李克也同意。林修和金雨生找到黄乡长，一起去找柳卫，柳卫听了他们的打算，觉得可行，说这样可以减轻王太因他们家建房负担。具体怎么做，有可操作性，还要和当事者一起找个大家都接受的方式。林修等柳卫和乡长走了，又说了一件事，天冷了，村里修路到处乱糟糟的，遇上雨天更是难行，村里为每一个村民买双雨靴。吉木日木说林修想得周到。罗春早说要向林修学习，心里随时装着村民的冷暖。林修用四川话说："哟喂，这些话留到我走的时候说嘛。"罗春早说："村民们这么信赖你们，有你们在，我们也有主心骨，等你们走了，我们怎么办哦。"

林修说："你别担心，能力都是慢慢锻炼出来的，首先你得相信自己。"

吉木日木说："如果王太因和鬼针草的房子能达成协议，也算是为村里置了一部分集体财产。以后的工作是要困难些，你们在过，村民的期许高，我们的压力也大，有什么问题我们还会找你们，别嫌我们给你们添麻烦哈。"

金雨生说，真开成话别会了吗？走吧，还有好多事等着呢。

林修让李克多方摸底，拿出一个价格，让罗春早和吉木日木出面找鬼针草和王太因商议。大家接受了任务，各自行动。

　　林修和金雨生骑着摩托，在村里各个基建点来回穿梭，解决临时发生的各种事情，包括电费、用水、建筑垃圾的堆放、临时厕所，等等。他们每个人都有一本随身携带的小本子，在晚上记下明天要完成的事，每天都是十几种，加上临时发生的，到了晚上发现还有许多事没完成，加班就成了常事。

　　一天马格发来微信，问他是否还活着。林修才发现他很久没跟马格联系了。林修问公司上市准备得怎么样了。马格发了三个字，说没意思。林修说是不是找到更好的赚钱项目。马格说要说赚钱，没有比这个更容易的了，可钱就是符号，没意思。林修哈哈笑，马格说白瑞特的父亲被调查了。林修一惊，他见过白瑞特一面，那可是个呼风唤雨的哥，何况他的父亲也是军中响当当的人物。姑父该高兴了。林修说。马格说他爸听说这个消息，带他出去吃了一次涮羊肉。他们父子俩还喝了二锅头。马格感叹过普通人的生活其实挺有意思。林修想白瑞特的父亲出事，白瑞特的公司会不会受调查，而马格和白瑞特合伙的公司合法吗？正想时，马格又发了信来，说他想去种树。林修说好啊，支付宝上有个蚂蚁森林，爱种多少种多少。马格不理他了。

　　虽然马格行事不按常理，但是说种树，林修想他不过是说说而已。没多久姑妈发来消息，问马格和他联系吗，他是不是得了抑郁症，天天和太爷爷待在一起，话也说得少。林修让姑妈放心，说马格总会在绝处走出一条生路来。林修让渊歌问锦茵马格的情况，渊歌说锦茵和马格五一前就分手了，她现在去了法国。林修想自己是太忙了，总认为亲人们还是原来的样子活着。他给马格打电话，马格说他等太爷爷回答他的问题，活着的意义？林修说等你忙得没有时间去想意义的时候就找到意义了。

林修像只陀螺，被事务抽得团团转，其实他也希望有发呆的时间，想一想活着为什么，这种时候才会感受到个体生命真真切切的存在。还有就是读书，读书的时候，会让时光与眼前暂时剥离。他时常忘了读书会的时间，但曲别拉迪和希尔记着。读书会的人员增多了，阿朵和阿尔布有时也会带着几个孩子前来。他们读苏东坡，读历史，林修还是读《万物的签名》，到后来有些艰深晦涩，但奇怪的是阿尔布对阿尔玛的一切都感兴趣，亨利老了，但依然像只豹子，阿尔玛长大了，成了一名研究苔藓的专家。一个研究兰花的安布罗斯出现了，问她是否在工作中找到尊严。阿尔玛说是的。阿尔玛不相信上帝，但她相信世界上每一朵花，每一片叶子，每一颗果实和每一棵树的设计当中，都隐藏着改善人类的线索，整个自然界就是一种神的代码。安布罗斯坚信如此。安布罗斯弃绝物质世界，弃绝教会种种仪式，弃绝身体的种种欲望，弃绝占有欲和私心。他想成为火，能解读藏在树木中的语言，在兰花中看见天使，在没有光线的地方看见慈善的光。他说这些话时，阿尔玛在安布罗斯脸上看到上天的光芒，他们恋爱了，结婚了，可年轻优美的安布罗斯因为他的信仰，让他们婚床始终是摆设，绝望的阿尔玛把安布罗斯放逐去了塔希堤。几年以后阿尔玛去塔希堤找他，安布罗斯死了，他被当作神一样的存在。阿尔玛在大海的孤岛见到了世界上最茂密的苔藓。"山洞里不仅为苔藓覆盖，而且因苔藓而搏动。不仅翠绿，而且绿得发狂。明亮的翠绿色几乎在说话，仿佛穿过视角的世界，想移居到听觉的世界……难以置信的是在山洞最深的角落，闪着最亮的光。妖精的黄金，龙洞的黄金，精灵的黄金——光藓，从地洞永恒暮光内部像猫眼一样闪闪发光……尽管站在这里，她却开始怀念这个地方，她知道她的余生都会怀念这里。"这是安布罗斯指给她的地方。可能是一种经验的陌生，也可能是太远的远方，带给大家一种模糊的向往。阿尔布甚至不知道在说什么，但是他安静神往的样子，让林修觉得世上有些东西真是讲缘分的。希尔说："上帝的山洞。修，你信上帝吗？"

林修说："不信，阿尔玛也不信，她生机勃勃，活力四射，相信坚忍奋斗，才是伟大的生命契约。"

拉迪说："我们可以不说上帝存在，但我总相信这世上有什么东西比我们想象的强大。比如人类需要阳光、空气和水，恰巧就有。比如人类喜欢吃肉，恰巧就有肉吃。再比如人体的结构，吃了满足了食欲，恰巧又有器官排出不需要的。"

林修说："这点我同意，每当深思这个庞大的星系，按一种什么样的规律运行而不出错，就会生出一丝敬畏。"

希尔说："你这不就是相信有上帝在吗？"

林修说："上帝在，上帝慈悲，可这个世界又是弱肉强食，难道这也是上帝倡导？再说信仰上帝的国家为什么总是战争不断，上帝听不见人们的祷告吗？"

阿尔布乌黑的眼珠在每个人脸上转来转去，阿朵拖他走，他说他喜欢看他们吵架。林修笑说，我们这是讨论，不是吵架。

阿尔布说："阿尔玛也和那个萝卜丝吵架。"说得几个人都笑了，林修问阿尔布听得懂不。阿尔布说他就喜欢听不懂的东西。金雨生说："下次来，我给读打仗的故事。"阿尔布说，我还是想知道阿尔玛后来怎么样了。

阿尔布走后，拉迪说，阿尔布的智商很高，以他目前的速度，下学期就可以跳级了。林修说他有动力，那小子情窦开了，想和阿朵一起读书。说得大家都笑。金雨生说他儿子还在读小学的时候，就画了一支箭穿过一颗心，那颗心还写了个女生的名字。林修问希尔画过箭没，希尔说画什么箭，直接约会啊。又是一阵笑，每个人都忆起了小时候的趣事。拉迪问林修第一次动心是多大。林修说八岁，他和马格一起在部队院里玩，一个穿格子背心裙子，红皮鞋白袜子的小女孩，像个小公主，那个时候他就想摸摸她编了辫子的长发。后来少年时期他都想着这样一个小女孩，马格一个一个换女朋友的时候，他都觉得是俗人。他就在梦里幻想着她长大，白衣胜雪，然后渊歌就来了。"其实并不是什么动心，只是生命初醒，第一次对自己之外的异性生命产生兴趣而已。渊歌才是我第一次动心的女孩。"

拉迪说："我最喜欢读书会，身处大山，还能找到同类。"

希尔说："多年以后，我也会记着在中国小凉山深处的夜晚。今夜，这里是唯一的抒情。"

拉迪大笑："希尔真是中国通，这是海子的诗呀。"

希尔说："我知道，就因为他的诗，我还专门去了德令哈。"

拉迪说此时该有酒啊，他个子比希尔矮，但他的手搭在希尔肩上，两个人以奇怪的姿势摇摇晃晃走进夜色里。林修看着他们，对金雨生和李克说："很幸运，因为你们在，因为他们在。"

金雨生说："是的，很多村庄只有一个第一书记，不仅工作更苦，而且更寂寞。"

"所以，我们没有任何理由不把雪鹤村带好了。"林修说。

34

冬天很快降临山里，好像去年的雾还没散尽似的，只那么一眨眼，山里很多时候都是雾茫茫一片了。村民们大多挪了地方，火塘的火又在别处燃起来，天冷起来，出行有了雨靴，村民们感激，自发清扫落在公路上的建筑泥沙，打扫已经修好的广场上的落叶。雨沥和市纪委的书记来村里视察，发现住在棚里的有些村民棉被薄，对林修他们说，要让村民过个暖冬。林修他们在网上买了电热毯发给大家，又组织专业电工检查了各处棚户区线路。

"天再冷，有我们。"林修在村里微信群的一句话，引来好多人点赞，鬼针草说："国家摸得着了。"

李芒说："国家是什么，就是政府吗？"

阿果说："我们总说国家会管的，国家会管的，这个国家不就是政府吗？"

林修说："国家是由领土、人民、文化和政府四个要素组成的。说穿了就是脚下的土地和我们，因为政府也是由人民组成的。我们每一个人都是组成国家的一分子，国家有难，匹夫有责，说的就是这个意思。现在扶贫是国家政策，是领导这个国家的共产党对贫困人群的关心。没有人注定生活在贫困中，救助穷人是国家的义务，是求人类共同发展。我们每个人都要在这个政策中尽自己的责任，贫的脱贫，富的帮助他人脱贫。"

金雨生对林修竖了大拇指，说他就是站得比一般人高。李克说他也知道这个意思，但是说不清楚。

林修说："很小的时候，父亲嘴里总是一些大词，我听不懂，就翻书，记下一些。"

"这么久了，我们也不好问，你父亲也是个领导吧？"李克说。

"领导我妈而已。他就是个胡同里拉黄包车的，不过那嘴说出话来，倒把人给吓着，以为他在中南海工作呢。"

"北京人出名的会侃。"金雨生说。

林修想父亲是会侃的典型，他怕给父亲打电话，他总拿他和马格比，说他在山里误了时间。马格天天和太爷爷守在一起后，他又担心，说马格会不会从此废掉。听说马格把公司都转给了别人，父亲比姑妈还心痛，问林修什么时候能回家一趟，和马格谈谈。林修安慰他马格没事，说等过年的时候回家，也许还会给他带个儿媳回去。父亲高兴了，骂了句臭小子，说渊歌都来过家里了。林修问真的吗，她怎么没和我说过。父亲说她来看马格，是个有礼貌的姑娘。林修心里蜜似的，倒真是盼着过年了。

各处的修建紧锣密鼓地进行，看着房子一天一天长高，林修和村民们一样高兴，王太因老奶奶的老房子已经改造好，还在扩建时，王奶奶就急忙忙搬回了老屋，说带个杨豆豆，住在常宽荣家不方便。临近春节，在外务工的人大多回村，只是多数人家还住在棚户里，林修和三个书记商量着，把已经放假的学校腾了出来，让回乡的乡亲们暂时居住。

阿约结业回到马边，在一个电厂找到工作，他带着大肚子的妻子来向林修致谢，说孩子出生了，让林修给取个名字。林修笑说他可不懂彝族人的名字，再说他也没权利。林修问阿尔布在家做什么，阿约说，那小家伙入魔了，发疯一样读书。"我学了这么久，勉强识一些简单的字。可阿尔布竟然能看书了。"林修说阿尔布是有些天分。

阿约说："我爸心里暗暗高兴，他总是让阿尔布坐在火塘边读书，阿尔布喜欢吃板栗，他就烧好后剥出来放在阿尔布面前。"

林修问："你爸还是不同意和你们一起搬下山吗？"

阿约说："正想说这事。我爸说，他也愿意把老房子抵给村里，黑松林是高了点，但如果将来村里发展牛羊养殖什么的，那房子也可作临时公棚。"

林修说，他和大家商量一下，如果可行，你和你哥要签放弃那房子的所有权和使用权合同。阿约说没问题。林修请阿约留下一起吃阿衣做的鱼，说阿衣学了本事，想露一手。

除了回乡的村民，来村上慰问的领导和各界人士越来越多，来写报道的记者也增多。印梅也进了村，说雪鹤村像网红，什么都被人写过了，省纪委网站要在春节编排一组关于第一书记的文章，她都不知道写什么了。林修说："没新闻最好，让雪鹤村安静过年吧。"

印梅翻着报纸，问金雨生："中央纪委下派第一书记林修说让雪鹤村安静过年，这算不算一条新闻？"金雨生说算，李克也说算。林修自己也笑了，说算。

一封信从报纸中落了出来，林修的信。印梅高举着，说："穿越了，这年代还有信倒是真正的新闻，女朋友的？"

林修抢到手，原来是阿鲁写来的，说他已经分到连队了，他们连在开展一个活动，写一封家书，他想来想去，觉得给林修写信最有意思，"……我也会唱那首'当那一天来临'，通过新兵训练，我找到了更强大的自己。林书记，我再给你行个标准的军礼吧……"林修读完信，心里也生出豪情。看着金雨生和李克沉浸的样子，林修说："印梅，你就写他俩，转业军人的第二个战场。"印梅说："好，再加一篇，第一书记的军人情结。"

雨沥在春节前一周到了马边，专门到雪鹤村查看房屋修建进展，慰问住在棚户里的村民。临走时她问林修春节回北京不。林修说要回。雨沥说："回去好好陪陪父母，空了写篇总结报告，还有就是开春以后，马边绿色产品进京，我们一起去单位向领导汇报请示。"

"绿色产品进北京的策划书，我已经做好了。"林修说。

雨沥表扬了他，说和聪明人一起工作省心。林修说了声谢谢。雨沥问有没有女朋友，林修说："春节回家扯证。"雨沥说："结婚别忘了通知我。"林修像个少年一样露出一脸灿烂的笑。其实说扯证，只是他想的，还没和渊歌商量呢。好在渊歌说过，今年哪也不去，就等林修回北京。

林修买了鬼针草的蜂蜜、李玉普的红茶、曲别拉根的核桃、惹革儿做的银丝干笋，还有李芒的烟熏鸡和吉克乌乌的老腊肉，今年就在惠园吃团年饭，吃马边的特产，对了要请渊歌一起。金雨生看他兴致勃勃地装东西，开玩笑说："马边绿色产品先进你家了。"林修用川话说："雪鹤村特产，巴适得板。"金雨生大笑，说林修快变成四川人了。其实他们三个各自都背了个大包，带着村里的特产回家过年。接他们出村的车来时，林修接到一个电话，他的脸色变了，挂了电话，调整了一下情绪，让车带着李克和金雨生先走，说他还有点事。

林修先打了120，骑个摩托几分钟就到了王太因的家。鬼针草和几个乡亲已经将杨德炳抬到床上，林修对杨大爷实施心脏急救按摩。杨德炳睁开眼说："真想活啊，新房子……"王太因一把鼻涕一把泪，呼叫："杨德炳，你要陪着我。"杨德炳眼光落在杨豆豆身上，王太因让杨豆豆跪在父亲面前，杨德炳的眼滚出泪来，慢慢合上了。王太因恸哭，林修担心她一口气上不来，情急之下，他把王太因抱在怀里，说："王奶奶，保重，你有杨豆豆，还有我们。"王太因哭得更无助了。

鬼针草抬了把椅子，拉王太因坐下，说："婶，为了杨豆豆，你得挺住了。"

王太因还是哭，杨豆豆看父母哭，他也哭了。

医生来时，象征性地为杨德炳测了血压、心跳、呼吸，宣布病人已死亡。王太因好像已经听不见了，她木呆呆地看着床上的人，那个叫杨德炳的走远了吗？

林修送医生们出门，医生说："冬天，老人容易猝死。你们做子女的，要注意另一个老人。"

林修点了一下头，进屋，问鬼针草接下来的事怎么做。鬼针草说按山里规矩，他来安排，林修只要陪着王太因，别让她也出事就好。

林修说好，村里的乡亲陆续来了，帮助搭了灵堂。王太因哭够了，迷迷糊糊的，一会儿叫声杨豆豆，一会儿又叫林书记。只要林修不在她视线内，她就像冬天的草委顿了。林修想这年怕是回不去了，他给父母打了电话，说村里急事，过年不能回家了。父亲说，啥急事？就盼着过年才能见你，你太爷爷都念你好几回了。林修问太爷爷还好吧。父亲说能吃能睡。林修放了心，又给渊歌和马格发了微信，说他过年不能回家了，只盼着年后能有时间相见。渊歌问他过年也待在村里吗？林修说村里临时有事，还说他把村里的年货快递给她，让她给父母带去。渊歌答应了。

林修一直陪着王太因，他也不劝她，在生离死别的当儿劝什么都轻，他只是陪着王奶奶，看着一个人怎么与世界做最后的道别。可能是过年吧，人们的心情是好的，守灵的人玩起牌，甚至渐渐有了笑声。鬼针草说，八十多岁的人离世也算喜丧。王太因说其实她早明白，这一天迟早会来，只是杨德炳过分了，让她送他，她宁愿是他送她。鬼针草说："我叔有福气，你送他，还有北京的林书记送他，这是多大的面子。"

王太因对林修说："林书记，害你过年都没回家，对不住你，也对不住你父母。"

林修说等大爷入土为安后，他还可以回北京。

杨德炳是在大年初二下葬的，送行的人不多，很多人都走亲戚去了。即便这样林修也觉得山里人的来与去都有仪式感。盖棺的时候，王太因又哭开了，声音时高时低，念念叨叨："杨德炳，你先去那边铺好路，我随后来陪你。"

说得林修鼻子酸酸的，更加想念太爷爷。他把王奶奶送回家，回到村委会，有几个小孩子在外放花炮，他看着他们，想起和马格的小时候，太爷爷带他们放炮的情景，他编了一段话发给马格，让他给太爷爷看。马格说他在西宁。

林修问过年跑西宁去干什么，马格说看看能不能冻死。林修说："死这个字很重的。"

马格说："我来为太爷爷还愿，去塔尔寺给他点一盏灯。"

林修想马格陪了太爷爷那么久，太爷爷有些秘密可能会告诉他。林修问他什么时候回北京。马格说租了车要去穿越柴达木去敦煌。"你一个人？"林修有些担心。

"还有锦茵。"

锦茵？林修又错愕了，渊歌不是说他们已经分了吗？他心里疑问，但也没问。杨大爷骤然离世，林修算是第一次近距离地接触到死亡，活着是一天少一天，原来只是个概念，现在怎么就有锥心的痛似的，太爷爷、父母、姑妈、姑父、马格，从出生起就习以为常的亲人，说不定哪天就离开了。林修给亲人们一个个打电话，他们在年里的声音带着一丝欢喜，驱走了因杨大爷的死亡带来的阴影。母亲说马格和锦茵去西宁了。林修说知道。母亲又说姑妈劝他们早点结婚呢。林修知道母亲的潜台词，盼着他和渊歌呢。林修本来想春节回家，合适的话向渊歌求婚，现在又不知道何时能见。去年海南儋州一别，又是经年，而自己很多时候忙得没机会和她联系，渊歌却无怨言，连任性的机会也不曾有，他实在是愧对。还剩 4 天假，林修想回北京，除去来回，可以给家人一天，渊歌一天。他在网上订票时，渊歌发了消息来，说她已经订了来川的机票。林修顿觉一股暖意从心中流过，说："山里没

412

有暖气，冷。"

"想和你守着一堆火，看天黑。"渊歌说。

林修几乎要流泪了。他找出渊歌送的《苏东坡传》。书刚来，就被金雨生和李克传看，他偶尔在读书会的时候听一节，他并不喜欢林语堂叙述的方式，常常站出来评论，像在讲故事，通过书了解的只是苏东坡的人生经历，却很难有那么入心入肺的体验，还不如看苏东坡本身的文字那么富有生机，直击心底。不过是渊歌送给他的，他带着去接渊歌，在车上看看。

渊歌穿一件宽松的毛衣，手搭一件格子大衣走出来，林修眼里机场就渊歌一个人了。他对着渊歌笑。她也对他笑。他给她穿上大衣，渊歌又戴了帽子，两个人相互看着。无言胜万语。他们牵手往外走，走一阵，又停下，相互看看，两只手攥得更紧了。

"不放?"渊歌问。

"一辈子不放。"林修答。

他们要了一个滴滴打车，车上，两个人不好说话，也就一直牵着手。司机找话说："你们来旅游?"林修说对。司机又问要去哪玩。林修说乐山。司机说："你们可以到眉山看苏老汉儿，再去乐山看大佛老爷。"

"上次在儋州，我说有机会去眉山，这机会就这么来了，只可惜马格和锦茵不在。我们去吗?"林修问渊歌。

"去，那不是苏东坡和王弗恋爱的地方吗?"

413

林修对司机说去眉山，司机也爽快，说："你们临时决定改路线，我就收一半的钱。"

渊歌笑着点了一下林修的鼻子。

在眉山下高速时，看见四座巍峨的仿古城门楼。渊歌说气派。林修说晚上经过的时候，灯光一开更加辉煌。司机说这是政府打造的两宋荣光，至于到底是什么，我们也说不清楚，总之就是钱堆出来了，看着也光生了。

尚未进城迎面而来的是林立高楼。渊歌说现在到中国的每一个城市到处都是崭新的高楼，华丽是华丽了，就像人一样都穿着同样的衣裳，还是觉得单调了。林修说眉山还有个三苏祠，倒是保住了城市的魂。

这司机挺有意思，看街上饭店多关着门，问要不要去家里吃碗汤圆，林修和渊歌谢过，眉山两字在他们心里亲了。三苏祠里庭园古树、池塘倒没什么奇处，各处塑像可能修整过，看着干净，有讲解员，但对看过《苏东坡传》的林修和渊歌来说，显得薄了，加上过年人多，林修说找不到苏东坡的感觉。很多人在苏东坡的雕像前拍照，林修和渊歌坐在亭子里看，苏东坡一手撑地，一手搭膝，美髯飘飘，旷达高远样。渊歌说："东坡在眉山时，应该是王弗初嫁，玉树临风才对。"

林修说："这雕像像是在黄州刚写完赤壁怀古的样子。他在眉山，应如他文中所写，雄姿英发，谈笑间才情卓越。"

"渊歌初嫁，林修是什么样子?"有个人蒙住了渊歌的眼睛，让她猜猜是谁。林修见是风起，说这世界真的很小啊。风起拿下手，渊歌也惊喜，问风起怎么在眉山。风起说她老家是眉山的，回家过年，与一帮朋友在一起喝茶，因为有人抽烟，她跑出来透气，没想到遇见了。

"怪不得你的诗写得好，原来与东坡同邦。"林修说。

风起说："见笑，不过自娱自乐罢了。"

渊歌问："来的路上，司机说眉山打造两宋荣光，什么是两宋荣光?"

风起说："唐宋八大家中三位出自眉山，两宋三百年间，此地出了八百多名进士，是不是钟灵毓秀之地? 陆游来拜谒三苏祠，为眉山留下'千载诗书城'的美名。不过，这种荣光岂是能打造出来的，只是形式走到前面罢了。"

"也不能说形式不好，知情与不知情的路人途经眉山，看见气势如虹的门楼总会在心里问一问，这是哪里? 再说有了形式，装上内容岂不更好?"林修说。

"不愧是北京来的，想得周全。"

"我只是结合到我们的扶贫来说，比如修路、建房、各种基础设施的改善，有国家支持都易做，但是村民骨子里的自强、求变，不是一朝一夕之事，得给他们时间。"

风起跷起大拇指。

415

"唐姐姐好吗？"渊歌问。

"好着呢，她说等春天，邀约一帮人进马边，采明前茶。"

林修说欢迎，茶山和阿果的茶园在去年春天播种以后，长势喜人，今年春天可以大量采茶了。

风起邀请林修和渊歌一起去喝茶。渊歌说算了，不认识，尴尬。风起说："我再问一句，晚上住眉山吗？让我尽一下地主之谊。"林修说正准备回乐山。

"那我送你们去高铁站吧。高铁方便，十几分钟就到乐山了。"风起说。

一个小时以后，他们站在观看大佛的船上，游客们都在抢着时间拍大佛正面照。一个坐在轮椅上的大爷可能是寿星，他捧着一束花，在儿孙们的簇拥下看大佛，其中一个小伙子让林修帮忙拍张全家福。林修很认真地拍了。小伙子问林修需要帮他们拍吗。林修拉渊歌拍了一张合影。林修说："大佛修了九十年，在江边站了一千多年，苏东坡看过。在这三江汇流之处，更能理解苏东坡写给赴嘉州上任朋友的诗：'颇愿身为汉嘉守，载酒时作凌云游。'""《苏东坡传》你看完了吗？我还没看完呢。"林修说："你给的书还想要回去啊？"

"书带着你的气息嘛。"

"我把自己给你，要吗？"

"要。"渊歌环住了林修。

"汉嘉山水做证，嫁给我。"

"求婚吗？没有花，至少跪着嘛。"渊歌开玩笑说。

林修果真单腿下跪，小伙子赶紧把老人手里的花递给了林修，林修很郑重地对渊歌说："请你嫁给我！"

渊歌说你来真的呀，先是笑，笑着笑着眼里就有了泪花。接过花她对林修鞠了一躬，又对船上的陌生人鞠了一躬。

船上的人起哄拍手，说般配，纷纷祝他们幸福。一个陌生的女子要渊歌加她微信，说他们求婚的过程她拍了录像。渊歌给了女子一个熊抱，说："我很幸福，因为他，因为你们。"

林修开始叫渊歌媳妇，晚上带她去吃麻辣烫，牛肉夹了辣椒，穿成一串串地往滚沸的锅里一放，麻辣锅的周围还能烤肉和饼。渊歌直说好吃。林修看她比他还能吃辣，问她什么时候学会的。渊歌说上大学的时候，有个同学是四川的，她把全宿舍的人都培养成了四川人，说四川话，吃四川味。林修说："四川人出名的会吃会玩。"

"我发现他们还会穿，我学服装设计的，有强迫症，走到哪，首先看到的是人群穿衣搭配，北京人整体来说最不讲究。"

"你给我设计设计。"

"等你回北京再说吧。"

"想想就觉得太快呢，只有大半年的时间了。"

"我盼着你回来。"

417

林修把烫好的串串给渊歌。渊歌说："有句网红话叫好想当你的贫困户。我要一辈子都当你的贫困户。"

"那可不行，你得想法脱贫。"

渊歌先笑了。林修说之前听说马格和锦茵分手了，现在又好了，怎么回事？渊歌说没什么事啊，恋人间吵吵闹闹，分分合合不是常事吗？林修说我们是不是太幸运了。渊歌说是啊，等你回北京要好好和你吵吵才行。

"你没机会了，大佛做证，你已经是我媳妇。"

"对了，锦茵说马格一直不提结婚的事。马格那人想一出是一出，跟着他过日子，真的不知道明天在哪里。"

"锦茵还跟着他去了大西北呢。"

"锦茵去法国，其实就是想看看没有马格会怎么样，可是她发现忘不了他。"

"我还以为马格不做公司，锦茵就离开他了。"

"你对锦茵的误解深哦，其实锦茵骨子里和马格一样，是个遵从自己内心活着的人，只要为了爱情，让她留在大西北她也愿意。"

"那就简单了。马格之前做的事也没什么前景，他天天说着上市，不过是白瑞特想利用他老子的影响吸金。他爸垮了，白瑞特也完了。马格可能知道路走不通了，想另寻一条路，暂时无暇顾及个人的事。"

"北京那地方，每天公司开张的多，倒闭的也多，真没什么稀奇的。马格那么聪明，会找到路的。"

林修有些担心，怕马格原来的公司会有什么违规的事，但他不想让渊歌又担心锦茵，问渊歌相信缘吗？渊歌说相信。那么河流也约会，你信吗？渊歌说河流归海，是因为地势吧。林修说百川入海是地势，但是四川是盆地，乐山并不是最低，可是三条大河从盆地的不同地方发源，经过高山峡谷之后，竟然在乐山大佛脚下相遇了。不对，应该说是乐山大佛恰好建在河流约会的地方。

"如此说来，乐山是块天选的福地哦。"

林修继续讲乐山的过去和现在，卖麻辣烫的老板说，听你口音不像是乐山人，却比我们乐山人还知道乐山。

渊歌说："他乡作故乡了。"

"那么多的人，那么多的事，抹不去的，何况这里是你我相识相知之地，一辈子都记着。"林修伸出手拉起渊歌，说走吧。渊歌问去哪里，林修说乐山的夜里。

35

　　年一过，马边山间地头，油菜花一天比一天黄了，山里虽然寒意浸骨，但山间草木都争着发出新芽。特别是茶园，新叶田田，清明节前，阿果和李玉普开始忙碌，不仅要管自家的茶园，不要负责村里合作社的茶园管理。清明节前，唐宛带着一帮人来到村里，说要帮村里的茶园拍个微电影，帮助宣传。唐宛问有没有上镜的彝妹子。林修给阿衣打了电话，问她愿不愿意为村里出点力。阿衣说必须的嘛。阿衣穿着彝族五彩的衣裙出现在唐宛面前时，唐宛说天人。已经在船上工作了一年的阿衣，见识和谈吐都让人刮目相看，何况还有清越高亮的嗓音。跟着唐宛来的人喜欢和村民一起采茶，青山作底、雾岚轻抹、鲜衣映衬，看着悦心。林修对罗春早说，以后茶地四周可种一些鲜花，可观可赏。采茶加文化旅游，既宣传了马边茶业，又增加村民的收入，还有就是扩大茶业种植，通过互联网等多种方式推销自己的产品。罗春早一一记下，说："林书记，我压力很大，总担心你们走了，人们会很快忘了雪鹤村。"

"忘了，也许是好事，路有了，房子有了，有产业支撑了，安心过日子。"

"脱贫的这两年完全是非常态，我觉得村民们都被宠坏了。无论是主角还是配角，都站在舞台的中央，聚光灯打着，两年以后灯光没了，这些人能接受现实吗？"

"你说的是个问题，从现在开始，我们会慢慢地让村民知道，未来的日子只有靠自己，必须靠自己。"

"现在有一部分城里退休的人都想着到乡村体验生活，雪鹤村地理环境相当于峨眉半山，我们可不可以往这方面做点文章？"

"好啊，有什么成熟的打算，交给大家讨论讨论。"

还不成熟呢，罗春早略带羞赧了。林修想到初见罗春早的样子，说："答应过你，到北京陪你去地坛，一直都没机会。"

"我记着呢。"罗春早说。林修说他明天就要去北京做马边特色产品进京推广会，但村里这段时间太忙，要不就一块去了。罗春早说，等将来常态化了再说吧。林修拍了拍罗春早，说原来准备的马边特色产品进京推介，已交由四川经信委和农业厅等单位，将在北京玉渊潭公园做了一个大型的四川贫困地区绿色产品进北京推介会。3月底林修去了北京，筹备有关马边绿色产品进京推介的事，他在北京收到唐宛发来的微电影，正好在马边展区放，吸引众人围观。为了能有实质性的进展，林修专门联系了阿里和京东，以更快捷方便的方式把马边的特色产品推向全国。推介会最后一天，渊歌来了，化了淡妆，与公园盛开的樱花一样赏心悦目，他们约了，说今天一起去扯结婚证。林修悄声说："《诗经》里有诗：'桃之夭夭，灼灼其华，之子于归，宜其室家。'渊歌——宜其室家。"渊歌说别贫了，还不去，快下班了。他们去民政局扯证。民政局专门做了一面有国徽和国旗的大墙，并给他们一份誓词，两个人站在台前，没有人为他们拍录像，他们仍然庄严宣誓：无论贫穷与富有，健康与疾病，我们都患难与共，风雨同舟。林修再次拥抱了妻子，出门看天，阳光明媚，林修拉着渊歌奔跑，林修说："去我家吧。"渊歌说："跟你回家。"这时林修接到阿约打来的电话，说："林书记，我老婆难产。"阿约的声音带着恐惧和无助，林修说："别急，阿约，相信医生。"

"林书记，要是她们……我怎么办啊？"

林修倒真是无策了，说："相信医生，相信你的相信，会有力量的。"

渊歌说："村民老婆难产也给你打电话，你这书记管得真宽！"

林修说他们需要安慰而已。渊歌偎着林修说："以后家里，我管你。"林修说："我把我交给你了。"

到了家里，父亲母亲已经做好饭，姑妈和姑父也在，说要好好庆祝庆祝。太爷爷看见这么多人，没有马格，问马格怎么不来。

林修给太爷爷写一行字：马格在西宁做事。姑妈问林修："马格在西宁的公司到底叫什么？"

"锦格绿色能源有限公司。"

"到底做些什么？"

"与绿色有关的吧。"

林修对渊歌眨了一下眼。渊歌说对，与绿色有关，关于环保的。马格说过不要对姑妈说他在祁连山下种树，姑妈是个要面子的人，要是知道马格在种树，可能会去西宁把马格揪回来。姑妈说马格东一榔头西一锤子，一点儿都不让人省心。林修劝姑妈，说这是一个多元的时代，有很多的途径可以实现梦想。马格要做的是他愿意做的，不尝试又怎么知道哪一个更适合自己呢？再说也是给人生累积经验。姑妈说他在川扶贫两年，倒真有些改变了，像个男人。林修把渊歌推到姑妈面前，说："这是我最大的成就。"姑妈笑了。在旁边听不见大家说话，却认真地看着大家的太爷爷也笑了。吃饭的时候，金雨生打来电话，说村子里出事了，村民和施工方闹了矛盾，村民不让施工方继续修建，还推了一面墙。他和李克都在乐山办事，晚上赶回马边。林修说你们等我，我马上回来。林修在网上订机票，吃完饭，渊歌送他去机场。林修说对不起。渊歌委屈，心里万般不舍，但自己不就因为林修是这样的人才爱上的么？她用调侃的口气说："送郎上战场，新妇未老，等。"林修把手搁在她手上，看见渊歌眼里的泪花。

刚下飞机，林修给阿约打电话，问他老婆生了没有。阿约快活地说生了生了，是个儿子，剖腹产。林修说祝贺祝贺。阿约说别笑话哈，当时急的，就给你打电话。林修说怎么会呢，谢谢你信任。

林修回到乐山，金雨生和李克等着他，很晚了他们还开车进马边。路上一辆载重车抛锚，许多进出的车堵在路上，幸好已经是春天，天气不算太冷，他们睡在车上，林修想到渊歌的眼泪，心里疼。金雨生说："修哥，记着啊，你的新婚之夜是和我们一起过的。"更确切地说是在路上过的，林修可以回想起多少次在马边到北京的路上，但是他记不清有多少次在成都到马边的路上，更记不清多少次在马边到雪鹤村的路上。

第二天早上他们进村，直接去了工地，问清了情况，原来是有村民发现几处屋顶现浇裂缝，并漏水，要求施工方打了重做，施工方说后期防水处理即可。村民不愿意，上去打掉屋顶，所以闹起来了。林修问吉木日木知不知道这种情况。吉木日木说知道。罗春早也说知道。林修说："你们为什么不处理，让村民这么闹呢？"

吉木日木说，这次是常宽荣告诉大家的，只不过他没出面。他还说后期防水处理根本解决不了问题，以后会常常漏。将来村民只会找我们，怎么办？我们找过施工方商量，他们只说会弥补，却不愿意重来。找了几次，施工方负责人不来了，电话也关了，工人说得不到老板允许，他们做工没有工资，也不愿意重来。再说施工方不知来自何方神圣，找不到，索性让村民闹了。

林修说："你们解决不了，还可以打电话给我们呀。动不动就闹，不是纵容村民心中无法纪吗？"

吉木日木低头说："林书记，这地方的事盘根错节，只怕你们出面，他们也不会理会。"

吉木日木猜中了，三个第一书记一起去找施工方交涉，老板也不现身，在工地负责的黑脸男人说，他也不知道老板去哪了。林修说请你转告老板，拖不是办法，验收不合格，一分钱都拿不到。

又等了一天，老板才出现在工地，说他出去办事了，原来的手机被偷，这不才买个新手机。林修也不揭穿，老板说只是揭膜早了一点，他保证会用最好的防水材料加保护层，不会漏。林修说会不会是现浇水泥不达标，老板说哪敢？林修还是不放心，去马边请质检局的专业人员来看，说水泥用量达标，出现小裂缝可以通过后期加强防水处理。

老板可能因为这事，下了许多工人，施工进度一拖再拖，夏天村民住在闷热的临时帐篷里，温度高达 40 度。三个第一书记心急如焚，多次跑到工地，要求加快进度。但施工方却总是找借口，并没有及时增加机械和人手。马边分管扶贫工作的副县长连夜召集有关部门和施工方开会，要求加快建设，决不能再拖延。第二天又亲自到工地上察看，施工人数依旧没有增加。这位副县长急了，马上与施工老板吵起来，吼声震天，结果喊哑了嗓子。柳卫也来到村里，找到施工老板："知道你也忙，今天我就陪着你，已经新搭了个帐篷，今晚我们就住在帐篷里。"

老板只当柳卫是说说。陪着柳卫仔细检查各处施工，又看望住在帐篷里的村民，说些家常话，晚上在村委会吃饭，老板说他开车送柳卫回马边。柳卫说，不回。说了嘛，今晚我要陪你住帐篷。林修说他陪老板。柳卫说不用。柳卫一直没有责备施工老板，他们在树下闲话许久，进入帐篷时，帐篷经白天太阳烘烤，像进入桑拿室一样，很快汗水就湿透了衣裳。老板脱了衣服，光着上身。柳卫穿着背心，问睡不着啊。老板拖了草席到帐篷外睡，蚊子又咬得他睡不着，又进入帐篷里。折腾了一夜，第二天皮泡眼肿的，老板说："柳书记，我服你。"柳卫说："大家都盼着新家呢。"施工老板说马上增加人手和机械量，保证按承诺的时间完工。

柳卫说："我替住在帐篷里的村民，谢谢你。"

36

入秋的第三天，雨霁天青，王太因一早就在打扫广场上的落叶，鬼针草见了，说："婶，你老一大把年纪了，谁叫你来扫地？"

王太因说："就是因为老了，才只能做这些事。"

"你这么积极要入党还是怎么的？"

"你倒是提醒了我，我要问问林书记，还收我不。"

"切，你不会当真吧？"鬼针草顺手甩了烟蒂，王太因捡起来，说："林书记说了，要爱护卫生。"

"林书记，林书记，他很快就要回北京了，看你到哪去叫林书记！"

王太因说："听你这口气，还是舍不得他的。"

鬼针草甩甩手，说："快回去给豆豆穿上新衣裳，今天村里有好戏看。"

王太因扫得更快了，她要回家换衣服，还要给杨豆豆换衣服。

上午十点，村民们就站在广场上开始等待，望着路的那头：今天要交新房钥匙了，必须有个仪式，郑重的可以记着的仪式。

大家都在望，李芒个子矮，爬到广场升旗用的台子上，说："他们来啦!"

大家先是听到汽车声，随后雨沥、柳卫、省投资促进局、扶贫局的代表都下了车，三个第一书记和印梅、唐宛、风起紧随其后。下车时，村民们放了鞭炮。大家先去几处新房看了看，新房一律青瓦黄墙，门前有菜地，每家屋子旁边都配备了晾衣竿，雨沥说想得周到。金雨生说这是林修提出来的。雨沥说住上新房子，是应该教大家怎么爱护环境。雨沥特别看了排污处理及垃圾处理。回到广场上，阿尔布和阿朵代表同学升国旗，雨沥简短地发言。鬼针草、王太因、阿约、吉克乌乌、阿芒和阿果作为村民代表当场接受新房钥匙。王太因的眼泪在眶里打转，她紧拉着林修的手说："感谢国家……可惜杨德炳没命享这个福。"

阿约拿着钥匙在手里转圈，嘀嘀大叫。鬼针草说了一句："我妈要是知道有今天，会不会咬牙坚持着?"

村民们都领了钥匙，欢天喜地。吉木日木说："村民们，今晚广场上坝坝宴，希望大家都来，为新家祝福，为自己祝福。饭后我们再过一个雪鹤村自己的火把节。"

阿约说太开心了，儿子正好百日，又迁了新家，喜事一个接一个，他想一定要说服父亲从黑松林下来，看看现在的雪鹤村。

428

雨沥说真想留下来，和大家一起过节，只是事儿太多，她还要去别的村，让柳卫代表她留下。柳卫留了下来，说也许是最后一次和大家在一起了，他也即将回到省纪委。林修让阿衣在树下摆了茶桌，大家坐在一起喝茶。柳卫看着已经开始准备晚宴食材的村民，说谁想到会有今天呢。林修说刚进村的时候也没想到改变这么快。

柳卫说："不让一户贫困，不让一人掉队，一个村庄从外到里的千年跨越改变，也只有在中国有可能实现，中国共产党实在是了不起。中国有这么一个执政党，是中国人民的福气。"

林修说："人道主义提倡自由、平等、博爱。尊重人的生命和最基本的生存权利，提高人的幸福感，可以说中国扶贫壮举为世界人道史留下重彩一笔。"

金雨生说："在雪鹤村的这两年刻骨铭心，许多年以后，还是会为今天的自己的不缺席而自豪。"

"雪鹤村有幸，我们也有幸，个人的力量很渺小，但是我们种下的精神和信念，会在这片土地成长。"林修说。

李克给大家续茶。柳卫问他有什么看法，李克说他说不出来什么，只是看到村庄变了。刚来时阿衣都不敢说话，母亲又病，父亲还赌，现在阿衣在村里开了饭店和茶铺，母亲和父亲养鸡，他们的好日子开始了。自己在其中出了点力，自豪呢。印梅问阿衣不去乐山上班了吗？阿衣说饭店做得起走，就不去上班，做不动也要出去打工。林修说，等大家安居了，村里会组织一批人出去打工，成都北京都行。

突然，人们叫起来，一行白鹭擦着山脚飞过。林修想起曲别拉根说的雪鹤，也许就是这种叫白鹭的鸟儿吧。它们雪白轻盈的身姿飞过葱绿的山，真是可以入画的。柳卫看着山腰云雾散开之后，深厚的绿，仿佛滴出水来，说："上学的时候只知积翠这个词好，而现在的场景终于明白积翠的意思了。"风起说："南宋时有位诗人在嘉州待过十多天，叫范成大，他有诗：'浓岚忽飘荡，积翠浮云端。'大概就是当前的景吧。"

柳卫说："你们诗人作家，应该为村庄的改变留点东西。"

印梅说："已经联系乐山市文联，他们会组织作家专门来写有关扶贫的作品。"

柳卫说："好好写写我们的三个第一书记。"

林修说印梅已经写得够多了。印梅说的确，想当初林修刚来，像个刚毕业的大学生，我还担心他哭鼻子呢。

希尔带着阿尔布来找林修，说遗憾没时间继续给阿尔布补课了，家里有事，他已经买了回美国的机票。林修拉着希尔的手，说你来村里都没好好陪过你，正说等这事完了，陪你好好说说话。希尔说："修，我每天都能感受到你的气场。"

"我身怀绝技吗？"林修笑说。

"你白衣胜雪，玉树临风，你还不知道啊。"印梅取笑。

林修哈哈笑起来，想起和印梅说过的话。

阿尔布说："北京哥哥，我要考到北京来读书。"

"好呀，哥哥等着你。"林修第一次听阿尔布发誓好好读书，他满心欢喜。林修问柳卫要不要走走，柳卫说正合他意。印梅、唐宛和风起也说想走走，希尔也跟上，阿尔布说："我带你们去黑松林吧，我知道你们这种人喜欢那地方。"风起逗他："我们这种人是哪种人？"

"就是像阿尔玛那样的人。"

"阿尔玛又是谁？"风起问。

"像你们一样的人写的，叫《万物的签名》。"阿尔布开始给他们讲《万物的签名》。林修发现阿尔布真是语言的天才，他只听过部分故事，但他把它们串起来，讲得像发生在雪鹤村的某处一样。

下午，柳卫带着大家，去李芒和鬼针草的新家看了看，又一起去王太因家。推开院门，看见王太因蹲着给杨豆豆剪脚指甲。王太因要站起来，林修说继续，他拍了一张照片，夕阳西下，阳光被屋檐遮了一半，杨豆豆的头在阴影里，王太因和杨豆豆的光脚在阳光里。王太因说，晚上有喜事，得让杨豆豆也光鲜鲜的。林修说王奶奶是个讲究的人，给大家讲了刚来时照相，她嫌穿的衣服不好看，让他重照的事。大家笑过之后，对眼前这位活了八十多岁的老人由衷敬佩。风起又问王太因一些旧事，说她马上写首诗，晚上给大家助兴。林修说好啊。

坝坝宴一字摆开，菜还没上桌，村民们就来到广场，当真像过节一样，在城里打工的都赶了回来。彝族人大多穿了他们的民族服装，连曲别拉迪都穿了彝装，唐宛说拉迪像个山寨王。拉迪拉着唐宛要拍照，说掳你当压寨夫人，引得印梅和风起哈哈笑。另一边阿衣带着一帮年轻女子像一堆彩霞落在人群里，她们年轻欢快的声音，引得众多人看。希尔说想和她们一起拍张照。拉迪说阿衣是村里的索玛花，你想合影，要出钱的，弄得希尔有些蒙。林修帮希尔照，阿衣她们把希尔围在中间，站成一朵向日葵的样子。希尔自豪得很。阿衣请三个第一书记分别和她们一起拍照，以路作背景，以大山作背景，以新房作背景。阿约也要和林修照，王太因带着杨豆豆，说要单独和林书记照一张。林修、金雨生和李克都当了道具，微笑再微笑，和不同的村民家庭站在一起。印梅怕柳卫冷着，说我们也照一张吧。柳卫说："真替三个年轻人自豪，你看村民们把第一书记都当了家人。"

曲别拉根和惹革儿坐一起，看着村民们欢喜笑闹。惹革儿说："山里从来都是毕摩坐在哪里，哪里才是中心，现在变了。"

"变好了。"曲别拉根说。

"你不失落？"

"我们一代又一代的人当毕摩，敬天敬地敬祖，不就是为保子孙富足安康么？可是我们祈祷来祈祷去，哪一代又像今天一样，这么好！"

"你倒是想得通。"

"出门有路，风雨有房，病有所医，老有所养，亲眼看着的变化，能否认么？今晚我们一起为大家做毕如何？"

"我又不是毕摩。"

"你的外公是，你替他做一回，告诉他今天的好日子。"

"他们还让你做吗？"

"你看着吧。"

吃饭的时候，三个第一书记端着彝族自酿的杆杆酒去每一桌敬酒，村民们都说："感谢你们！"三个第一书记纠正说："感谢党！感谢国家！"村民们说舍不得他们走，他们说会再来的。一圈下来，三个第一书记都有些微醉，好像真要走了似的。饭后，村民们都帮着收拾，晚霞还在山头，性急的把干柴搬到广场中央，连烤羊的架子都摆好了。金雨生跑过去，说不忙，不忙，等节目完后再摆。

村民们不知道有什么节目，纷纷打听，金雨生说暂时保密。李克已调试好音响，放着彝族欢快的曲子。这个时候杨树坪的第一书记田甜来了，印梅问她为啥不早点来吃坝坝宴。田甜说才忙过。

"林修他们要走了。"印梅说。

"我知道。对了，印梅，谢谢你给我介绍的医生，我们处得还不错。"

"是林修托一个叫李想的医生给你介绍的。"

"没听你说过。"田甜跑到林修身边，说谢谢。林修摸不着头脑，田甜说："你推荐的医生呀。"林修说祝福，给李想发了个微信，说她做媒成功了。李想说，别忘了让她给我送猪头肉。林修笑了。

八点晚会开始，由罗春早主持，吉木日木代表村委会做了扶贫工作汇报。村民们还兴奋着，叽叽喳喳的。李芒作为致富脱贫的先进代表上台发言，她一上台就说："乡亲们，你们谁上来揪揪我？"

大家不知她卖什么药，阿果上台在她脸上揪了一把，李芒叫声哎哟喂："这不是梦啊，我总以为自己在梦中。这好日子真是咱们的。两年前，我连梦都不敢做这么好。"她的话引得大家笑起来。"我文化不高，只识得几个字，金书记熬夜给我准备了稿子，但是这稿子我不念，留到正规的场合念。今天我就讲一讲两年前的秋天，我是怎么走到今天来的……"

金雨生对林修说："李芒是个演讲家。"

林修说村里能人多。

林修讲话时说："今天是李芒讲话，明天你会是其中另一个讲话，希望大家都过上好日子。这是你们的愿望，也是我们的愿望。从北京到村里的这两年，我谢谢你们，你们让我知道无论身在何处，作为人都一样的要活得有尊严。谢谢你们像亲人一样，接纳我们，信任我们。我们一同努力让雪鹤村有了今天。以后不管走到哪里，雪鹤村将是我的第二故乡。我希望故乡的亲人们，继续通过你们的辛勤劳动，每一个都活得幸福。今天告诉大家几个好消息，第一，李芒和阿约等十个人正式成为光荣的中国共产党党员。第二，村里的合作社在阿果的打理下，唐总的支持下，已经赢利，将会分红给村民，虽然不多，但也是我们大家的成绩。今后将会有更多项目来为大家增收。第三，对于致富的村民要发放鼓励金。第四，家里有小孩子读书的，成绩优秀和考上高中、大学的也有不同的奖励，今年村里考上五个大学生，有两个本科。阿果的女儿阿若也考上了乐山一中，是个新开端呢。希望我们三个第一书记离开后，能听到你们给我们报喜。如果有考上北京读大学的孩子，一定告诉我，我要请第二故乡的人一起吃饭。"

林修的讲话赢得热烈的掌声。王太因上台说："林书记，我想入党，要我不？"

林修有些意外，他拥抱了老奶奶，说："欢迎。"

鬼针草说："婶，你再活五百年吧。"

林修让柳卫讲话，柳卫只说了一句："我和大家一样感动，我看到了希望，这个国家和民族的希望。"

风起对唐宛说："什么居，什么斋的人都该出来看看，有人在这样活着。"

唐宛说："我们那个书桌太小了。"

接下来，风起念了刚写的诗，村民们不懂诗，但因为是写王太因的，大家还是认真地听，觉得天天见着的王太因在风起的嘴里说出来，像电视里的人物，光辉了。

田甜上台，问大家喜欢什么歌，李芒说："还是唱那首《有一天》吧。"

田甜说："我请三个第一书记和我一起唱好吗?"大家高声叫好。林修拉上柳卫，金雨生拉上印梅和李克一起上台，又唱起：

　　总有一天

　　炊烟回到村庄

　　那隐约是稻谷　晚来香

　　总有一天

　　天使安心梦乡

　　在妈妈的怀里　轻轻晃

　　我的祖国　再不忧伤

　　我的祖国　到处是安详

台下的人跟着唱起来，掌声经久未落时，曲别拉迪在台下亮了嗓子，边唱边跳上台子，激情挥洒，又跳下台，边唱边和村民握手，把气氛搞得像个人演唱会。村民们拍着手助兴，让他再来一首。他把希尔叫上台，让希尔唱一首，希尔说不会唱歌，我们做个游戏吧。

他把手机给李克，让他接蓝牙放音乐，让林修站在中间，说他是太阳，柳卫是水星，金雨生是金星，李克是地球，吉木日木是火星，罗春早是土星，印梅是天王星，风起是海王星，唐宛是冥王星，让他们放射性向外扩散，让他们围着林修转，然后再拉人站在他们九个的周围，让他们围着行星转。阿尔布一下就明白希尔想做星空游戏，他和希尔一起让乡亲们站在外层，让自家的人围着他们转。他自己站在行星的位置，阿朵和阿母围着他转。林修也明白了，只是站在中间有些难为情，但为了不扫兴，他自转着，星空交响乐响起来，大家不由自主随着音乐旋转起来。希尔高声喊："这是星空，雪鹤村的星空，别撞着，别撞着。"阿尔布不知什么时候举着火把在大家的轨道之间旋转穿梭，村民们从没这样玩过，兴奋地叫着，玩的人越多，就越乱了，你撞我，我撞你，林修怕大家伤着了，让李克把音乐停了，阿约还没尽兴，直说好玩。

吉木日木指挥阿哈和常宽荣把柴火架到中间，烤羊的架子已备好，火堆已经点燃，轻烟上升，天空有月亮，照着白云，像蜀锦。曲别拉根和惹革儿一起做毕，边跳边念："上天啊，敬你一碗酒，天蓝星多照我处……大地啊，敬你一碗酒，茂盛草木大地铺……森林啊，敬你一碗酒，禽与百兽林中露……大河啊，敬你一碗酒，鱼跃虾飞满江河……"曲别拉根和惹革儿越跳越快，人们各自举着火把，沸腾起来，拉迪和阿衣唱起了情歌，人们跳起踢踏舞。

晚会是什么时候散的，林修不知道，他又让自己醉了。乡亲们吃着烤羊肉，喝着酒，一个一个过来，说他快离开了，无论如何要抿一小口；金雨生和李克也过来，说一个战壕的战友，算是大家相互饯行，要喝一口；柳卫说和他一起，看到自己年轻时候，要打湿一下嘴；阿衣说，她要代阿鲁敬修哥一杯，她喝完，他看着办。还有印梅，还有风起，还有唐宛，还有田甜，他都打湿了嘴。吉木日木和罗春早说回北京以后怕是不能见了，要喝一口壮行酒，他喝了，他也哭了，那一刻他真爱他们每一个人，他真心把他们当了亲人。等他清醒之后，他写了满满十多页关于雪鹤村的未来，交给罗春早，说以后有事可以给他打电话。

本来是给三个书记的话别会，却开成了雪鹤村的村委办公会，罗春早哽咽着说舍不得，林修故作轻松说，还会回来。罗春早和吉木日木离开后，三个第一书记相互看看，把堆积成小山似的文件，规整了一下，像部队打理内务一样，把各种东西捡顺，三个人一起走到外面。

山连着山，山生长着山，云影出没，苍茫空远如鸿蒙初开，林修和金雨生、李克并肩而立，看对面山峰或隐或现，他们没有说话，用眼睛看一眼，再看一眼：山脉、翠岚、村庄、那棵树，还有那些苞谷林。归期有期，送战友踏征程，伤感与豪情哪一个更重一点？林修伸出手臂揽了一下金雨生和李克的肩，说：
"走吧。"

走吧。走。三个人骑着摩托在村里的公路上来来回回跑着，
今天他们不是为了工作，今天他们只是道别，与每一座山，每一
条路，每一个人道别。山还是那山，村庄不一样了，水还是那水，
人不一样了。两年的努力，可以让他们的道别如此隆重。金雨生
说："一生经历两次这样的道别，一次是在部队，一次是在今天，
按理说回家了，为什么这么舍不得呢？没来时觉得两年好长，而
现在一瞬间似的。"

李克说他也一样。

林修想抱一抱身边的两位战友，想喊一喊许多村民的名字，
但他只是对着大山张开双臂，说："大山，我的行囊里从此有你。"

金雨生也举起双臂，与林修双手相击，李克也过来，三个人
的手再一次叠在一起，为另一次启程。

2018 年 11 月 6 日完稿

2019 年春节定稿